此刻

[英] 杰夫·戴尔／著

宋文／译

The Ongoing Moment

浙江文艺出版社
Zhejiang Literature & Art Publishing House

图书在版编目（CIP）数据

此刻 /（英）杰夫·戴尔著；宋文译. —杭州：浙江文艺出版社，2023.1
ISBN 978-7-5339-6987-5

Ⅰ.①此… Ⅱ.①杰… ②宋… Ⅲ.①随笔—作品集—英国—现代 Ⅳ.①I561.65

中国版本图书馆CIP数据核字（2022）第183465号

责任编辑 童潇骁
装帧设计 棱角视觉
责任印制 吴春娟
营销编辑 周 鑫
数字编辑 姜梦冉 诸婧琦

此刻
［英］杰夫·戴尔 著 宋文 译

出版发行 浙江文艺出版社
地 址 杭州市体育场路347号
邮 编 310006
电 话 0571-85176953(总编办)
0571-85152727(市场部)
制 版 杭州天一图文制作有限公司
印 刷 浙江海虹彩色印务有限公司
开 本 787毫米×1092毫米 1/32
字 数 193千字
印 张 10.5
插 页 8
版 次 2023年1月第1版
印 次 2023年1月第1次印刷
书 号 ISBN 978-7-5339-6987-5
定 价 70.00元

致丽贝卡

摄影是我在毫无准备中唯一深入实践的事情。

——阿尔弗雷德·斯蒂格里茨

摄影的能力是唤起而非告知，暗示而非解释，它诱使历史学家、人类学家或艺术史学家从收藏的大量照片中选出一张来讲述他或她的故事。然而，这样的故事可能与照片最初的叙事语境、拍摄者的意图或是初始观众使用的方式紧密相关，抑或毫无瓜葛。

——玛莎·桑韦斯

我在写《阿莱夫》时的主要问题在于把无限的事物编入有限的目录中，而在这一点上，沃尔特·惠特曼做得极其成功。

——豪尔赫·路易斯·博尔赫斯

我并不是第一个从博尔赫斯描述的“某本中国百科全书”中汲取灵感的研究者。根据这项神秘工作，“动物可被分为以下几类：（1）从属于帝王的；（2）气味芬芳的；（3） 驯服的；（4）乳猪；（5）美人鱼；（6）传说中的动物；（7）走失的狗；（8）包含在此分类中的；（9）疯子般颤抖的；（10）数不清的；（11）由纤细骆驼毛刷绘制的；（12）及其他；（13）打破花瓶的；（14）远看像苍蝇的等”。

然而，此书所进行的摄影审查既不严苛也不古怪，它受到早先出于好意的尝试的鼓舞，即将摄影的无数可能性编列成任意顺序。沃克·埃文斯（Walker Evans）曾说过，这是他自己所“钟情的主题”——如何像作家詹姆斯·乔伊斯（James Joyce）和亨利·詹姆斯（Henry James）那样成为“无意识摄影师”。对于沃尔特·惠特曼（Walt Whitman）而言，一切皆有意而为。他在《草叶集》（*Leaves of Grass*）中坚称："每件事物皆准确地影像化，而非诗化。"他热衷于模仿"太阳神祭司"，创作出的诗歌有时读起来像是在巨大的、不断展开的摄影目录中延伸的说明文字：

> 看哪，在我诗中，城池坚固、内陆广袤、铺设整齐的街道、铁与石的建筑、车水马龙而商业繁忙。
>
> 看哪，许多金属滚筒的蒸汽印刷机，看横穿大陆的电报机……
>
> 看哪，那强健而迅速的火车头在驶离，喘息着，汽笛轰鸣，
>
> 看哪，农民们在耕田，看矿工们在挖矿，看那无数工厂，
>
> 看哪，机械师们在座位上忙于摆弄工具，
>
> …………

埃文斯在1934年列出惠特曼诗歌的图像种类，用以阐明其作品中所要表达的思想：

> 人们，所有阶层，陷入了新一轮贫困。
>
> 汽车和汽车景观。
>
> 建筑，美国城市风格，商业，小规模，大规

模，俱乐部，都市氛围，街道气味，可恶的东西，妇女俱乐部，伪文化，不良教育，腐朽的宗教。

电影。

城市人之所读、所食、所乐见，及所消遣之迹象，却无据可寻。

性爱。

广告。

其他，你明白我的意思。

文化史学家艾伦·特拉亨伯格（Alan Trachtenberg）指出，这一清单使他想到刘易斯·海因（Lewis Hine）的早期作品《社会和工业摄影目录》（*Catalogue of Social and Industrial Photographs*），“只是调和了埃文斯式的反讽”。不过，这显然比反讽更令双方的努力背道而驰。海因作品列表具有很强的逻辑性和严密性，例如“移民”“工作中的女工”“工作中的男工”“工人生活中的故事”等，其中包括一百个主题和八百多个副主题。[①] 这是一个有序排列、精

---

① 海因的列表也让人回想起惠特曼欢快的《职业之歌》：

盖房，测量，锯成木板，/打铁，吹玻璃，造钉子，箍桶，铺铁皮屋顶，覆盖瓦片，/组装船身，建造码头，腌制咸鱼，在人行道上插旗标记，/水泵，打桩机，大型起重机，煤窑和砖窑，/煤矿及矿井下的一切，黑暗中的灯，回声，歌声，从他们那满是污渍的脸上显出沉思和广阔的朴素思想，/钢铁厂，那熔炉建在深山或是河岸边……

心组织的模式，完全没有随意性和高度偶然性，根本上也缺少了体现埃文斯意图的目录那种无法确定的特质。

在1935年至1937年期间，埃文斯的一些最出名的摄影作品都是在美国联邦农业安全管理局资助下完成的。作为罗斯福新政所设立的机构之一，安全管理局起初被认为是安置管理局，旨在改善众多贫穷的农民及佃农在大萧条下濒临饥饿的状况。1935年，该管理局由经济学家雷克斯福德·特格韦尔（Rexford Tugwell）率领，其前助手罗伊·斯特赖克（Roy Stryker）受命执掌历史部。他们两人都深信摄影能有力呈现人类现实，从而支持经济干预论点。但直到那年秋天，斯特赖克被授予的唯一职责就是用摄影记录进而宣传该机构的政策和工作，他很清楚自己的任务与权力。当看到那些早先被委托拍摄的照片时，他更加关注埃文斯的作品，这些令人印象十分深刻的作品使埃文斯获得了斯特赖克任命的高级信息专家的职位。埃文斯将此任命看作是一种"被资助的自由"，但正如许多其他为斯特赖克工作的摄影师［本·沙恩（Ben Shahn）、多萝西娅·兰格（Dorothea Lange）、拉塞尔·李（Russell Lee）、阿瑟·罗思坦（Arthur Rothstein）等］一样，他发现他所要的自由需要与赞助人所赋予的自由进行妥协。斯特赖克的使命感让他对"分镜头脚本"的要求越来越严苛，它们被按照季节拆分，并经常根据地理位置再加以细化，拍摄时还需非常细致地逐条说明他想达到的效果。以下是摘自“夏天”的一个脚本：

> 成群结队的车在开阔的道路上疾驰。加油站工作人员为自驾游的敞篷轿车加油。
>
> 岩石园：遮阳伞；沙滩伞；布满沙砾的海岸伴着轻轻涌上的波浪；遥远地平线的那端，白帽队队员在帆船上淋浴溅起的水沫。
>
> 人们站在树木和遮阳篷的阴凉处。街道上满是开着窗户的小轿车和公交车；饮用从泉或古井中取出的水；沿岸的阴凉地，远方是洒满阳光的水面；还有那在水池、河流和小溪里游泳的人们。

在“美式习惯”下，过着“小镇”生活的摄影师被要求留意寻找：“火车站——看着火车‘经过’的人们；坐在屋前门廊上的人们；离家上街的女人们；割草的人们；浇水的人们；吃着冰激凌的人们；等待公交车的人们……”而“城市”的生活则被描述为“坐在公园长椅上的人们；等待电车的人们；遛狗的人们；在公园或人行道上的带小孩的妇女；玩耍的孩子们……”所有这些都被用来补充“常规”镜头：“加满”——汽车中的汽油；“修理瘪胎”；交通堵塞；绕道标志；“工作中的男性”，还有橙汁饮料。比尔的海报；画广告牌的人——人群注视窗口广告的绘制，写在空中的文字，观看游行的人们；自动收报机纸条，还有坐在路边石上的人们……

这些脚本有一种特别的诗意——囊括一切偶然的诗意。事实上，正如文字说明所显示，斯特赖克的摄影师们即使很不情愿，但在执行他的命令时还是非常勤快的。斯特赖克有时会对脚本进行更为精确的补充以防任何遗漏。1939年在得克萨斯州的阿马里洛，他问拉塞尔·李："哪里有榆树成荫的街道？"在另一个场合，他要求李设法寻找一个"将每位公民的名字印在个人剃须杯上的小镇理发店"。而在丹佛，阿瑟·罗思坦则需留意"将树叶耙好、烧掉，清理花园，为过冬做准备"的场景。斯特赖克事后补充道："别忘了还有在前廊的人们。"为了满足斯特赖克的要求，像埃文斯和兰格那样的摄影师们得调整自己的私人日程以迎合他，因此产生的照片有时代表了两种绝对不同的要求的混合或融合。

20世纪50年代，埃文斯对年轻的瑞士摄影师罗伯特·弗兰克（Robert Frank）颇为友好，他鼓励后者去申请古根海姆基金。为了让自己的申请更有说服力，弗兰克列出了一个高度个人化的清单，里面包括了他可能拍摄的事物：

> 夜幕下的一座小镇，一块停车坪，一间超市，一条高速公路，拥有三辆车的人和一辆车也没有的人，农民和他的孩子们，一栋新房子和一间破旧不

> 堪的屋子，口述体验，宏伟的梦想，张贴的广告，闪烁的霓虹灯，领袖和其追随者的脸庞，汽车油箱、邮局和后院……

1955年，当弗兰克获得古根海姆基金赞助，开启横跨美国的旅行时，他在此过程中曝光了近七百卷胶卷。在洗印三百张底片之后，弗兰克按照“象征、汽车、城市、人、标志、墓地等”对其照片进行分类。等到《美国人》（*The Americans*）（1958年在法国出版，1959年在美国出版）出版时，人们只能窥见当初规定的些许痕迹。此书不再按照预定目录进行分类，尽管仍保留了车辆和墓地的照片。

我从那些常常被遗忘且具有高度偶然性的即兴尝试中，而非海因的系统性方法中得到启示，充分认识到还有其他更为明智的方法来编写此书。弗兰克在申请古根海姆基金时提到：“我所设想的项目是在实行中逐渐成形，本质上具有弹性。”多萝西娅·兰格也同样相信“提前知道你正在寻找的画面意味着你只能拍摄先入为主的画面，这具有很大限制”。在她看来，摄影师可以在“完全无计划”的状态下工作，只是据其“本能反应”进行拍摄。遵循兰格的教导，我试图开放一切可能性，“就像一块未经曝光的感光材料”。某些照片引起我的注意，正如某些画面当初恰好也吸引了摄影师的注意并被拍摄下来。最初的偶然在整个过程中都发挥了关键作用，到了某一点之后，我开始注意到这些照片都有些共同点——帽子。一旦意识到这个，我就开始寻找有帽子的照片。我希望我的照片是随意的、偶然的，但在某些时刻也会被必然地合并在一些特定的标准下。某一时刻也融合了某种特别的兴趣点。当我意识到自己被帽子吸引时，帽子的概念就已形成了一种组织原则或是节点。

分类是不同的，这是分类法的固有思想，它们之间并无重叠，比如猫和狗。无论是因为分类法规定了这种情况，还是因为它反映了一种内在的区别，这都是一个没有意义的问题；不管怎样，没有所谓的狗—猫。[福柯在讨论《词与物》（*The Order of Things*）一书的序言时说到，这就是为什么博尔赫斯的百科全书引发了“嘲笑，这笑声粉碎了一切熟悉的思想里程碑”。] 这个摄影分类的特性之一是在类别之间存在大量疏漏或是拥塞。我一将帽子和台阶设为组织性原则，那些同时拥有帽子与台阶的图片就吸引了我的注意力。[①]（毫不奇

① 关于这一点，爱德华·韦斯顿（Edward Weston）也有些困惑。查理斯·威尔逊（Charis Wilson）在回忆她和摄影师度过的岁月中，记录了韦斯顿如何“按照字母顺序排列底片——N代表人体摄影，T代表树木，R代表岩石，S代表贝壳，CL代表云朵（C曾用作代表仙人掌）——有些内容缺乏特别线索的底片就按照日期排序。还有一些很模糊的组别；例如，A代表的建筑，与M代表的机械有重叠之处”。

怪，这些对我来说是最为有趣的照片。）静态网格状的分类就开始消散，变成更为松散、更多流动形态的叙述和故事。人们期望分类法全面而公正，我却立刻领悟到具有双重要义的“偏爱”一词最合我意。

此外，我怀疑这本书多少有些令人恼火，尤其是那些比我更懂摄影的人。对此，我表示同情。但如果想取得任何进展，我首先得直接排除某类批评，也就是那种指责“但那个X怎么样呢”或是“为什么他没提到Y呢”，将之当作难以接纳的疏忽。那么，我们可否同意，用惠特曼的话说，“这里有很多无形因素”，就是这些都没必要讨论，更没必要提到——曾经拍摄的每一张照片上都有一顶帽子，难道只是为了了解有关帽子的趣味性吗？我也希望如此，因为想要学习的那些人既是写作者也是阅读者，动因也只是跟着凑热闹而已。对于亨利·卡蒂埃·布列松（Henri Cartier Bresson）来说，“摄影是一种理解方式”，此书就是我尝试着理解他所精通的媒介的故事。

艺术评论家约翰·萨考斯基（John Szarkowski）认为加里·温诺格兰德（Garry Winogrand）最好的摄影作品“并不是他对已知事物的图解，而是出于新的认知”。其中，我想通过观看这些照片，看看自己能够得到什么新启示，尽管仍不能抛开一定量的与之相关的旧知识。同时，我也想更多了解——至少是对那些摄影师的差别更敏感，从而对其风格知道得更多。能据其内容而识别各人风格——如果存在的话。而唯一的途径是观察不同的摄影师如何拍摄同一物品。

在此过程中，本书最终主要——但不仅仅——是关于美国摄影师的照片，或者至少是拍摄美国的照片。这并非我的原意，起初我其实没有想到任何特定摄影师或是照片。任何摄影师和照片都可以收入。有很多我未听说过的摄影师和我未看见过的照片（我从未声称自己在此领域或其他领域是专家）。有我碰巧不感兴趣的重要摄影师，例如欧文·佩恩（Irving Penn）；有些我曾经写过或是很难发现新意的摄影师，例如卡蒂埃·布列松和罗伯特·卡帕（Robert Capa）；也有些摄影师我很想详述，但却只是简单列举，例如欧仁·阿特热（Eugène Atget）（让我们就此停止列数）；而有些摄影师我本不想多写，最终却颇费笔墨，例如迈克尔·奥默罗德（Michael Ormerod），他的作品将本书的数个主题推向高潮。这是十分幸运且完全意想不到的突破，他代表着作者植入：一个英国人对美国摄影进行审查。

奥默罗德在摄影媒介，尤其在照片方面具有很大优势，而我的确不是一名摄影师。这不仅意味着我不是一名专业的或是严肃的摄影师；我甚至都未曾拥有自己的相机。我唯有应游客要求用他们的相机帮他们拍照（这些罕见的作品如今都散落在世界各地，用于私人收藏，主要是在日本）。当然，这是个不利因素，但也确实意味着我接触摄影这一媒介的纯粹立场：受直觉指使，我撰写关于摄影师们的书的条件就是不去拍照，就像20世纪80年代末我写爵士乐的先决条件就是不玩乐器一样。当时刚好有几本书来满足我对音乐及其创作人的好奇心，但是这和摄影的情况截然不同。摄影领域已经有苏珊·桑塔格（Susan Sontag）、约翰·伯杰（John Berger）和罗兰·巴特（Roland Barthes）所著的关于摄影理念的伟大作品，或是斯蒂格里茨所提到的“观念摄影”[①]；有那些关于摄影史及各个不同流派和运动的长篇调查；有那些艺术馆馆长和学者有关特定摄影师最高标准的大量书籍及文章。摄影师们对于自己的媒介也滔滔不绝。这使事情变得简单起来：尽管门槛设置得如此之高，我还是能够在下面自由穿行，但我仍然希望如黛安·阿勃丝（Diane Arbus）所言，“对于了解事物有关特性，我仍有自己的话说”。

多萝西娅·兰格说过：“相机作为一种仪器，教会

① 写此书的一大挑战就是每五页就得避免引用伯杰、桑塔格、巴特和瓦尔特·本雅明（Walter Benjamin）的著作。即便如此，书中还是有很多引言，并不是每条引用都得到公认。而要弄明白谁说过什么，一些好奇的读者可以去看注解——在这种情况下，相当于找出文本标题或者（文本本身就是扩展的系列标题）副标题。

了人们如何看到相机以外的世界。”我可能不是一名摄影师，但我现在所观察的照片就是我愿意拍摄的作品，如果我是个摄影师的话。

无从避免的、熟悉的、独出心裁的盲人……

——沃克·埃文斯

1928年，二十四岁的沃克·埃文斯去纽约公共图书馆查询了大量的阿尔弗雷德·斯蒂格里茨（Alfred Stieglitz）颇具影响力的杂志《摄影作品》（*Camera Work*）。他快速阅读此刊物，主要是翻看图片。直到他看到1917年的6月/7月的期刊，有文章专门讨论斯蒂格里茨的门徒，保罗·斯特兰德（Paul Strand）的作品。埃文斯尤其醉心于其中一幅作品。他在四十年后的一次访谈中说：“我记得当初去那里，大受刺激。”而后，他又喃喃自语道：“就是那个，那就是我要做的，它使我激动不已。”

这张照片就是1916年的《盲妇》[1]。她的一只眼睛眯成一条缝，几乎闭上，毫无生气；而另一只眼睛则斜视着左边。她身后是一堵石墙，脖子上有一枚“2622”的摊贩许可证徽章，胸前挂着一块“盲人”标牌。这是一张极有感染力的照片，至今仍使我激动不已。

1.《盲妇》(*Blind Woman*),保罗·斯特兰德,纽约,1916年
© 1971 光圈基金会,保罗·斯特兰德档案

在某种程度上,在我亲眼目睹这张照片之前,我对此就有所觉察。十七岁那年,我在读《序曲》(*The Prelude*)的第七章时,第一次对此类照片感到似曾相识。华兹华斯记录了一件发生在伦敦的事情(此前他忽然走到拥挤的斯特兰德街对面),他:

……被这一景象所震撼
那位盲人乞讨者,正面站着,
撑着墙,胸前
挂一标牌,解释着,

他的故事，他是谁。

华兹华斯对此“奇特景象”十分震惊，作为诗人，他突然涌现出灵感：

……此标签不过是种类型，
或是象征着我们所知极限，
包括我们自身和整个宇宙，
亦是纹丝不动的人形，
他那呆滞的面容，无神的双眼，
犹如来自另一世界的告诫。

当相隔一个多世纪的诗歌与照片相遇时，两者之间的一致性，证明了华兹华斯的理解是正确的：那人就是一种类型或象征符号。将诗中的“他”改为“她”，诗歌中的文字便可描述照片的内容。华兹华斯详述他“看到”的“盲眼”，甚至率先阐明了其拍摄对象与斯特兰德之间的关系。

当时，斯特兰德正专注于解决如何用他笨重的军旗相机（英国经典折叠相机）拍摄“街上的那些毫无觉察的行人”。怎样让你的拍摄对象无视你的存在呢？这就是照片具有象征性的另一个原因，它为摄影师与其对象的理想关系提供了图解说明。斯特兰德在1971年的采访中也强调了这一点（同年埃文斯也回忆起看到此照片的情景）：“虽然《盲妇》具有巨大的社会意义和影响，但它其实是源自解决问题的明确愿望。”斯特兰德的解决方法就是将他叔叔旧的大画幅相机镜头装在自己相机的一侧，他举相机的方式是：当相机开拍时，假镜头伸出去，而原来半藏在他袖套里的真镜头的焦距则和他假装关注的对象形成直角。这可能是个笨拙的解决方案——曾经有人这么做过吗？我从未听说，但这种笨拙在当时却很符合笨重的摄影行业，而且常常奏效。在我拍摄第一批照片的时候，有两个小混混一直在观看，其中一个说道：“啊，他拍摄照片的相机都没有对准。”这也让斯特兰德回想起照片中的深深影响埃文斯的那个盲妇“全盲，不只是半盲”；然而，照片中的盲妇左眼仿佛贪婪地审视着街上的一切，戏谑式地暗示着摄影师的手法——“障眼法”。

斯特兰德开始毫无顾忌地使用这种诡计；一种只能通过欺骗他所拍摄的对象才能忠实于他们的方法。他回想到，“我觉得摄影师能够在被拍对象不知情时完成一幅高质量的作品”。而《盲妇》这幅作品则是对此论点的最极端的推断，摄影师看到拍摄对象，而她无法看到自己。这种进程是无意识的体现或表征，摄影师凭借未被注意、成功隐身使她成为他终极梦想的投射：让自己成为她与世界的眼睛。戏剧性的是，摄影师这种隐秘的渴望也早已被在伦敦街头的华兹华斯所预见：

……看哪！
他穿着暗色外套；行走在前台，
惊叹于活着的凡人眼中的隐秘……
……那是如何生成的？
他身着那黑服，死气沉沉，
“隐身”的火焰喷出胸膛。

盲人成为摄影对象是摄影师长期隐身诉求的必然结果，因为摄影媒介几乎都需要这种逻辑，所以如此之多的摄影师都有盲人照片也就不足为奇了。

1911年，曾在纽约文理学校教过斯特兰德摄影的刘易斯·海因拍摄了一幅《意大利市场街区的盲人乞讨者》[2]。海因认为“归根结底，好的摄影作品是艺术问题”，但不同于斯蒂格里茨“艺术本身是终点”的理念，他相信摄影媒介应该服务于社会改革这样的更大的事业。与此相符，海因关注的不仅是乞讨者的面容；他感兴趣的不是他们的身心状态，而是乞讨者的工作条件。与他身边事物的流动性不同——那长袍笼罩者的曲线，那装满圆润水果的木桶——盲人的目标则是一成不变，刻板而僵化的。画面中，他在演奏着某种手摇风

2.《意大利市场街区的盲人乞讨者》
（*A Blind Beggar in Italian Market District*）刘易斯·海因，1911年
© 乔治·伊斯塔曼纪念馆

琴，脖子上挂着图片解说：请帮助盲人（还配有我无法翻译的副标题）。背景是模糊的市场业务和周围建筑，很多交易正在进行，有很多事要留意。那位盲人音乐家不仅吸引了摄影师的目光，还引起了周围人的关注。一位母亲和她的两个孩子，还有那位提着购物篮的女士就那么凝视着他。他左边的那位女士在整理她的货摊。那天很冷，她和那位母亲都裹着围巾，让人回想起摄影师俯身其中的相机黑布罩（即诗中的“暗色外套”）。他的右边站着一位男士，双手插在口袋里，眼睛被帽檐遮住但仍直视着镜头（后面我们还会提到他）。每个人都在注视着别人（甚至隐约有一位在乞讨者上方的住户，将头探出窗帘，但实在太模糊了无法辨别），由此强调

了在此视觉网络中心地位的盲人的失明。

正如人们所料，更为极端的例子是加里·温诺格兰德大约在1968年的纽约拍摄的一位男士的照片［3］。温诺格兰德说他喜欢“在内容几乎压倒形式的领域工作”，总有些照片可能在一幅图像中争夺多重潜在的关注点。人们总是越过照片的画面看向别处，在画框之外寻找其他事件甚至是其他照片的暗示。正如约翰·阿什伯利（John Ashbery）诗中提到的街头音乐家那样，温诺格兰德是那种“漫步街头，包裹在如大衣般的身份下，看啊看”的人。（下文会提到那件大衣。）

摄影师耐心的工作方法在他们画面的宁静中得以体现。温诺格兰德拥有一种独具曼哈顿风格的耐心，能与都市的匆忙兼容。城市的活力迎面遇上他的“1200ASA

3.《纽约》(*New York*)，加里·温诺格兰德，大约1968年

镜头[1]”，照片被所要描述的事物塞满。某种水平的眩晕占据了主导地位。整张照片是倾斜、偏移、不稳定的，我们的目光无处安放，因为在这些照片中，没有什么处于静止状态，尤其是温诺格兰德自己。只有在严格的技术意义上，他才是摄影师。

在这个例子中，尽管摄影师不断地移动，不停地“看啊看”，却不得不直面其对立面：静止的、看不见的对象。那位男士脖子上挂着的牌子说明他既失明也失聪，所以他同时忍受着世界的双重折磨并遭受着双重的厄运。他还是位黑人，那牌子残酷地挂在脖子上，就好像他已被命运处以私刑。

斯特兰德希望大家清楚那位盲妇并不是一个乞讨者，而是一个做小生意的人。温诺格兰德拍摄的那位盲人好像也在设法进行某种商业交易：他向那些“无论你送什么都将帮我大忙”的人回赠铅笔。那块牌子还告诉我们，他的“狗的名字叫女士”（就是出现在底部边框处的两只三角形的耳朵）。这是典型的温诺格兰德式街景：繁忙热闹，人流涌动，却反衬出（如海因的作品）盲人的过度静止。看上去他好像至少从20世纪30年代开始就站在那儿了。这是如此的惊人，不仅是他的衣服

---

① ASA是American Standards Association的简写，即美国标准协会。ASA规定了感光材料的美国标准。——译注

还有他的头发质地，他的一切都表明了他来自不同的时代；一个来自30年代农业安全管理局摄影计划时代或是海因和斯特兰德时代的流浪汉。他看起来好像是从以前的照片中被剪贴至此的人。20世纪60年代后期妇女解放运动风起云涌，显然鼓励了那位女士将硬币丢进盲人杯中之类的行为。温诺格兰德通常会捕捉这种互动时刻，同时也是疏远和分离的时刻。她与他保持着一臂的距离。这是众多可能进行的交易中的一个，而这张照片的拍摄碰巧也是其中的一个。

大多数摄影师喜欢穿着多萝西娅·兰格所谓的“隐形披风”，温诺格兰德则是侵入现场的主要代表。他的朋友李·弗里德兰德（Lee Friedlander）深情地回忆道：“他像闯进瓷器店的公牛”，好战的风格使他在搭讪时遭到白眼。在此照片中，一位白人女性的目光不以为然地越过投币女士的肩膀，好像她认为温诺格兰德没有任何付出就拿走铅笔一般，但在某种意义上，她是对的。[①] 在远处不很明显的地方，一位黑人女性（我认为她是位女士但也有可能是位男士）不屑地避开与盲眼同

① 威廉·亨利·福克斯·塔尔博特（William Henry Fox Talbot）的首本摄影书为《自然之笔》（*The Pencil of Nature*）。此书自出版以来的一个半世纪里，一直存在一个不断商讨的问题：就是是否能未经本人许可或知情而使用其肖像，而这已经成为很多摄影师的第二本能和道德盲点。

胞眼神的直接交流。在看到这卷胶卷里接下来的几个镜头将会很有趣；到那时，她就从这种偶然的背景角色升级为参与温诺格兰德曼哈顿戏剧的中心角色。不过到那时，摄影师也会忽略此瞬间的另一主要部分：照片边框左边的一位年长女士匆忙路过，她的视而不见和冷漠无情都隐藏在传统的盲人标志——太阳镜之下。

温诺格兰德是某类街头摄影师的典范：手持一架小型相机，在城市里走马观花，混在人群中，快速按下快门，即使人们注意到他，也不再有机会做些什么。在读到20世纪60年代中期纽约的摄影评论后，你会觉得这个城市的摄影师们是如此匆忙，甚至产生他们在第五大道总是会相互撞见的想法。乔尔·梅罗维茨（Joel Meyerowitz）回忆说他“一直撞见加里·温诺格兰德”；有一次，他和其他两名摄影师发现卡蒂埃·布列松正在亲自拍摄圣帕特里克节游行。

随着这类活动增多，必然会有摄影师开始寻找一些发明或技巧融入其作品中。不再试图掩饰他们在做什么，他们强调照片正在被拍摄的事实。与之大相径庭的是温诺格兰德那种偷拍风格。如果人们知道自己正被拍摄——不只是坐在正式工作室的状态，而是暴露在大街上——摄影师可能捕获其存在的特质吗？

日常感觉和有意繁复的强化，被菲利普-洛卡·迪柯西亚（Philip-Lorca diCorcia）发挥到极致。1978年他拍摄了他兄弟马里奥正在检查冰箱的照片，此照片的每个细节都引人注目，但实际上这幅彩照是经过数小时艰苦的校准、预演和准备才拍摄而成的。在20世纪90年代早期，迪柯西亚拍摄了在圣塔莫妮卡大街遇到的嫖客和妓女，但他并没有选择偷拍然后转身离开，而是以付费方式让他们在他所选择的场景中摆拍，不管他们一般收费多少。

迪柯西亚拍摄的街景让他在20世纪90年代中期获得了一些意外的发现和机会——不是为了削弱他对街拍的持久迷恋，简直就是在阐明它。和之前的很多街头摄影师一样，他选择了在较为合适的地方等待人们经过，等到那一刻，不仅是简单快速按下快门，同时也激活精心准备的、预先调适的闪光灯。1993年，迪柯西亚在纽约以此方式精心设计了一幅典型的温诺格兰德式的繁忙街景，左手边一个男人斜倚着公用电话亭；右手边一个秃顶的男人正对着话筒说话。在整张照片的中间，一个体形笨重的盲人乞讨者，裹着厚外套和围巾［4］。整个场景都是光线明亮的，路人在其生活中暂时停留，那位盲人则因处于一个辐射照度的意外光环中被人所铭记。在温诺格兰德的照片中，那位盲人看上去好像就是从他早期图像中剪下来的。而迪柯西亚那光线的洪流则看起来好像是用数码技术缝制到场景里，就好像世界因拍摄

4.《纽约》(*New York*)，菲利普-洛卡·迪柯西亚，1993年
© 菲利普-洛卡·迪柯西亚，佩斯/麦吉尔画廊

照片的行为而重置。

我们早已习惯抓拍，这样就能将瞬息万变的时间流定格在那个瞬间。在此照片中，被捕捉的时间仿佛不是即刻的而是永存的。温诺格兰德照片中的盲人乞讨者暗示了场景在拍摄片刻之后即将改变——及其摄影潜在的消散。他所描绘的瞬间，通过已经发生的或将要发生的事情所隐含的道德意义，部分展现了其力量。迪柯西亚的照片将人们彼此之间以及过去与未来的生活都隔绝开来，将世界封存在拍摄的瞬间。他这一阶段如电影般高质量的作品常常被人提起，但实际上，那些画面并不是电影，仍只是胶片而已。

鉴于埃文斯受到的影响，有一天，他将不可避免地去试图拍摄出如同斯特兰德《盲妇》那样的作品。此作品并非简单地使埃文斯在纽约拍摄盲人手风琴乐者，而是令他追求相似的程序性目标：当人们未注意到他在场时进行抓拍。

在1938年至1941年期间，埃文斯拍摄了一系列纽约地铁乘客肖像，此时他已经解决了街头偷拍的烦琐问题，在日光下进行未被留意的拍摄已经相对容易；而在昏暗的灯光下，地铁摇曳的车厢里（没有警察的许可证此举为非法），至少回顾时，埃文斯所面临的相当大的技术难题是该拍摄项目目标的组成部分。埃文斯将他那35毫米的康泰时相机藏在大衣里（设置一个大光圈，快门速度调为1/50秒，铬合金部分漆成黑色），有时由年轻的摄影师海伦·莱维特（Helen Levitt）陪同，他们乘坐地铁，等到他认为他对面的人符合其构图，他就利用延伸到袖子里的遥控快门线，保持自身的稳定，拍摄照片。直到埃文斯洗印好相片，他都无法确定究竟拍摄了些什么，依据精确构图标准，他是在盲目拍摄。但这也正是其拍摄方案引人入胜的部分。

稍后，埃文斯也确认此想法，“某些人在不知情的情况下在特定时间出现在固定的、客观的设备中，而取景器所记下的所有人，在快门按下的那一刻没有丝毫的人工干预”，在印刷阶段，构图和曝光度都可以重新修正。而那些紧凑的人头和肩膀大多数都由匿名的和自动的照相机拍摄，如自助摄影房。而两者的不同之处则是埃文斯所拍摄的对象丝毫没有察觉他们正被拍摄的事实。他观察到，“放下戒备，摘下面具，甚至比独自在一间有一面镜子的卧室更自在，人们在地铁里面无表情地安坐养神”。一些照片展示着人们盯着埃文斯的脸，就像镜头记录他们一样，很坦然地研究他的出现，此举仿佛他们自觉地在镜头前摆造型，做表情。其他一些人或成对地坐在一起，或在阅读报纸，捕捉着地铁里临时的戏剧性场面，转瞬间的互动。尽管这种直率、客观的问讯无法回答他们所过的生活。多年之后，维姆·文德斯（Wim Wenders）的电影《柏林苍穹下》（*Wings of Desire*）成功地再现了柏林地铁乘客随意而又混杂的想法。不过，埃文斯像是在伦敦的华兹华斯：

> 每张擦身而过的脸庞，
> 于我而言如谜一般！

华兹华斯的这种挫折感，直到他偶遇盲人乞丐，才消失殆尽。而对于埃文斯来说，这代表了那种“纯粹记录”的理念：用机器记下无名人士的瞬间，尽可能避免人工干预。

在某些情况下，恰是将概念和作品构图明确分离的特性，使得埃文斯关于地铁的照片强烈地感染了人们。在其照片中，最引人注目的是一位盲人手风琴家在拥挤的地铁车厢里向前走［5］。他紧闭双眼，嘴角向下，仿似只有这种早已习惯的悲伤表情才使自己感觉舒服。正如博尔赫斯在《盲人》中写道，他蹒跚地走在车厢里，意识到“他每走一步，都好像会摔倒”。他的手指摸索着那将冷漠变为仁慈的纸币，在悬挂的肩带和昏暗的灯光的映衬下，手风琴声挣扎着让自己在地铁的轰鸣声中能被听到。地铁车厢顶部和窗户的摩擦声每秒都临近消失。虽然此次旅途始终是在纽约，但手风琴的插曲还是

5.《纽约》（*New York*），沃克·埃文斯，1938年2月25日
© 沃克·埃文斯档案，大都会艺术博物馆，纽约，1994年
（1994.253.510.3）

染上些许欧洲、巴黎的怀旧色调。当这位盲人手风琴家演奏的时候，埃文斯走近了那个衣着整齐的人，全然不知后者在缅怀巴黎时光（在脑中回旋起乡愁的音符）的同时也在工作。他的手小心地插在口袋中，面不变色地按下快门，早已忘却了地铁的轰鸣声。

很显然，我们并没有埃文斯在地铁上工作时的现场照，但是另一幅盲人乞讨者的照片以寓言的方式呈现了他当时的处境。温诺格兰德在车水马龙而又起伏兴衰的纽约街头拍摄他的作品，埃文斯则坐在地铁里等候人们路过。在20世纪30年代初期的伦敦，比尔·布兰特（Bill Brandt）拍摄了一位坐在白教堂街道烘焙店外的折叠椅上的盲人乞讨者。被商店帷幕所遮蔽，他和人流，特别是刚刚经过的女人的模糊身影有一段距离。他戴着墨镜，直盯着前方，他把手插进皮夹克的口袋里，好像把什么只有他懂得价值和特性的东西藏在一旁。布兰特狡猾地捕捉了他的动作，此盲人虽然表面上看不见他周围的一切，却有效地模仿了这一策略。讽刺的是科林·韦斯特巴克（Colin Westerbeck）在《旁观者》（*Bystander*）中指出盲人，“就像是摄影师”，一直在角落躲藏着，等待着，“全身心地享受一切，绝不错过任何一个细节”。他的手小心地插在口袋里，面不改色。

自1980年起，布鲁斯·戴维森（Bruce Davidson）投入越来越多的时间拍摄纽约地铁的彩色照片。他乘坐涂鸦斑驳的地铁“无论白天黑夜都很危险”，为了在地下工作，戴维森准备实施军事体能训练计划。他很确定自己会在某一时刻——准时地——遭到抢劫，除了相机设备，他还带上了召唤救援的口哨以及瑞士军刀。他照片里的人们充斥着日常生活的烦忧和危机感，最终在1984年发生在2号市区线上的伯纳德·戈茨枪击四个年轻黑人男性的事件中达到高潮。

如埃文斯一样，戴维森被那些在地铁里来来往往，“好似被命运所压垮”的乘客所打动。但他和埃文斯最大的不同就在于他不会试图掩饰自己在做什么，偏好什么。在通常情况下，他会在征求人们的许可之后再拍照。鉴于埃文斯曾自称为“悔过的密探和歉疚的偷窥狂”，戴维森对某个好奇的对象解释自己是“变态，偷窥狂和闪客合为一体的摄影怪物”。即使他没有时间寻得拍照许可，闪光灯也立刻暴露了他。而斯特兰德觉得他可以通过拍摄没有察觉的人们捕捉存在的特质，戴维森发现闪光灯——让人们意识到他们正在被拍摄——是一种在地铁车厢由金属表面反射而创造出的独特的“晕色”方式。这一发现使得他“发现一种拍摄不起眼的乘客的美，他们困于地铁，藏于戒备的面具之下，与外隔绝，对一切视而不见”，而有些情况也的确如此。他曾看见一个商人“双眼紧闭，身背皱巴巴的包”，戴维森未经询问就迅速拍下，当他向此人就闪光灯道歉时，那个人告诉他没有关系，因为他完全失明，看不见光。

戴维森大概知悉埃文斯先前的地铁作品，就像埃文斯也觉察到斯特兰德的先前作品一样。他也一定知道，失明的街头艺人在地铁车厢过道里拖着脚步进入镜头，只是时间问题。结果是一种意外的融合，是对戴维森杰出的前辈们所摄照片的一种含蓄评论。一个穿着绿色外套的女人背向覆盖着涡形和环形涂鸦的地铁车厢门站着[6]。她右边有一位乘客跌坐在座位上，用手托着头，不是精疲力竭就是喝醉了。街头艺人头裹橄榄色围巾，衬托出她满是皱纹、坑坑洼洼的脸。她看上去好像是坐上了通往地狱的列车一般。她的一只眼睛斜眯着，毫无生气；另一只眼睛直直地看着前方，她右手在弹手风琴键，左手在拉琴。① 与斯特兰德、海因、温诺格兰德拍摄的盲人不一样，埃文斯和戴维森拍摄的盲人脖子周围并没有表明其为盲人的标签。或者说他们的标签是笨拙的音乐——如果不是失明，那么手风琴的音乐要表现

① 正如本书的题目所示，传统从未完成，而是一种不断完善的过程。手稿已被送至出生在捷克斯洛伐克的摄影师彼得审阅编辑，他出版了《地铁影集》（*Subway Pictures*）（兰登书屋，2004年）。不可避免的是，这些照片中也有一幅盲人手风琴家。

6.《地铁》(*Subway*)，布鲁斯·戴维森，1980年至1981年
© 马格南图片社

什么？

1930年，沃克·埃文斯在布鲁克林遇见了艺术家本·沙恩，几年后他教朋友摄影基础：“本，看，这没什么。街头背阴处用F9，向阳处用F45，保持相机的稳定1/20秒！”沙恩随后和埃文斯一同加入了罗伊·斯特赖克组织的联邦农业安全管理局摄影项目；与此同时，他们两人在下东区闲逛，拍摄街头生活。根据埃文斯传记作者贝琳达·拉思伯恩（Belinda Rathbone）的描述，他们使用“带有潜望镜头的徕卡相机（这与二十年前斯特兰德在下东区街道所使用的类似），然而他们似

乎要瞄准对方，而不是妨碍街头事件的自然发展”。他们彼此相像之处止步于此，其举止和工作都大不相同。埃文斯是谨慎的、超然的、克制的、文雅的，在他眼中，沙恩（长其五岁）“更像是位劳工而非艺术家，一心向前”——最能够体现沙恩作品质量的就是1932年至1934年摄于纽约第十四街的盲人手风琴家［7］。那个人身材魁梧，强壮有力，也代表了摄影师自己在政治上的同情。沙恩的那些效忠左派的激进者所期待的是这位手风琴家并不依靠他人恩赐；他更加固执地致力于更大的挣扎谋生的斗争，在世上获得自己的立足之地。

沙恩拍摄了至少三张手风琴家的照片（都比他二十年后源于此的相当幼稚的画作来得更令人印象深刻），

7. 未命名（纽约第十四街），本·沙恩，1932年至1934年
© 哈佛大学艺术博物馆

手风琴家身躯不断扩张或收缩就好像手风琴一样。在一个紧凑的取景中，他完全占据了整个画面；而从另一个取景看上去，他好像在演奏《国际歌》，领导着一场工会游行。在最为开阔的取景中，人们为蹒跚的他让出广角镜头下的街道，仿佛正在朝摄影师走来的路上——这花了他四十年的时间来达到目标——直到他遇到加里·温诺格兰德。也许这正是他走出过去的原因，不仅成为一股政治力量而且是被认可的摄影原型。配在像老土豆一般朴实而坑坑洼洼的麻脸上，他的眼睛是无法穿越的黑暗阴影。这就是为什么这幅照片有一种十分奇怪的寂静。他的世界是纯粹音乐性的，就好像我们的世界是纯粹视觉性的。如果音乐唤起了他未能看到的世界，而这幅照片则描绘了我们未能听到的世界。

此盲人手风琴家也出现于奥古斯特·桑德（August Sander）及其他摄影师照片中，但我特别把一位摄影师和这一主题联系起来：安德烈·柯特兹（André Kertész）。乔治·塞尔特斯（George Szirtes）在系列诗歌中写过《安德烈·柯特兹颂》（*For André Kertész*）：

手风琴家是那盲眼的智者
身携那庞大的打字机
键盘乘着翅膀，风琴扩展为

塞尔特斯印象中的照片是在匈牙利的艾斯特根拍摄的，且那人并非盲者（他戴着眼镜而不是墨镜）。那架手风琴似乎是如此强有力的失明象征，让我们无视——我也曾经以为他是盲人——演奏手风琴人的真实状况［8］。1916年，柯特兹在二十二岁时拍摄此照。1959年，他在纽约拍摄了另一位手风琴家，这次拍摄的确实是位盲人［9］。这种景象就会抓住黛安·阿勃丝的眼球，这位手风琴家由导盲犬和一位盲妇陪伴，她手里拿着小杯子，一个路过的侏儒投入硬币。前一幅照片的背景是一面脏乱破裂的粉刷墙；而后一幅照片则是第六大道的喧哗街景：众多汽车，擦肩而过的牧师，还有一个行人，手上拿着烟，眼睛瞥向该场面。实际上，这两幅

8.《艾斯特根》(*Esztergom*)，安德烈·柯特兹，匈牙利，1916年

9.《第六大道》(*Sixth Avenue*),安德烈·柯特兹,纽约,1959年
© 安德烈·柯特兹遗产管理公司,2005年

照片贯穿了柯特兹漫长而多变的摄影生涯的中心链。这其中,他拍摄了不少演奏手风琴的人[包括1926年拍摄的雕塑家奥西普·扎德金(Ossip Zadkine)]和一些盲人音乐家,最有名的是1921年在阿本尼拍摄的《流浪小提琴家》(*The Wandering Violinist*)。为了营造视觉上的和谐,他们建立了三联体:手风琴、小提琴和盲人。音乐唤醒了一种失明感或是缺失感——那种既痛惜又有所补偿的缺失。

柯特兹自称天生的摄影师,在他六岁时,他翻找叔叔的阁楼偶然发现存放的旧杂志上的照片。他和可称之为同时代人的雅克·亨利·拉蒂格（Jacques Henri Lartigue）几乎一样早熟（后者从八岁起拍摄照片并从事摄影业），柯特兹开始期待自己也有一天能拍出相似的照片，用相机保存依据想象本能而创作的作品。随后他也的确致力于此，他的职业包含多种阶段，主题和风格，但上色工艺使其潜在的一致性更加引人入胜。他于1920年之前在匈牙利拍摄的照片已和后来在巴黎、纽约拍摄的照片一样成熟。

柯特兹于1925年离开匈牙利搬至巴黎，此后在摄影发展最好的十年中，他在巴黎成为先驱者的一员。至1933年，他所拍的内容被认为与政治危机不断累积的气氛不相协调，其职业生涯由此止步不前。1936年，受到与基石图片社所签合同的诱惑，他再次迁至纽约成为一个时尚摄影师。此举本为临时起意，却不料成为永久之举。倒并非因为柯特兹在纽约感觉自在，实际上，恰恰相反。虽然他持续拍摄出出色的照片，但是接下来的二十五年却给了他深深的挫折感和幻灭感。

当柯特兹到达美国不久后，事情便开始出错，基石图片社破产，柯特兹无法承担回法国的旅费，只能被迫四处筹钱；战争的爆发更使得他的回程渺无希望，留下又无法独立生活。作为被列为敌国侨民，他被禁止在户外工作以及发表作品。这在他1944年被接纳为美国公民时得到一定的纠正，但是他仍然固执己见地对杂志社图片编辑的要求感到厌恶，因为他们对其个性化的作品非常刻薄。他曾被一位编辑断然拒绝，柯特兹被告知他的照片“说得太多了”——柯特兹的英语一直都不流利——他继续用自己个人的、抒情的方式来诠释。1947年，柯特兹和《房屋与花园》（*House and Garden*）杂志签订了一份独家合同，虽然使得他在接下来的十五年里在经济上得到保证，却也限制了其创作自由。在1946年（他在芝加哥艺术学院展出了三十六幅相片）至1962年间（其作品在长岛大学展出）他倍感受到不公平待遇，也未受到充分赏识，雪上加霜的是没有一个公共展览展出他的作品。让他更难堪的是，他在摄影史上的地位岌岌可危：他并未被列入1944年出版的《时尚芭莎》（*Harper's Bazaar*）杂志的六十三位摄影家的家谱中。因对柯特兹的“技巧和影响”怀有敌意，斯蒂格里茨将他的作品贬损为一系列被镜子变形和扭曲的裸照。1955年，柯特兹的作品并未包含在爱德华·史泰钦（Edward Steichen）划时代的“人类大家庭”的世界巡回摄影展中。博蒙特·纽霍尔（Beaumont Newhall）在其富有影响力的《摄影：1839—1937》（*Photography*：1839—1937）一书中只是简要地提到他，而在其《摄影史：1839年至今》（*A History of Photography*：*From 1839 to the Present*，1949）一书中根本只字未提。

对于柯特兹来说，美国生活受尽冷落，被失望压垮，他一再强调他在美国的日子都是“绝对的悲剧”。一扇门对他关闭了，另一扇也当着他的面砰地关上。1963年，布拉塞回忆起他几年前抵达纽约的情形，他之前的导师迎接他的话为“我已经死了，你又看到一个死亡的人”。这一观点也为他人所认同。有一天，一位老人拎着满满两袋照片放在现代艺术博物馆前，摄影部主任约翰·萨考斯基从办公室里探出头询问那是谁。他说：“我的秘书低头看了登记簿说那是安德烈·柯特兹，大家都以为他早在三十年前就去世了。”

柯特兹夸大并加剧了自己的困境，他遭受的这些冷落，回顾起来确实难以令人信服。作为一位摄影大师，他不得不像街头艺人一样来满足自己，哪怕仅有一点点被认可，哪怕只是路人投入其杯中的硬币；他的图像清晰而有韵律感、微妙并富人情味，但人们对待他的态度却犹如对待盲人一般，漠不关心，无视其才华。这种忽视使他不可避免地怀念起他早些时候在匈牙利的欢乐时光。

这种情感随着许多匈牙利时期照片本身的消失愈演愈烈。他留下满满一箱底片给在巴黎的女人照管，战争的爆发使她和那些底片消失得无影无踪。不可思议的是，那些底片后来又出现并在1963年回到他身边，柯特兹的生活部分呈现出童话般的结局——国际的赞誉和迟来的认可，在巴黎国家图书馆和纽约现代艺术博物馆举办个展。在那之前，他的过去似乎全面溃败。最终在1982年，那些照片出版时，柯特兹的传记作者皮埃尔·布尔汉（Pierre Borhan）回忆起他“眼中满含泪水，翻阅着、评论着《匈牙利回忆》（*Hungarian Memories*）”。

奇怪的不只是柯特兹早期作品《流浪的小提琴家》和《盲人手风琴家》（*The Blind Accordionist*）已在回顾中如同失落家园获得了田园诗般的确认。[1]更令人惊讶的是，在很久很久以前，早在他二十岁时，就因即将离开故乡而心灵有所触动。六岁，他已开始期望拥有相机后所要拍摄的照片，一旦开始使用相机，他便以拍摄照片来表达自己的情感，却低估并厌恶相机本身，也没有好好利用。它们成了回忆的照片，而一开始则如预言，是他自己命运的客观再现。即使作为一个富于生气的年轻人，他心里的一部分却从更为苍老、悲伤的自我角度看待事物。或许，这就是他早期的照片显得如此成熟的原因。1959年，他在第六大道看到盲人手风琴家，这一瞥似乎并不那么简单，而是他多年前所见的另一变体。这并不准确，时间延长（这包含了两种单独的场合）和压缩了（两个邻近的时刻）。在这种情况下，想象柯特兹

① 当然，尽管有一个元素：怀旧的感觉，过去的时间和地点是如此的明显，看着那《流浪的小提琴家》，巴特以“全身心”辨认出“很久以前我去匈牙利和罗马尼亚旅行时，经过那落后的村庄”。

是否在1959年听到与1922年一样的乐曲，这并不是异想天开。摄影师和他的代理人——盲人手风琴家，他们其间在做些什么？关键是并没有“其间”。只有那一刻和此刻，没有两者之间，只是手风琴在不断折叠、扩展，和不变的曲调：

> 我们是撒在田间的罂粟花，
> 我们是滴着血的简易十字架，
> 小心简短韵律里隐藏的感伤，
> 明智而善良。

富兰克林·罗斯福（Franklin Roosevelt）死于1945年4月12日，第二天，大家在火车站等待总统的遗体被运往北方，埃德·克拉克（Ed Clark）拍摄了海军军官格拉汉姆·杰克逊（Graham Jackson）正在演奏手风琴曲《念故乡》的照片［10］。在照片中，杰克逊泪流满面，视线模糊，在他身后的左手边，有一群白人，主要是女性，正在等待棺材经过，很难说她们是在看杰克逊，还是在看拍摄他的摄影师。从照片上看来，杰克逊的右手没有拍全，只露出一半断指，就好像他是一名战后伤兵。如果我们看到他的完整手指会更有说服力，但这可能性——微妙的音乐所表现的相应的视觉效果——被切断，被截肢，更加重了这种疼痛感：那种哀号，那

10. 《念故乡》（*Going Home*），埃德·克拉克，1945年
© 时代和生活图片社/盖蒂图片社

种哭喊，那种呼叫。

《念故乡》是德沃夏克《新世界交响曲》（*New World Symphony*）中的广板。[克拉克拍摄这张照片几年后，萨克斯演奏家约翰·克特兰（John Coltrane）本能热烈开启一大音乐革新壮举，将爵士乐带入一个新领域，从而进入充满希望、斗争和失败的动荡不安的音乐史诗。在20世纪60年代末或是70年代初萨克斯演奏家阿奇·谢普（Archie Shepp）本可以将他的音乐变得富有战斗性和革命性；后来到他六十多岁时，他本该安然地找回其初衷。]照片中，杰克逊那无法控制的情感宣泄在他的制服和骄傲的姿态下有所节制，达到了某种平衡。因为杰克逊是黑人，克拉克的照片涉及黑人精神的情感深处，

德沃夏克深信这包含了美国音乐学派所有需要的“伟大和高尚”。因此，不管在哪个层面上，这张照片都是关于悲伤和尊严，尊严在悲伤中低回。

克拉克作为《生活》（*Life*）杂志的摄影记者只工作了几个月。在看到杰克逊的第一瞬间，他就知道：“我的天！这画面太棒了！”这张照片的一切：音乐，杰克逊的种族，他的制服，都使这张照片成为一种经典，甚至可以说是为《生活》杂志量身定做的。换言之，这张照片是一个关于相机独特能力的生动范例：不是虚构故事，而是真实叙述。看到这张照片，我们的反应完全如克拉克一样迅速——这意味着我们并不沉浸其中，而是一旦被感动，我们就准备继续前行。这张照片的所有元素融合在一起汇聚成了某个单纯的意义：不管我们是随意或是仔细观察，都使人毫不含糊地立刻感受到，且无须我们的关注及参与，其含义正如巴特所言，“这是一位年轻的黑人男性身着法式制服……在敬礼，他的眼神不断地抬升，很可能固定在一面折叠的三色旗上”，而作为《巴黎竞赛画报》（*Paris Match*）的封面，此照片“已足够完美”。这是一首视觉礼赞——赞歌定义的特性就是一旦你知道它，就过耳难忘且无须改进。（尽管这可能引出一个难题：有人能够记得他们从未亲历过的瞬间吗？）

克拉克的《念故乡》有一种“官方”照片的感觉，

因为接近于摄影师对逝去总统的观点，或者至少是路过的送葬行列的看法而加强。1968年6月，时任《形象》(*Look*)杂志社专职摄影师保罗·弗斯科(Paul Fusco)拍摄了一系列更为微妙的照片分享了其对逝者的看法。6月5日，罗伯特·F.肯尼迪(Robert F. Kennedy)在洛杉矶被暗杀，而6月8日在纽约举行过葬礼之后，肯尼迪的遗体被火车运送至华盛顿。为了使轨道两旁的送葬人群通过巨大的观察窗看到，棺材被放在最后一节车厢内的凳子上。弗斯科在火车上记录所见场景，他看到在火车慢慢驶向南方时，人们行着注目礼；吸着烟；微笑着；牵着手，戴着花，抱着孩子或举着旗帜；双手挥动，或是挥动旗帜；跪着；眺望着；祷告着；敬着礼；脱下帽子；手持标志……这是一种真正民主的——既是专制又是代议制民主——哀悼。人群聚集再疏散，在一段安静的路段只有一个穿着粉色比基尼的女孩。在另一个地方，一个断腿的人在挥动着他的拐杖。有时背景是模糊的，有时人物也是模糊的，仿佛某些时刻火车移动得比其他时刻更快些。这天很炎热，一个老妇人躲在自己的伞下，人们都戴着墨镜，有的人穿着制服，有的人穿着T恤(他们自己的一种制服)。他们来这里是为了瞧瞧，但有些人却把脸转了过去，我们看着他们注视着，就是观察火车经过时展现的重大时刻。

我建议用相机记录及分享对于逝去参议员的观点，但随着我们持续地观察这些照片，这种想法似乎有了微妙的变化。盯着火车的人们脸上都浮现出悲痛和失落的神情，他们都意识到——这并不像瞥见另一种“旅行巧合”——“这一时刻如何蕴含生命的全部意义”。菲利普·拉金（Philip Larkin）在其《降灵节婚礼》一诗中提到，“每张脸庞仿佛在定义/它所看到的分离”。在这里注视着遗体离开的脸庞也是一样，就像是自己生命中的一部分也逝去了；也就是说，他们站在那里目送着罗伯特·F. 肯尼迪的葬礼火车，身体的那部分也随着隆隆声而消失了。这就是为什么照片要尽可能明确地显现出移动感。

多年后，当弗斯科的照片被展出及发表后，部分照片上的人一定能瞥见并认出他们流逝的早年的自我。而这也是不在现场的我们要分享的观点，我们看着这些照片好似我们就是其中一员，当回顾那天时，我们能感受到历史的存在，不是正擦身而过，而是被其抛在身后。

原来人们只是火车旅行的观察者。

——约翰·契弗（John Cheever）

拉金那通往伦敦的火车旅程始于一个“阳光普照的周六”，诗人的脑海中存留着窗外一系列如相机镜头里的风景：

驶过那宽阔的农场，牛群投下短暂的阴影，
那流淌着工业泡沫的运河；
只有那暖房在闪耀：落在树篱后面，
还有那玫瑰……

飞驰而过的有那奥迪安影院，冷却塔，
还有些奔跑着投保龄球的人们……

那是在1958年，在那四十年后，保罗·法利（Paul Farley）心照不宣地向拉金致敬，他的旅程在某方面是更为直接的复制：

眼前一切似乎都呈现为中景，
火葬场，多路传输站的棚屋
许诺他们物品和做爱的场地；

许诺他们大学城，
教堂尖顶，还有那运动场。

无论从行进中的火车的哪一侧看过去，英国总体上都显得非常狭隘。而在广袤的美国，除非火车碰巧装载着逝世总统的遗体，否则不可能在火车窗口展开权威的国家叙事，这需要汽车的灵活性。在一个火车窗口可以抱有的最好的希望是自带相机，随机拍摄。而对于沃克·埃文斯来说，这是其吸引力的一部分。在1950年的9月，他在火车窗口拍摄了七张照片，发表在《财富》（*Fortune*）杂志上。自1948年开始，他一直享有“摄影特刊编辑”的特权地位。照片包含四张彩照，连同文本，埃文斯称赞其为“窗口远眺的丰富消遣”。

火车车窗外的景象就像是家中窗外的景象和汽车车窗外的景象的交织，这就像在家时，或是在开车或者坐车时，你不一定非要看窗外。在火车上，你面对的并非一定是风景；而是一个选择。如果你喜欢，你可以在旅行时阅读，不时抬头看看窗外。[尽管最终你就会像费尔南多·佩索阿（Fernando Pessoa），“徒劳地在不感兴趣的景色和不感兴趣的书本中痛苦撕扯，可想而知的是心烦意乱”。]

埃文斯对火车窗外的客观视点是他在纽约地铁工作和在20世纪30年代路易斯安那州拍摄汽车窗外风景的直接延伸。就像在地铁照片中一样，视角都是事先设定好的，在此情况下就是由路线决定的。对于那些对“自动而重复的艺术元素”感兴趣的人来说，路线和车窗的双重约束反而是解放和机会。至少，他有一张新泽西地区房屋的照片，像弗斯科曾拍过的一张照片——某天什么特别的事都没发生，没有任何人注意到火车或其他车辆经过。

1953年，同样在《财富》中，埃文斯提到，“他乘坐火车旅行穿过次要的美国路线咣当咣当地重返自己的孩童时代”。奇怪的是，埃文斯拍摄的窗外照片似乎是开往反方向的旅程，他往返于东部及大西洋中部州，他所观察到的美国已取代了在他长大过程中的美国。这在一幅冬天场景的照片中表现得最为明显：一座现代工厂冲破积雪，拔地而起，就像一艘巨大潜水艇的指挥塔冲开极地的冰层。这些火车窗外的图片表明了埃文斯作为一个摄影师的未来。当他急切地想要领会宝丽来相机施加给他的限制时，这也预测了其职业生涯最后阶段的彩色图像。

这个文字密布的世界从四面八方包围了我们。

——伊塔洛·卡尔维诺（Italo Calvino）

如果我们严格遵循字面意思，对于华兹华斯来说，是“标签”而非盲人自身似乎是“我们所知极限，/包括我们自身和整个宇宙”。同样，因为“看不见”的这个词他备受打击，好像这是从胸口喷出火焰的马戏团表演者。在《序曲》中，许多“时间点”便是通过这样的方式加以标注或是预先铭刻。诗人强调生命中的重要时刻，紧接着他在回忆其六岁时，来到一个早年以锁链吊死杀人犯闻名的地方。那里有只“无名的手”在“雕刻着凶手的名字”：

> 纪念碑上的文字镌刻在
> 遥远的过去；的确，年复一年，
> 鉴于邻里的迷信，
> 草地被清理，这一时刻
> 这些字母都清晰可见。

许多摄影师都延续了华兹华斯对自我标记的场景、事件和地点的偏爱。斯特兰德的《盲妇》是一个显著的例子。然而没有人比埃文斯更能品味自我题注的图像，1928年当埃文斯在纽约公共图书馆偶遇此照片时，它对他产生了如此深刻的影响。

埃文斯在《创意艺术》(*Creative Art*)(1930年12月刊)首次出版的照片是一个大型的电子招牌，“DAMAGED”(损毁的)，装在卡车后面。还有百老汇大街上众多闪烁的霓虹字——联邦监狱，米高梅公司，洛斯公司。在未来几年里，指示牌、广告牌和广告混乱的语言中夹杂着被删减的和讽刺的意义，这成为埃文斯无可替代的标志之一。在《美国影像》(*American Photographs*)中的开场图片可能是最为著名的自我标签的例子。

1938年，埃文斯在纽约现代艺术博物馆举办展览的同时，《美国影像》出版。这本书有其独立的美学标准，并基于这样的信念：在画廊中看到的照片与在书中看到的根本不同。在展出的一百张照片中，有四十七张未曾出现在书中，而书中的八十七张照片中也有三十三张未曾被展示。埃文斯掌控了此书的呈现方式和设计的方方面面，他坚持将其分为两个部分，照片只能出现在奇数页，没有说明文字（每部分以索引结束）。他对此相当坚定，正如林肯·科尔斯坦（Lincoln Kirstein）（可能援引于埃文斯自己）在此书末尾的文章中解释的，“照片以规定的序列出现”。

艾伦·特拉亨伯格和其他人已经对此序列的影响进行了细致的研究，下面我将提到前三种图像。首先，是1934年摄于纽约的《证件照工作室》[11]，在地铁站和超市里的自拍摄影房的前身。工作室外面贴满了标牌，宣传这里其实是拍照片的地方，在《美国影像》的语境中则是图像出现、排列的地方。画在墙上的手指指向门，督促着读者继续翻阅观赏更多的照片。对于此书，埃文斯的观点是，这是一本关于摄影的书——更加明确的是其构成了美国化的摄影——这也是一本用照片写成的书。用华兹华斯的话来说，摄影语言是“犹如标题页码／从头到脚刻着大号字母”。接下来一张照片的主题则是一个特写镜头，由单一的单词“STUDIO”（工作室）构成，窗户张贴数以百计的样照，就是书中前一页

11.《证件照工作室》(*License Photo Studio*)，沃克·埃文斯，纽约，1934年
© 沃克·埃文斯档案，大都会博物馆，纽约，1994年（1994.256.650）

面自拍摄影房会拍摄的那些照片。第三张照片则是在宾夕法尼亚州真实的“脸”——和脸部特写照片不同——以一张张模糊的脸庞为背景并隔离开来。贯穿本书的就是这些各不相同，水准不一的混杂照片流。

摄影书籍的历史是摄影师和编辑试图引诱和哄骗我们按照前后顺序来阅读它们的历史，他们试图说服我们那些照片都在进行视觉叙述，材料是故意安排的，如果他们孤立地或随机地来看，那么照片的感染力会减弱。1938年的《美国影像》正是一项基于不断发展的历史的标志性成就。

本书则要反其道而行之，旨在扭转整个过程，将一堆照片随机并置，看看同时会有什么样的反应。你可以在盒子里翻找，你可以选择一张照片，再选另一张，然后将它们结合起来，这会让你用不同的眼光去看待它们每一个。我曾短暂地——但也只是短暂地——怀有想法要模仿B. S. 约翰逊（B. S. Johnson）的小说《不幸的人们》（*The Unfortunates*）：一个盒子里有一堆卡片，将按照读者认为合适的方式重新洗牌。因为并不是任意的组合都能有显著的效果。将斯蒂格里茨研究云的照片放置在韦斯顿的裸体照片和柯特兹的窗外景象之间，这并不能使任何照片显出特定优势。但我希望每一张照片，或者说照片的对应词：每个文本段落并不仅是与其他两个紧密相关，更为理想的是，某些部分可以包容相邻的四个、八个甚是十个别的段落。正如斯特兰德在作品集《家门口》（*On My Doorstep*）的介绍中写道："整套照片不是一种线性记录，（它）应被视为一种相互依存的复合整体。"那么，为了符合先前的要求，本书旨在模拟翻阅一堆照片的偶然经验，直到符合规定的照片出现，并由此做成一本书。一种顺序的提出，就好像材料早已有安排，但你实际上是被催促从章节末尾开始。从52页的"……对意义穷追不舍"到316页以"埃文斯通过拍摄画在路上的箭头使这一点凸显出来"开始的段落。或是从149页的章节结尾中卡蒂埃·布列松对巧合的评论，到155页的开头"德卡拉瓦与欧洲先锋艺术的联系……”。这样，有机会看到大量选择性排列，而这个特定序列可减少相当大的排列事情的机会成本。在每个部分结束时，我避免指出可能的方向，但应牢记的是这里提供的排列不是决定性的，这些页面完全可以采用许多不同路径编排。如果你愿意，这本书可以成为底片，洗印出各种照片——它们彼此相像却又略有不同。

1973年7月，埃文斯得到了一台SX-70的宝丽来，他开始只是自娱自乐，仅其当作是一个“玩具”。随后他却是如此地迷恋与满足，以至于感觉自己“活力再现”。最终，他在生命最后的十四个月都在摆弄这个新玩意儿。

他之前所拍摄的照片都没有表达出他对自我标识图像的钟爱，这就像宝丽来拍摄的一个红绿相间的褪色邮箱上印有白色的“信”一词。这张照片本该完美地呈现在他脑海中的一本书的封面上：一张由来自各种指示牌上的字母组成的宝丽来字母表吸引了他的注意（来自PARK的ARK，来自PAID的AI）。很自然的是，他特别喜欢W和E这两个字母。同样，他受到脱离语境的，随机的标牌和警告的吸引：DO NOT ENTER（请勿进入），DO NOT HUMP（请勿急速行进），ENJOY（请享受）。E. M. 福斯特（E. M. Forster）用他自己的“只有连接”为题词，作为《霍华德庄园》（*Howard's End*）意义的指示牌。埃文斯从街上分离第一个单词——只有——不断对其进行编写和拍摄。仅仅一个词——只有——从无数的角度，隔离它，并凭借强迫性复制，对意义穷追不舍。

1975年4月，埃文斯在完成他的摄影词典之前就去世了，但他的野心在李·弗里德兰德的《百家字》(*Letters from the People*)一书中得到了惊人的实现，书中提到了排序是固有的观念。

从埃文斯处得到启发，弗里德兰德每次都将字母从指示牌（CAR PARK中的K，BAR中的B）、橱窗展示、通知和广告中剪切下来，或者将字母表分解成构成其的字母。一旦字母表在个人的照片中被详细列出，他就会转向数字继续进行。

他所处理的词典储量巨大，有关城市的数量庞大的变位词立刻为其提供了所有必要的组件来复制整个英语世界的书写文化。其中浮现出的是如细菌般复杂生长的文化，而不是表现为单词的字面意义。指示牌让涂鸦如真菌繁殖般增多，正如诺曼·梅勒（Norman Mailer）所谓涂鸦的“植物生长”。紧随埃文斯的脚步，当字母和指示符分离时，弗里德兰德同样也察觉到那些摄影师已在拍摄涂鸦。例如，在1938年和1948年之间，海伦·乐薇（Helen Levitt）曾拍摄纽约建筑和街道上粉笔涂鸦和广告词。1933年，布拉塞评论说保存在他所拍摄的巴黎墙壁涂鸦的照片中的“简明符号代表的正是写作的起源”[1]。弗里德兰德探索的书写的发展超越了它们的起源，但即使当单词已经形成时——现金、上帝、眼睛、罪恶、蒸汽（在潮湿的水泥上出现）——这仍揭示了一个充满了原始意义的世界。有些信息出现，但意义却从最简单的告示中泄露了。当字母U被排除在景框外的时候，商店的橱窗听候吩咐：WAIT（等待）。

倒不是说周围有人注意到这点。除了一幅照片外，没有人们阅读或写作的照片（甚至是在那张摄有华盛顿越战纪念碑的照片上，他们看起来更像是在准确地找出人名，观看而不是阅读它们）。在书中除了五六张外，超过二百幅图像中不见人影。弗里德兰德的幽灵阴影是唯一在场的人类，他——有人可能会说是他的签名——潜行于空城，记录而不是阅读它。语言似乎已经孵化了——书写了——其本身，涂鸦数量的增加常常使语言变得不仅难以理解，而且难以辨认。

摄影词典的每一页都显得愈加人性化。人名开始出现。然后充斥着表现主义式的尖叫：糟糕、疼痛、讽刺。就在那几页之后，不知不觉中，“艺术”一词小心翼翼地首次出现，对话也开始浮现。油漆喷射在“伤害”一词下面，是废弃的城市指示牌“呵护”的忠告。

---

① 布鲁斯·戴维森认为纽约地铁上聚集的乘客的涂鸦签名是“一种古埃及的象形文字”。

很快就出现了关于哲学与政治的简短而疯狂的文字——共产主义并不存在——还有那令人焦躁而又神秘的建议：如果可能，请按一百次铃（不用说，其实并没有铃，只有一面宽广又抽象化的白墙）。

观察从字母块到文字碎片的叙事轨迹，迫使我们也须仔细阅读照片。如果说最终通过描述文字的质量来判定《百家字》的好坏，那确实过于狭隘了，但正是由于阅读才快速地唤醒了批判性评价的本能。所以，在一群半文盲的劝告下，我们涂抹既爱又嫉的标语，它们作为一个几乎成为诗歌的物种而占据一些既私密又公开的场合：

她是我的朋友
我会这么告诉你
她，并非一无是处
她，也不爱你
如我一般

此书结尾抒发了一种缭乱的魅力和温柔的抒情：

每天我致电于她
每晚我梦中见她

这是《百家字》结尾时蕴含的一种深刻而令人愉悦

的信息，尽管不如我们将在本书结尾时面对的部分那么尖锐。

弗里德兰德于1967年在现代艺术博物馆举办展览，表现出“新纪实”风格的三位摄影师之一，另外两位是加里·温诺格兰德和黛安·阿勃丝。1968年，阿勃丝被问及她是否希望自己在芝加哥拍摄卷入冲突事件中的嬉皮士、激进分子和无政府主义者。回答是否定的。据其传记作者帕特丽夏·博斯沃思（Patricia Bosworth）所言，她真正想要的是“再次拍摄盲人，詹姆斯·瑟伯（James Thurber）、海伦·凯勒（Helen Keller）、博尔赫斯之类的。她还希望能够拍摄诗人荷马，当然如果他还活着的话”。在接下来的一年里，当她为《哈珀》（*Harper's Magazine*）杂志3月刊拍摄博尔赫斯时，阿勃丝部分实现了其愿望。博尔赫斯穿着西装，打着领带站在中央公园那光秃秃的树下。

阿勃丝经常被指控利用其拍摄对象。对于尤多拉·韦尔蒂（Eudora Welty）来说（她十分罕见地既是一名重要作家也是一名优秀的摄影师），阿勃丝的作品“故意完全侵犯了人类隐私”。但可以说，恰恰相反，阿勃丝开创的完全从正面描绘人物的方法及其坦率作风比斯特兰德和埃文斯首创的隐秘策略更少利用拍摄对象。博尔赫斯位于照片正中心并且直盯着镜头，完全意识到他是摄影进程的一部分，这种做法非常符合她的惯例。博尔赫斯长满皱纹的手搭在手杖上，这几乎和温诺格兰德前一年拍摄的盲人姿态一样。当作家被精准聚焦时，他身后的树木却是模糊的，这将他与他所定格的可见世界隔离开来，也定义了我们对他的看法。

这部分地激发了阿勃丝对拍摄盲人的好奇心，在20世纪60年代早期，她逐渐着迷于一位名叫“月亮狗”的街头盲艺人。“他生活在一种幽深的，与世隔绝的气氛中，仿佛独自活在一块属于他的海洋包围的岛屿深处，他比任何人都更加自主，也更为脆弱，整个世界都化为阴影、气味和声音，仿佛正巧因为它的行为而被铭记。”阿勃丝曾于1960年写信给马文·伊斯雷尔（Marvin Israel），“他的信仰与我们不同，我们所认为看不见的东西，对于他却是可见的”。在《阿莱夫》（*The Aleph*）中，博尔赫斯让我们相信，在某一个地方，我们可以同时看到世上一切。只此一瞥，叙述者流泪了，因为他的眼睛见过这个秘密，假设此物体的名称已被人占用，但没有人会真正将之看作“不可思议的宇宙”。这一用语言表达的愿景带来了一种“绝望”，原因很简单，他看到的是“共时性”，而他所写的却只能是“连续性的，因为语言是连续性的”。

协调这种共时性和连续性，也是本书想要实现的野心之一。

阿勃丝的朋友理查德·阿维顿（Richard Avedon）同样也想拍摄博尔赫斯，他指出“我拍摄了我最害怕的对象，博尔赫斯是盲人”。1975年，他飞去布宜诺斯艾利斯着手拍摄这位大作家。途中，阿维顿得知了博尔赫斯的母亲当天去世的消息，博尔赫斯几乎一生都与其母亲生活在一起，阿维顿认为此次会面一定会被取消，但是，这位伟大的作家却在四点如约地接受了他的采访，他就坐在“灰色灯光”笼罩的沙发上。博尔赫斯告诉阿维顿，他非常欣赏吉卜林，并给予精确的指引——在哪个书架可以找到某卷吉卜林诗作。阿维顿大声朗诵了其中一首，然后博尔赫斯背诵了一段盎格鲁-撒克逊挽歌，其时，他母亲的遗体就放置于隔壁的房间。后来，阿维顿拍摄了一些照片，他“情感充沛得都快决堤了”，但是照片却不如他预期，略显“乏味”，“我原以为在某种程度上自己已经不堪重负了，以至于我完全没有将自我放进这幅肖像中”。

四年后，阿维顿读到保罗·泰鲁（Paul Theroux）描写的类似的探访——那昏暗的灯光、吉卜林、盎格鲁-撒克逊挽歌——得以重新看待当初的失意：博尔赫斯的“表现并不允许交换思想。他的自我形象早已树立，我只能拍摄下来”。如果说摄影师没有留下任何东西可看，他实际上是因作家而盲目，这难道不是一种夸张吗？

然而，这并不是故事的结局。第二年在纽约，阿维顿再一次拍摄了博尔赫斯。在他几乎所有的肖像照中，所拍对象都被置于一片白色景框内。这一幅肖像展示了一位穿着细条纹西装的老年男性，他眼神迷离，眉毛花白，用亚当·高普尼克（Adam Gopnik）无情的话来说就是“他虽不是圣人，但对其失明的自满稍微显得可笑”。这里的关键词是“稍微”，并不是与阿维顿这个通常要求最为严格的摄影师相关的词语。不同寻常的是，阿维顿的照片缺乏心理聚焦，仿佛博尔赫斯的失明损害了摄影师所依赖的互惠意图。或者正好相反：它敏锐地关注到大多数摄影师的缺点，表明不仅是博尔赫斯有实力自满，阿维顿同样也固守其方法。随着时间的推移，这种可能性会越发明显。阿维顿在2001年拍摄了哈罗德·布鲁姆（Harold Bloom）的肖像。这位著名的评论家闭着眼睛，在如雪的白发下像个被捆绑的雪人。布鲁姆给人的印象是他自视颇高，闭着眼睛就能阅读，甚至可以写作。鉴于阿维顿的方法取决于他宣称的拍摄对象和摄影师之间的互助，这难道不意味着类似的影像隐含了——他可以闭着眼睛拍摄——摄制者的肖像吗？

阿勃丝喜欢拍摄盲人，“因为他们无法伪装自己的表情，他们根本不知道自己的表情是什么，所以没有假面可言”。据此而言，阿勃丝的作品总体上既准确又有误导性。她后来的几张关于不同的精神病院病人的照片，将这一理念贯彻到极致，甚至推至精神盲目的领域。那些人对于自己是什么人并没有概念，也无从察觉到什么。在这种情况下，无论他们戴不戴面具都没有差别（哪怕是为了庆祝万圣节游行）；他们无力控制被人看待的方式。阿勃丝作品的其他魅力取决于面具——人们想被看到的样子——与照相机镜头拽离本意之间的张力。有时候，阿勃丝会完全卸下面具，让我们看见人们最真实的一面（她最著名的一些照片是在天体营完成的），就好像他们是盲人或是精神病人。她最有启示意义的一些照片却表现出她要摘下面具和拍摄对象力图保持面具的斗争；在此情况下，面具依然存在，却面目全非，被撕扯，不再合身，结果既是令人不快的计谋，又接近真实地表达了普遍愿望：那种“某一天能变成国王或是女王，有一天能看起来像伊丽莎白·泰勒（Elizabeth Taylor）、玛丽莲·梦露（Marilyn Monroe）、米基·斯皮兰（Mickey Spillane）”的愿望。

阿勃丝意识到自己的作品有多么地依赖大众的自我认知，正是人们自我认知的缺乏使盲人对她更具吸引力。

每个人都需要以一种方式来判断事物，然而结果是，他们寻找另一种方式来观察。你看到有人在街上，基本上你注意到的都是他们的缺陷。我们拥有这些怪异的特质。由于我们不满足于这种天性，就创建了另一套体系——伪装。我们整个伪装起来，向世界发出讯号，让别人能以一种特定方式来了解自己。但在你希望人们了解的你，和人们不禁要了解的你之间是有一线之隔的。

与斯特兰德开创的先例一致，盲人是阿勃丝渴望自己能够隐形的外部体现，但她也没有密谋人为使用虚焦镜头。在20世纪50年代末，她开始对拍摄盲人感兴趣，一个认识她的人回忆道，她虽然很娇小，但是大家都很好奇她是否真的只是那么小巧。她很低调，给人留下了娇小的印象，“可能她潜进你的房间或是拿着照相机在大街上时，你都几乎看不到她”。阿勃丝说，她有本事能够“在任何情况下认清自己”，把她和阿维顿联系在一起较为“尴尬”，因为后者无法使其荣耀，但这也正是她的起点。由此看来，阿勃丝的摄影方法类似于琼·迪迪恩（Joan Didion）和新闻业的关系。迪迪恩在其《向伯利恒跋涉》（*Slouching Towards Bethlehem*）中解释道：“作为一个记者我唯一的优势是我身材娇小，性格不张扬，且神经质地不善表达，人们倾向于忘记我的存在与他们的最大利益背道而驰，一直都是如此。”

阿勃丝的这种工作方式恰巧在威廉·格德尼（William Gedney）1969年的胶片中得以保存［12］。当年阿勃丝四十六岁，她正在拍摄一些选美王后；而格德尼在她们情愿或不情愿地转身的过程中捕捉到此幕，也就成为了一幅阿勃丝的照片。1960年，阿勃丝第一次拍摄选

12.《黛安·阿勃丝》(*Diane Arbus*)，威廉·格德林，纽约，1969年
© 特别收藏图书馆，杜克大学

美王后，“那些可怜的女孩为了努力展现自己，看起来筋疲力尽，而导致她们不断地犯下致命错误的实际上也是她们自己”。在一个令人印象深刻的叠加折射中，格德尼拍到她们出现在阿勃丝的镜头里，同时阿勃丝也出现在他的镜头里。[①]

阿勃丝死后，格德尼回忆起她，仿佛是在描述自己的照片，“仿佛一种稀有鸟类不堪重负，笨重的绿色帆布袋挂在一个肩膀上，把她的身体倾向一边，21／4相

① 温诺格兰德1967年所拍摄的阿勃丝出现在拍摄对象面前的情景，是对格德尼照片的补充。温诺格兰德越过她正在拍摄的人的肩膀，看到在中央公园牧羊草地上的和平游行。作为一种象征性的伪装和向花致敬的纤柔力量，阿勃丝噘起的唇间含着一朵水仙花。

机附加的闪光灯挂在脖子上，不断持续地拍拍拍。一个娇小的身躯总要承受摄影设备的重压，是必要的负担”。她所依赖的那些负担，最终还是难以承受。

1968年，阿勃丝住院休养了一段时间之后，她发现自己有点“面目不清”，她开始害怕工作。她写信给一位朋友，解释说“我把相机挂在脖子上，虽然我没有使用，但是我很感激我只是戴着它”。相机在这里起到了身份确认的功能，就像斯特兰德所拍摄的《盲妇》脖子上挂着的“盲人”牌子一样。直到1970年10月，这完全符合阿勃丝作品毫不动摇的逻辑，也许“冒牌”相机已经成为她状况的真实表达，她在职业上陷入了盲目：“如果我不再是一个摄影师呢?”

在九个月内——格德尼拍完此照的两年后——阿勃丝结束了自己的生命。此后，阿勃丝拍摄的主角看起来像是代表其命运的替身，仿佛她照片中的“怪胎”是对自己心灵的一种隐蔽爆发的外化。“我想表达的是，不可能脱离其表进入到别人身体里。别人的悲剧并不等同于你的，只是有点相关而已。”然而，与此同时，“每一个差异都有相同之处……”，如果，像韦尔蒂所说，阿勃丝侵犯了别人的隐私，这样她也暴露出自己的痛苦和恐惧。1961年，在谈到她照片中的“怪胎”时，阿勃丝将他们描述为“那些在比我们所知更远的地方隐喻般出现的人，他们被信仰召唤，虚构出来，却不会被信仰驱动，每人都是真实梦想的作者和主角，在梦中测试和尝试自己的勇气和狡猾；这样我们才重新想知道什么是名副其实，什么是不可避免的，什么会有可能，我们又会成为什么人”。1968年，她觉得她正“进行一些表面波澜不惊的地下革命”，这并不是无正当目的或哗众取宠，她的照片也暗示了自己的痛苦旅程。

在阿勃丝说想要拍摄盲人的同时，她也表示希望她曾拍到玛丽莲·梦露和海明威脸上的自杀表情。她说："就是那里，自杀表情就在那里。”她对摄影的预言力量的笃信部分来自比尔·布兰特，后者则源自安德烈·布勒东（André Breton）。布兰特评论了女演员约瑟芬·斯玛特（Josephine Smart）“悲伤的”眼神（他摄于1948年），并觉得“摄影师的目标应该是寓意深远的形象，在身体上和道德上都预言这一拍摄对象的全部未来”。虽然阿勃丝相信，“没有别人会见到某种东西，除非我在拍摄他们”，布兰特强调的不是他能看到什么，而是他能从木制柯达相机的镜头中看到什么；“我拍摄的是照相机所看到的，而不是我所看到的”。[1]与之类似的是，斯特兰德摄于1944年的著名的饱经风霜的佛蒙特

① 布兰特在考文特花园的二手商店里碰巧买到此相机。他了解到这相机在世纪初被拍卖商用于拍摄财物清单，或被伦敦警察厅用来拍摄刑事档案。

州农民肖像《班尼特先生》（*Mr. Bennett*）。斯特兰德回忆道："他死于六个月之后，那是他脸上的表情之一，虽然当时我并不知道这意味着什么。"

所有这一切都让我们回想到阿勃丝所说的海明威和梦露，我们能从格德尼拍摄的阿勃丝照片里，看出她后来会自杀吗？（就布兰特而言，格德尼的相机可以看到阿勃丝脸上的自杀表情吗？）实际上，它的力量是否源自某种不可见的事物？

阿勃丝对失明的兴趣是一种对于照片上看不到的东西的更为普遍的迷恋。在阿勃丝死前不久，她对其学生解释道，她已经"对清晰感到忧郁"，她清楚地意识到"我真正热爱的是在照片里所看不到的一切。一种物理上的黑暗，对我来说能够再次接触是非常令人兴奋的"。阿勃丝将自己这种对"阴暗"的兴趣的萌发归因于布兰特和布拉塞，后者甚至更为重要。

想想看，这样的夜晚也许并不存在
如果没有这脆弱的仪器，眼睛

——博尔赫斯，《夜晚的故事》

（*History of the Night*）

众所周知的是，布拉塞在看他的朋友柯特兹用延长夜晚曝光的方式拍摄了一组巴黎新桥的照片之后买下了他的第一部相机；柯特兹把自己的第一部相机借给他；布拉塞有效地窃取了柯特兹的拍摄方法和风格。“我给他上了一个夜间摄影速成班：教他做什么，怎么做，曝光需要多长时间。之后他开始模仿我夜景摄影的风格，并且或多或少形成了他余生的作品类型。”柯特兹对他们之间的关系做出苛刻评价时，他已经七十多岁了，且遭冷落多年。当然，柯特兹早在1925年在巴黎遇到布拉塞之前，就已经熟练掌握了夜景拍摄的技巧；他也传授了一些技能给他的匈牙利老乡。同样可以肯定的是，布拉塞用其技巧发展了自己特有的风格和内容（继而，布兰特也用布拉塞的技巧去发展自己的风格）。此外，柯特兹无法宣称城市夜景是他的专享领地。

读完保罗·马丁（Paul Martin）1896年在《业余摄影师》（*The Amateur Photographer*）杂志中发表的由两部分组成的文章《煤气灯下的伦敦》（*Around London by Gaslight*），斯蒂格里茨开始专注于研究拍摄纽约夜景的技术和审美的复杂性。实践结果是夜景轮廓鲜明，定义明确，稍稍在路灯的“晕光”下柔化。在1897年的《夜辉》（*The Glow of Night*）中，街景呈现出部分雨后光滑的映象。此效应最重要的环节就是相对较短的曝光时间——少于一分钟——斯蒂格里茨在第二年解释道：“尽可能将生活包含在这种特点的夜间摄影中，从而扩展摄影的可能性。”那时，他十分反对在底片上修饰来创造一种具有绘画特征的、象征主义的模糊，但作为一个一直“热爱雪、薄雾、雾、雨和冷落街道”的人，他喜爱的是一种真实气象带来的模糊。《1898年的冷夜》（*Icy Night of 1898*）展现了一条通往纽约公园的小径，枯树成排，神秘地伸向远方。这样的图像“达到了一种看似在洗印时经过处理的柔焦效果，但实际上却未经处理”。

当布拉塞拍摄了他第一张薄雾笼罩的城市夜景后，他成功地确立了其自身的夜景摄影风格。正如斯蒂格里茨三十五年前所拍摄的照片，这些图像既柔和又鲜明。布拉塞所做的就是加强场景的光线，使得夜晚变得更加明亮，把雾气从滤光器转化成光源。因为他使黑暗变得可见，布拉塞成为其拍摄对象——夜景的同义词。

布拉塞并不是他真正的名字。久拉·阿拉兹（Gyula Halász），这个出生在特兰西瓦尼亚布拉索的人变成了布拉塞。但他坚持认为，“唯一对我重要的出生日期不是1899年在布拉索，而是1933年在巴黎”。那是他的《夜巴黎》（*Paris de Nuit*）出版的年份。“布拉塞”所指的并不是一个人，而是拥有这一名字的艺术家创造的著名作品。然而，据说这位艺术家曾积极投身于20世纪二三十年代的巴黎先锋派运动，其作品表现出强烈个性。他同毕加索和超现实主义画家结交，作为他朋友的亨利·米勒（Henly Miller）因1934年出版的《北回归线》

（*Tropic of Cancer*）中的"摄影师"原型而臭名昭著。四年后，米勒发表了《巴黎的眼睛》（*The Eye of Paris*），该文章坐实了艺术家与夜间风流社会的街头妓女和妓院之间的密切联系。

对他而言，这位在巴黎的阴影生活中的摄影师提到是摄影带领他"走出阴影"。艺术家和城市都在隐藏自己，精神分析显示潜意识以类似的方式起作用；布拉塞徘徊在城市的梦幻时刻，探索这一瓦尔特·本雅明在1931年提出的"视觉无意识"。这在布拉塞拍摄的塞纳河上的桥的照片中表现得尤其明显。上方是不朽巴黎的林荫大道；拱门下面是黑暗的河流（尤其是它扭曲的倒影），微暗火光下的钟楼和流浪者：潜藏着回忆过往的冲动。这冲动与资产阶级的安全感相悖，但也是其副产品。它们对艺术家和作家来说，几乎具有地球引力一般的强烈作用力。用暗室的术语来说，布拉塞作品的标志性特征是，以可见的形式来"定影"一种心理状态。同时，都市风景真实而又内敛，客观而又超现实。科林·韦斯特贝克（Colin Westerbeck）写道："不止一次，夜晚就是这样一个地方。"在琼·里斯（Jean Rhys）20世纪30年代关于巴黎的小说《早安，午夜》（*Good Morning，Midnight*）中，索菲·扬森（Sophie Jansen）穿行在这个既亲近又冷漠且令人不安的街道："深夜，在那路上走着，暗黑的房屋都好似怪物一般扑向你……没有热情的大门为你敞开，没有灯火通明的窗户为你指路，在黑暗中，皱眉，斜视，嘲笑，那一栋又一栋的房子。黑暗立方高高矗立，仿佛有一双火一般的眼睛在那顶端不断灼视着你。”

在布拉塞关于巴黎拱廊的照片里，他把拱门变成了一种黑暗的透视隧道，这种感觉就像走近城市的更深处。那里，我们仿佛看到了熟悉的人——曾在布拉塞的照片里出现——那些夜间的不法者和罪犯：妓女们和同性恋，艾伯特和他的由“恶棍”组成的“帮派”。最终，这些照片授予你访问室内情景的权限：里斯在小说中写道（我们接下来也会回顾）：“当你按下按钮的那一刻，那扇门就打开了。”无论在何处拍摄，布拉塞的照片最终都会指向相同的场景：“总是同一个楼梯，同一间房间。”

纯属出于个人偏见——不喜欢抽烟和化妆的男女——让我对布拉塞著名的妓院和酒吧照片有些反感。它们有些可怕；但我现在明白，这部分是来自它们微妙的心理扭曲。室内的镜子驱使我对它们面前所发生的一切做出淫邪的评论。索菲·扬森在《早安，午夜》中不断看向那幅“著名的镜像照”，其中某面镜子曾对她说：“好吧，好吧，上次你看这里好像有一点不同，不是吗？你能相信吗，我记得每一张曾看过的脸，当你们再次看向我时，经反射轻轻地抛回每一个人影——像是一种回声。”[1]布拉塞的照片无从评价，画面里的人物也更加欢乐，但是镜子常常在他们背后做点手脚。他持续拍摄由拱门和拱廊组合的小径，这些镜子则形成多个自我反射的隧道。我们常常在照片中看到的一切并非真的在那里，而只是在替代照相机拍摄的画面内通过镜子的反射的内容。那镜子记住、见证并有所怨恨。阿勃丝从各方面评论布拉塞：他作品的魅力在于，不可见部分令其可见部分凸显出来。

在20世纪60年代，格德林断断续续地拍摄了一系列夜晚空旷的街道和房屋照片，摸索着找到准确的话语表达这些照片意图，他说，他看到他们代表男人“迷失在黑暗中，摸索着找到自己”。被问及格德尼的夜景照片，约翰·萨考斯基的反应更为简洁，让人无法不联想到阿勃丝：“摄影是你能够看到什么——而这是你不能看到什么。”

正如格德尼许多其他摄影项目一样，该系列从未能够完成［如在其死后出版的《真相》（*What Was True*）这本书中就有些例子可以佐证］，但他仍然着迷于这个城市的夜景，黑暗中有一种潜在的启示吸引着他。1982年，他抄录了一位私家侦探的评价，他认为在夜晚更容

---

① 奥利弗·温德尔·霍姆斯（Oliver Wendell Holmes）在1859年发表了将摄影描述为“一面拥有记忆的镜子”的著名观点。

易识别一个人，你在白天所注意的那些特质：肤色、发型、衣服等，都可以很迅速并轻易地改变。但在晚上你必须关注的特质就变成："倾斜的肩膀，穿着风格，走路姿态等"，"这些都不会改变"。这些就像是你手上永久个人化的掌纹一样。1860年到1880年，在英国监狱识别照片不仅仅包括罪犯脸部的照片（正面的和侧面的），还有他们的手掌。从这一小步开始，人们试图从指纹和掌纹来传递和揭示人的身份。

手掌，有其自身的历史，它们所拥有的，实际上，是其自身的文明，别样的美丽。

——里尔克

众所周知，绘画难以描绘手掌，摄影轻松地描绘手掌的能力则是其巨大的吸引力之一。因此，用相机可展示人类手掌，也可避免其不确定性和局限性。亨利·福克斯·塔尔博特因自己手绘能力不足而受挫——他无法画出像样的草图来满足自己——这也驱使他探索用暗箱投影图像的方式"使它们留下永久的印记，并在纸上定形"。当他成功地使用"自然之笔"来创造"光照图画"时，迈克尔·法拉第（Michael Faraday）在1839年宣称："迄今为止，没有人手能够如这些画中所展示的那样描绘其纹路。”在1906年，这仍然是个足够新颖的恩惠，乔治·伯纳德·萧（George Bernard Shaw）赞扬阿尔文·兰登·科伯恩（Alvin Langdon Coburn）为“艺术家——摄影师”，理由是他解放了“那笨拙的工具——人类的手”。

在1840年或是1841年，福克斯·塔尔博特以碘化银纸照相法拍摄了一只手——不知是谁的右手。的确，既然手掌包含一个人的性格和命运的所有信息，与之相对的事实是手背强化了其无名性质。特别是因为没有象征意义被表达：没有姿态，没有标志。我们可以对照摄影可以定义一只手的简单事实。再者，如果我们面前的手掌似乎在催促我们停下，或者我们熟悉佛教手印，那么不用害怕，按照实际情况来说，它只是一只手，任何人的手而已。从腕关节截断，它几乎就是死人的手——那种你可以在乔-彼得·威金（Joel-Peter Witkin）怪异的照片角落看到的东西。同样地，威廉·伦琴（Wilhelm Röntgen）以光谱X射线拍摄的妻子的左手——在1895年最早拍摄的之一——使人胆怯。约翰·伯杰写道：“没有什么比爱更珍视手了，因为它们索取、打造、给予、种植、摘取、喂养、偷窃、安抚、安排、造访梦境、献祭。”塔尔博特的照片和伦琴的X射线引起的少许不适恰是来自将手与它可能做的任何事情以及与它可能密切相关的任何人分离的做法。

斯蒂格里茨着手打造并给出了最详尽的爱人之手的

目录大全。1917年，他在和乔治娅·欧姬芙（Georgia O'Keeffe）谈恋爱之前，就着迷于拍摄她的手，要么是将手完全与她身体其他部位隔开，要么是在更大的组合体中用手充当一个典型的细节。因为斯蒂格里茨所相信的“触摸的性质在于最深的生命感觉”，是他作品的内在特征，所以他专注于拍摄其爱人的手就似乎显得无可避免。有时，欧姬芙以手轻抚颈部的外套衣领——姿态平常自然，偶尔可见；有时也煞是做作，很不自然。无论他的意图是纯粹美学的还是在私人象征语言系统中，以手来展现欧姬芙从上到下、由里及外的扭曲，其收获都是微不足道的。在一些精心设计的造型中，她伸手去拿葡萄或苹果；但更多的时候，她——更准确地说，是斯蒂格里茨——在企图抓住一根不存在的救命稻草。“每种感觉仰仗其姿态”：这是尤多拉·韦尔蒂描述心理学的极简信条，同时适用于作家和摄影师。斯蒂格里茨拍摄欧姬芙的手的照片的问题就出在其姿态并非源自情感，而仅是对她的摄影师——爱人的一个指令做出反应。

多萝西娅·兰格的一张关于一位印度尼西亚舞者扬起的手的照片——用于纽约现代艺术博物馆的1966年回顾展的海报——也面临类似的问题。自孩提时代起，兰格就被带到教堂听清唱剧。她因个小看不到指挥者，“只能看到他的手”。这情景给她留下难以忘怀的印象，多年后，她读到有关指挥家列奥波德·斯托科夫斯基

（Leopold Stokowski）的文字，立刻明白自己那个冬日午后瞥见的双手很有可能就是他的。印度尼西亚舞者之手呈现一种同样的以部分重构整体的能力，以手势来展示兰格在整支舞蹈中观察到的“优雅，自制和美丽”的精华。然而，单个的手与展开的叙事流动相分离，也无助于破译神话，只能传达空洞的姿态。[①] 兰格在1958年拍摄这张照片；相比之下，在她30年代以来的照片中，手构成了大萧条的视觉传说的基本部分。

手在那些照片中具有兰格拍摄对象常常缺乏的感染力。我们一而再地看到他们的双手交叉就像与自我团结一致。一种自我振作的绝望的尝试，这近乎祈祷

---

① 在我们自己的西方神话中——爪哇舞蹈提及的摩诃婆罗多版本——由多部电影提供，如《卡萨布兰卡》（*Casablanca*）、《精神病人》（*Psycho*）或《美好人生》（*It's a Wonderful Life*）。其影响如此普遍，你会感觉已然看过那些电影，实际还未曾做过。这一知识确保道格拉斯·戈登（Douglas Gordon）的《24小时惊魂记》（*24 Hour Psycho*）电影的二次投影不是在90分钟而是在一整天内展开。如此一来，电影恰似显示了它是什么（和不是什么）：连续的静态影像。在一个环节，我恰好看到珍妮特·李（Janet Leigh）在高速公路上驾驶，她手握着方向盘。正常时间这本该持续几秒。而李却不知怎么地几乎花费了20分钟才慢下来。她的手指时而弯曲松懈，时而又握紧，搏动，好像受到极为紧张的精神状态的控制。希区柯克常被称为悬念大师，但这里的悬念变得如此极端，以至于上升到本体论层面。叙事（回到兰格的爪哇舞者）不总是必要的，但一定会暗示的，感受到的——通过李的手指体会到的顺序。

者的姿态也出现在了《领取白天使救济面包的队伍》（1933年）[21] 中。我们又一次留意到在圣弗朗西斯科海滨罢工（1934年）的街头集会中，有些听众不仅热切地将经济和政治作为希望之源，而且是潜在的救赎。从字面上理解，兰格对手的强调为实地工作者或工厂工人的语言实践提供了一种视觉上的延续，它们通过转喻被简化为：手。从20年代中期开始，身处墨西哥的蒂娜·莫多蒂（Tina Modotti）也在她构图紧凑的手的照片中——比如一个洗衣妇的手，或是靠在工具上的手——如法炮制。但如兰格和莫多蒂所坚持的，有多少人性存留于因劳作而变粗糙的手上？

在解释其工作方法时，兰格评论道："有些人就爱喋喋不休，喜怒形于色，告诉你一切，这是一种类型；也有家伙藏在树后，希望你看不到他，这就需要你最好把他找出来。"换句话说，最强有力的证词，可能来自最不情愿做证的人。

上述这些因素在兰格的照片《迁移的棉花采摘者》[13] 中都可以看到。在灿烂的阳光下，一位男性正用手捂住嘴巴，手掌面对相机。这并不是一个自然的姿态，但可能源自他喝完水后用手背擦嘴的动作。他年轻，英俊，但手看上去比他年长二十到三十岁。这手简直就像属于他人，仿佛是从画面外的胳膊肘斜插进来的。他的眼睛掩在深深的阴影中，因而我们是从他的手

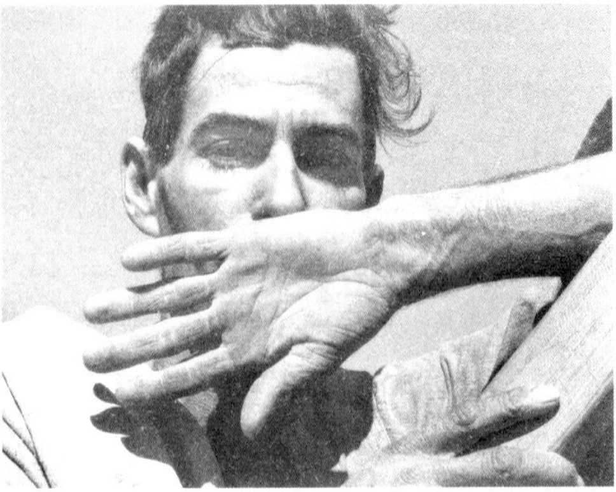

13.《迁移的棉花采摘者》(*Migratory Cotton Picker*)
多萝西娅·兰格，亚利桑那州埃洛伊镇，1940年
© 多萝西娅·兰格作品收藏，加利福尼亚奥克兰博物馆，奥克兰城
保罗·S. 泰勒（Paul S. Taylor）赠品

辨识出其身份。手既保持沉默又为他代言。“我只拥有声音”，奥登在30年代末宣称；而照片中的男子所拥有的只是手掌，和他倚靠的饱经风霜的木头是完全一样的纹理。(这块木料摆放的角度几乎使其像是他的上臂)。这只手与其曾经肮脏的生活轨迹交错——和其将来的生活也完全一致。手掌就是风景——他旅行过的地形外观。你根本不需要手相术就能了解他的生活，不管其年纪多大，都将会艰难地呈现如大地般的品质——干裂，具有艰苦卓绝的忍耐力。照片的乐观一面在于脸和手形成的对比，顺便说一下，他的脸在此阶段还未起皱纹，未受到手的生活影响；其悲观或无望的一面是认识到他

的脸总有一天会皱纹横生，历尽沧桑，这一切只是时间问题。那是我们在其手掌上读到的命运。

约翰·斯坦贝克（John Steinbeck）声称罗伯特·卡帕“可以拍摄想法”，他的意思是说卡帕能够拍摄正在思考的人，这两者并不是同一个意思。（摄影师没有漫画艺术家的传统优势，他们可以求助思维泡泡，用破折号或连字符与聊天泡泡区别开。）几乎从摄影媒介诞生的那刻起，摄影师就全力解决两者的差别问题，或者试图将拍摄思考的人等同于拍摄想法。这样做的方法之一是利用聪明，深思熟虑的人们——比如卡莱尔——让他们表现出机灵样：在眼球后面，是大脑在飞转。在1906年，阿尔伯特·比奇洛·潘恩（Albert Bigelow Paine）在马克·吐温（Mark Twain）家的门廊里为其拍摄了一组肖像照。标题为《道德思想的发展》（*The Development of Moral Thought*），在这一系列的七张照片中，马克·吐温满头白发，抽着烟，在摇椅中摇摆，眼睛凝视着不远处，思考着他的全部价值。为了充分讲明这一点——之前，最后，削弱它——马克·吐温增加了手写说明来解释照片如何表现，“以科学的精确，逐步地，通过人类最老的朋友的头脑展示道德进步的目的”。此番努力却毫无结果，该系列作品在作者放松下来，放弃了探索道德进步的尝试，并得出结论，

“我做自己，已经够好”之后才达到了其顶点。

另一个更成功，不按部就班的例子是罗门·维许尼亚克（Roman Vishniac）拍摄的著名的阿尔伯特·爱因斯坦肖像照。摄影师回忆自己“突然想到一个主意，房间里满是伟人思想在运转”。维许尼亚克等待了几分钟，然后在看到爱因斯坦“进入他自己的世界”后便开始拍摄。该作品的力量部分来源于爱因斯坦身后的空书架。“和普林斯顿大学绝大多数的科学家的书房不同，他根本没有书籍，除了便笺簿、铅笔、口袋中的便条、一块用来计算公式的黑板，别无他物。”干净的画面强化了这样的印象：我们正在面对纯粹，不可理解的思想。然而，我们只不过得到一个聪明人在思考的肖像。最近，史蒂夫·派克（Steve Pyke）拍摄了一组哲学家的照片，但在该说的也说了，该做的也做了以后，他们中的很多人看起来像是一群顶着一头乱发，眉毛下挂有眼袋，早已失去理性的老家伙。

冒着逃离我的哲学深度的危险，看起来比较合理的是，思想只能由思想者来表达，尽管这可能令我的哲学深度不足。在怪诞的哲学世界里，就我所知，使问题恶化是解决问题的序曲——通过对一个表现的再现，问题或能被解决，或会更加恶化。当然，最著名的对于思想的摄影描述不是表现想法或一个人在思考，而是一个著名艺术家对想法的再现：爱德华·史泰钦拍摄的罗丹的《思想者》(*The Thinker*)照片。

史泰钦在1900年5月来到巴黎，不久就受邀到工作室去拜访罗丹。雕塑家对其作品集留下了深刻印象，在接下来的几个月里不断邀请他回访。一开始，他以不朽的维克多·雨果（Victor Hugo）的雕塑为背景，拍摄了罗丹的侧面像；随后他制作了《思想者》底片，在1902年，他将两者合成一体，呈现出一个雕塑家在其作品前沉思的画面。里尔克在1902年成为罗丹大师的秘书，他完全沉醉在史泰钦的作品中，并很好地传达了观看照片的感受。他对“思想者”做出如下描述：“他沉默地坐着，迷失在沉思中，充满远见和思考，加上全部实力（一个实干家的力量）。他的整个身体已化为头颅，血管中的鲜血变成大脑。”

雕塑家、诗人和摄影师都传达了同样的信息：思想并不抽象，几乎是体力活动。此类事物的危险在于——这种想法——它会变成一种修辞形式：思考的影像缺乏（非真实的）实质。值得注意的是史泰钦进而成为顶尖的时装摄影师，在某些方面却受到了极大的轻视。[①] 早

① 沃克·埃文斯于1931年在《猎犬和号角》(*Hound and Horn*)中写道：史泰钦“通常关注的是金钱，他理解广告的价值，对优雅的新贵有特殊感情，具备聪明的技巧，最主要的是抛除了现代美国社会中的冷酷和浅薄”。一年前爱德华·韦斯顿指斥史泰钦“太聪明，够虚伪”。

期再现思想的努力，记录其风格化，绘制其轨迹会在理查德·阿维顿那里达到顶点。

亚当·高普尼克认为阿维顿的作品配得上其对象的优雅言谈：

> 整个四五十年代，追踪存在主义的传播作为一种潮流……思想永远不“在空中”；它们很快在唇间、眼眸和喉头打上印记——想法一旦流行便成为一种时尚。这是说阿维顿的照片在任何意义上都不是哲学说明。在早期的时尚作品中，他之于存在主义的意义就如同洛可可风格艺术家弗拉戈纳尔之于启蒙的意义。正如法国画家发明的一整套有关姿态和表情的新词语用来表示经过学习而重塑的世界……阿维顿吸收了意味深长的焦虑表情，将之转化为动人语汇。

阿维顿和高普尼克都未曾驻足于此：

> 所有的艺术家都有反映他们时代的想法，但只有少数艺术家才能表达同时期的智慧传奇……任何思想传奇一旦变得可见就在某种程度上成为一种对思想的批评，一种对其脆弱的人性基础、偶然性，甚至是荒谬的揭示。

谁会想到这点呢？一些最为成功的拍摄思想理念的摄影师往往来自常被人认为是无头脑的时尚圈。如今时尚—思想的接口已经司空见惯，甚至完全愚蠢的模特也明白如何表现出他们在思考。常被拍摄的英国足球运动员大卫·贝克汉姆并非说话特别机智，让他和其队友区别开来的是让他看上去聪明的能力。

离开广为人知的思想家和模特，摄影师已找寻到鼓励思想的活动或表达思虑的瞬间。比如说下国际象棋。塔尔博特在1841年的9月拍摄了最早的关于国际象棋的照片——《尼古拉斯·海勒曼思忖他的出棋》(*Nicolaas Henneman Comptemplates His Move*)。摄影在此方面有了一个良好的局面之后，布兰特、柯特兹、马克·吕布（Marc Riboud)、卡蒂埃·布列松、卡帕纷纷紧跟塔尔博特的脚步。

博尔赫斯在其诗《只是》(*The Just*）中写道："两个工友在南部咖啡馆，下了一场沉默的象棋。"在无意识中，他们要拯救世界。这不必是"南部咖啡馆"。在何处深思并不相关。游戏也不受肮脏环境的制约。不管在哪里下棋，都有着不受侵犯，普遍认同的规则，并由此创造了一个庇护所，而其周遭正被暴力或混乱所肆虐。这一点没有比卡帕在1936年拍摄的防线后的马德里共和国士兵表现得更为明显了。他们裹着毯子和大衣，躺在战壕里。卡帕没有表现一个棋手（头上戴着护目镜，颈部挂着望远镜）在考虑下一步如何出棋，而是展现了其正在出棋的过程，将思考转化为行动，手握白马，感到胜利在望。

兰格照片中的手不仅很传神而且相当雅致。也许像其主人那样满是裂痕、污垢，但手却从未残缺或者紧握。人们身着粗布工作服，他们的手有着斯多葛式精致的气质。《高原妇女》（*Woman of the High Plains*，1938）有着舞者的姿态。兰格的俄佬（进入加州寻找工作机会的俄克拉荷马州人）通常是以用手抱头告终，但这一近乎绝望的手势也使他们避免陷入其中。史泰钦的罗丹雕塑照片使思考的经典表述具象化。兰格的照片描述了更为自然、实际和繁琐的场景，即斯坦贝克所说的“塑形”。她的对象常常处于贫困边缘，但他们从不屈服，总能找到办法走出来并向前进。人们常说苦难使人退化为动物。兰格却证明了一个相反的观点：人们面临的困苦致使简单问题变得难测。贫穷到即使满足最基本的需要——食物、庇护所——都需要经过狡猾的算计。艰难到某种程度，如著名的影像《移民母亲》［90］所展示的——甚至是本能都需要思考是否有采取行动的机会。熟悉的担忧沙尘暴的表情也是无尽又无益的深思。在一个经济极度萧条的年度，打动兰格的却是因匮乏产生的思维过剩，经激化而终遭浪费。正是在这些手中——而非头脑或眼中——思维活动最为鲜明。甚至当心房几乎关闭时，手指仍然躁动不安；当处于被动状态时，它们仍有着不安的宁静之梦，有增无减，永不满足。

在1955年到1956年间的匹兹堡，W. 尤金·史密斯（W. Eugene Smith）拍摄了一个小男孩在墙上按手印的画面［14］。这是一幅可爱的照片，一个无伤大雅又如此永恒的影像以至于将人带回到人类黎明时期在岩洞墙上开始涂抹的时代。稍有些困扰的部分是：史密斯同时期拍摄了同一个男孩手持一把木剑，另一长棍放在胸前，几乎要被刺穿的样子。第二幅图有着《蝇王》（*Lord of Flies*）的特性；而第一幅照片则较微妙地令人心绪不

14. 未命名（男孩在墙上按手印），
W. 尤金·史密斯，1955年至1956年
© 马格南图片社

宁。很难说这是内在特征或是受其他照片影响的结果。但可以确定的是：正如一座城市或小镇有时和千里之外的另一国家的另一座城市或小镇结为姊妹城市，相隔多年的照片，虽由不同的摄影师带着不同的目的拍摄，也可以紧密相连，但意义却不可逆转地改变了。事实上有时是一幅照片将两座距离遥远的城市突然拉近。史密斯的和詹姆斯·纳彻威的照片将匹兹堡和一个名叫派克的地方联结起来，而一个孩童的游戏变成对屠杀的模仿。

史密斯拍摄上述照片的同年，艾略特·厄威特（Elliott Erwitt）在加州伯克利拍摄了兰格。恰如其分地，她的手在其脸上投下部分的阴影，布丁盆发型（扁圆呆板的锅盖头发型，和尘暴盆相对）在照片中特征明显。她的肘放在餐桌上，双手紧扣仿佛在和自己掰手腕。[①]

---

① 厄威特将这幅照片放在《手册》（*Hand Book*），一本以手为主题的照片合集里。和相邻的照片分开来看，每一幅都极富感染力。但事实是我们正在整本书的以手为背景的语境中看它们，在谨慎观察后得出的最佳作品中，本该偶然揭示的却相当引人注目。这里手的“线索”尤其精确，因为它可能在我们盯着脸的时候被忽略，而线索也总是如此。除肖像照外，此书其余部分是各式各样的用手挑选的照片，既轻松（放在里约驴上的手），也感伤（小婴儿抓着妈妈的大手指）。最后一张照片是海德公园角的一位男士手举指示牌，宣布“终结就在眼前”。一系列终结言论的可笑之语在标题中提前预告，一派老生常谈。

所见的我……

——D. H. 劳伦斯（D. H. Lawrence）

一张威廉·格德尼拍摄的黛安·阿勃丝的照片；一张艾略特·厄威特拍摄的多萝西娅·兰格的照片……英国批评家吉尔伯特·阿戴尔（Gilbert Adair）写道："至少对于公众来说，摄影的独特代表性可归结为'关于由谁拍和拍谁的秩序等级问题'。"马丁·艾米斯（Martin Amis）的《伦敦场地》（*London Fields*）是有关20世纪90年代伦敦的小说；而王太后的快照首先是关于王太后，其次才和摄影师塞西尔·比顿（Cecil Beaton）有关。我自认为很难对王太后的照片产生兴趣，正如很难对比顿的其他作品感兴趣一样，否则我乐意举出不同的例子。①

在少年时期，我对D. H. 劳伦斯非常着迷，远超其他作家。我热爱他的照片完全和我喜欢他的作品一样，可能前者更甚于后者。我最喜爱的是劳伦斯在三十好几岁时（我猜）的一张低头侧影的照片。多年来那就是我的全部：一张劳伦斯的照片。然后我得知，劳伦斯自己说

① 如果是阿戴尔自己举出他例可能更为清楚：1974年，比尔·布兰特拍摄的大胆新潮又喜怒无常的马丁·艾米斯。

过，“这是一张爱德华·韦斯顿拍摄的照片”。不过等我认识到此人的存在时，爱德华·韦斯顿已拍摄了许多极好的照片，其在摄影史上的重要性堪比劳伦斯在小说史上的地位。我还了解一些这张劳伦斯照片拍摄时的情景。

1923年，韦斯顿抛开妻子和四个儿子中的三个，携情人，意大利演员、模特蒂娜·莫多蒂及长子钱德勒去了墨西哥。等到劳伦斯和妻子弗丽达在1924年11月途经墨西哥城时，韦斯顿和莫多蒂已成立摄影工作室，并成为该城的艺术中心。双方共同的朋友路易斯·昆塔尼拉（Luis Quintanilla）带劳伦斯拜访韦斯顿，摄影师和这位英国作家很是投缘。几天后劳伦斯返回工作室拍了肖像照。双方接触时间非常短暂，“太短了，”韦斯顿认为，“两人都只能相互观察表面，无法为肖像照做好模特。”韦斯顿对拍摄结果很是失望，“技术上未达标”，但劳伦斯写信来说他“非常”喜欢收到的两张照片。他对这张照片留下深刻印象，以至于敦促昆塔尼拉写了一篇有关墨西哥、韦斯顿及他本人的文章给《名利场》（*Vanity Fair*）杂志，以扩大摄影师的名声。

这倒并没有使劳伦斯大体上更倾心于摄影。

第二年回到他在新墨西哥州的农场，劳伦斯写了一篇文章，《艺术和道德》，对“我们已经形成的将一切形象化的习惯”嗤之以鼻。“随着视觉趋向于柯达，”劳伦斯断言，“人们的思想发展趋向于快照。原始人只是不知道自己是谁：他总是一半在蒙昧的黑暗中。但我们已学会观察，每一个人都有一个完整的柯达式自我概念。”激动之下，劳伦斯开始了他典型的滔滔不绝的直觉分析并预言道：

> 起初，甚至在古埃及，人们也还未学会看清楚。他们在黑暗中摸索，不清楚身在何处，他们是谁。像是在暗室中的人们，他们只能通过黑暗中的其他生物感受到自己存在感的剧增。
>
> 然而，当太阳照见我们时，我们逐渐学会看清自己是谁。柯达能证明。我们见“全知之眼”所见，我们具备全球视野。我们就是人们所见：每个人拥有自我身份，一个孤立的绝对者，和孤立的绝对者的世界相连。一张照片！通用胶卷中的柯达快照……将自我的确证与自己的视觉图像等同起来成为一种本能；这早已习以为常。我照片上所见的我就是我。

韦斯顿同意劳伦斯对于快照文化的恐惧，同时他也骄傲地置身事外。虽然他为生计被迫拍了些商业肖像（他对此很鄙视），但当进行严肃的人像摄影时，韦斯顿如阿维顿般强调摄影师和其对象之间的紧密关系。差别在于在阿维顿时代自我形象的省略是不可抗拒的、已然确立的事实，无法脱离也没有其他选择。实际上，他的作品以此为依据（阿维顿“拍摄思想”的能力可能是此环境下的额外收获）。相反，韦斯顿作品一方面是对劳伦斯的预言式论断的共同否定（或至少是不使它逼近），另一方面也是在特定情况下确定，所见到的你就是你。

在几年后的1930年，韦斯顿又热衷于此，那是在与雕塑师裘·戴维森（Jo Davidson）热烈的会晤之后。（同年的3月，后者在劳伦斯临死前几天为其做了黏土头像。）韦斯顿几乎要忍住在“戴维森脸上吐痰”的冲动，争辩说“摄影的巨大困难就在于模特展现、摄影师领悟和照相机就绪的必要一致。但等到这些因素完全相符时，摄影又在与其他媒介的肖像，如雕塑或油画的比较中显得冰冷而无生气”。[1]用劳伦斯读者熟悉的话讲，韦斯顿相信“克服限制相机的技术难题……在于其巨大的力量。当完全自发的联合完成后，人类记录即生命的本质便显露出来”。到1932年，他进一步完善其信念：照片“不是阐释，不是对自然应该是什么样的偏见，而是一种展现——对事实重要性的绝对、客观的承认”。

这颇具讽刺意味。韦斯顿感到他和劳伦斯的联系，以他自己的话和标准来说，因过于短暂而无法拍好肖像照，然而，通过“使自己保持开放，不断地接受来自其

① 劳伦斯临死前在韦斯顿身旁喃喃念叨：戴维森的半身像是“平庸的”。

独特自我意识的反应”，他成功地拍出作家最好的照片之一。劳伦斯讨厌“照片和我自己，那永远不是我，我总是疑惑它会是谁”。尽管劳伦斯激烈地抗拒“所见的我是我”的理念，韦斯顿的热情却从未消退，他相信通过摄影自己可以“呈现事实的重要性，因而它们从所见之物转化为所知之物”。比起劳伦斯的其他照片，韦斯顿向从未见过他本人，主要是通过其文字了解他的我们展示了劳伦斯真实的长相。这一成就简单地赋予其启示的特性。

摄影师和作家之间的相遇尤其适用于用图说明并附带驳斥了阿戴尔的观点：由谁拍摄和关于拍摄谁的区分。[①] 但摄影师本人的照片又如何？

每一个去看阿维顿2002年纽约大都会博物馆肖像展的人都知道那有着凌乱长发、穿运动衫的年轻人照片是由阿维顿拍摄的；但不是每个人都了解这是一幅罗伯特·弗兰克的照片。换句话说，照片是由拍摄者而非拍摄对象来定义。[②]

---

① 假定阿戴尔未被完全说服——为什么要躲在大多数“公众”背后寻求庇护？

② 珍妮特·马尔科姆（Janet Malcolm）注意到弗兰克是被阿维顿拍摄的少数人中“以性格而非奇特外貌来展示其个人特征”的。在阿维顿照片中很难不将弗兰克看成是其特别美学的客观再现，与合乎规范、没有变化相对。阿维顿强调了摄影发明的消极的一面，将其剥离到只剩下摄影师和其对象之

在此情境下，作品的来龙去脉显得尤为重要。如果我们在关于斯特兰德的书或展览中看到由斯蒂格里茨拍摄的斯特兰德的照片，那么照片就主要与斯特兰德有关；我们在关于斯蒂格里茨的书中或展览中看到的照片则应主要由斯特兰德所拍。从中立情境来看，可能最受关注的问题是在一次展览中，主题就仅仅关于斯特兰德拍摄的斯蒂格里茨照片与斯蒂格里茨拍摄的斯特兰德照片。就我们的论题而言，这一展览包含了两组照片。

斯蒂格里茨拍摄了两幅著名的斯特兰德的照片，第

间最基本的相遇。照相机会记录置于前方的一切。而达成这种不会轻易改变的协议主要取决于拍摄对象。弗兰克对此场合及其后果一直反应冷淡，以此表明自己选择了丝毫不利用这种协议。他的头发乱成一团，未刮胡子，身穿运动衫，看上去就像他会因为击打篮中小狗的下巴而受罚。“弄糟点，”弗兰克似乎在说，“你的照片仍然比我本人要好。”不言而喻，这一姿态被最热情的阿维顿拍摄对象所采纳。依据亚当·高普尼克的说法，阿维顿的照片有赖于“模特和摄影师的紧密关系，内在心理状态能够呈现出来”。捕捉的过程是，一旦你为阿维顿坐下，你便进入这种联结，即使你费力费时拒绝。你无法逃避阿维顿协定：只能以不同方式回应。在此情境下，冷漠表达和热忱参与一样需要努力。事实上，冷漠假定的是其自身特殊形式的强度。在这种情况下，只能被看作冷漠。由此，阿维顿捕捉了弗兰克需要的坚定的自我信念，进一步着力使其看上去未经调教，邋遢而冷漠。此外，在无情的摄影棚灯光下，可以看出，弗兰克（不悦地）受到其表面上适应性更强的美学的连累或限制，正如阿维顿被其不妥协的方式连累或限制一样。

一幅摄于1917年，斯特兰德二十六岁。仅仅是几年前，斯特兰德出现在斯蒂格里茨位于纽约第五大道的291号画廊中，请他点评自己带来的作品。斯蒂格里茨挑出斯特兰德在长岛拍摄的模糊景色，评论道，柔焦镜头可使图像立刻获得画面的感染力，它也同时使所有的事物——草地、水、树皮看上去一个样。[①] 斯特兰德将斯蒂格里茨的建议谨记在心，从其作品中驱散迷雾，不久以后开始拍摄较少漫反射光，辨识度高的作品，然后携所选作品重回291号画廊。这一次斯蒂格里茨的反应毫不含糊："这地方也是你的了。"说到做到，斯蒂格里茨在画廊里展出斯特兰德照片，并在《摄影作品》中刊印四幅作品。

到1917年，斯特兰德已经成为抽象化和街头抓拍的先驱人物，此前，他将摄影的创造潜能提升到远超斯蒂格里茨所规定的地步。斯蒂格里茨承认了其门徒取得的长足进步，并将当年的最后一期《摄影作品》全部用来刊发斯特兰德的新照片。他也有意将之展出，但由于不断增加的财政压力，以及紧随划时代的军械库展而来的画廊现代艺术展览的大增，斯蒂格里茨决定在1917

① 阿勃丝在1962年发现了自己的同一问题，摈弃了35毫米相机而倾心于双反相机，因为"皮肤看上去和水一样，水和天空一样"。

年的春天关掉291号画廊。他拍摄斯特兰德照片时，这位年轻人正帮他这样做。照片中的斯特兰德身穿围裙，手拿锤子，叼着烟斗，表明这个行业的诸多因素既需要沉思又需要实践，既是艺术又是手艺；在风格上拒绝作为唯美主义者和花花公子的艺术家而青睐于作为劳动者的艺术家。斯蒂格里茨已利用其画廊使摄影走出绘画的阴影；如今是斯特兰德比其导师更为激进，帮助后者将“291号画廊撕成碎片”。

斯蒂格里茨为斯特兰德拍摄照片的同一年，斯特兰德投桃报李，也为斯蒂格里茨拍摄了照片。斯特兰德其时正在阅读尼采的著作，这位哲学家说过，只有差学生才一直是学生，但在斯特兰德看来，老师和学生的关系一直延续了下去——在照片中，这一印象得以强化，因为斯蒂格里茨看上去远比史泰钦几年前为他拍的照片要显老。斯蒂格里茨穿着羊毛开衫和大衣，倚在印刷机上，笨重的机器给了他工业巨头的气质。两幅照片显示出两人地位的尊卑：斯蒂格里茨是摄影工业的指挥者，而斯特兰德则作为劳动者或是手艺人，甚至是学徒。

在斯蒂格里茨1919年拍摄的照片中，斯特兰德穿夹克，打领带，抽着烟［15］。他可能是作家、画家，但无论他是什么，他显然是一位现代大师。人们无从猜测他的具体职业，这也证明了摄影已无可争议地和其他艺术并驾齐驱。斯特兰德个人的登堂入室是通过他自己

15.《保罗·斯特兰德》(*Paul Strand*),
阿尔弗雷德·斯蒂格里茨,1919年
© 华盛顿特区国家美术馆,阿尔弗雷德·斯蒂格里茨藏品

和镜头背后的人们的共同努力而实现的,登堂入室也是对其大师身份的一种表达。他所工作的媒介是人们勾画其形象,建构了他的大师身份的媒介。一扇斑驳,因反光而显得模糊的门勾勒出整个画面,他盯视着镜头,流露出我想称之为掩饰不住的自信,虽然可能就是香烟的微光而已。摄影终于可以比肩绘画艺术或音乐。更为个人化的是,他和斯蒂格里茨之间是平视关系。这是一个平等的摄影相会:摄影者和被摄者恰恰是对等的。

这是友谊中绝对平等的时刻——有时这种时刻会延

16.《阿尔弗雷德·斯蒂格里茨》(*Alfred Stieglitz*),
保罗·斯特兰德,纽约乔治湖,1929年
© 1971光圈基金会,保罗·斯特兰德档案

续一生。一个人得到的恰在另一人付出时得以平衡,即使有一方尚未察觉。斯蒂格里茨不由自主地认识到这一点。换句话说,这幅照片中捕捉的斯特兰德既是历史的也是传记的瞬间——而这依据约翰·伯杰恰能定义的斯特兰德所摄肖像的本质:瞬间的“延长不是以秒计数,而是由一辈子的关系来衡量”;在这幅斯特兰德的肖像中,是两辈子。

1929年,斯特兰德在乔治湖的老人之家拍摄了第二幅斯蒂格里茨的照片［16］。6月末，斯特兰德在顺道去新英格兰的途中和朋友哈罗德·克鲁曼（Harold Clurman）在那里停下。其时，斯蒂格里茨的妻子乔治娅·欧姬芙正和斯特兰德的妻子丽贝卡（贝克）在新墨西哥州的陶斯游览。两位女性一起玩得很痛快，而斯蒂格里茨却在纠结欧姬芙是否会回到他身边。[①] 他在对斯特兰德和克鲁曼略表欢迎后，马上开始长篇大论："人生，部分长吁短叹，部分高谈阔论。"斯蒂格里茨健谈的名声在外。史泰钦回忆其在291号画廊的鼎盛时期："斯蒂格里茨总在那里说、说、说个不停，他打比方，争辩，解释。"这一次他吃午饭时在说，整个下午在说，吃晚饭时又说，晚间接着说。当斯特兰德和克鲁曼回到他们的房间时，已经被其滔滔不绝弄得疲惫不堪，斯蒂格里茨站在他们的床前，仍然在说个不停。

看到斯蒂格里茨的紧张不安的状态，克鲁曼和斯特兰德决定多待一些日子。斯蒂格里茨花时间给欧姬芙写信，打电报，然后再写信解释电报中所言。当斯特兰德7月回到乔治湖后准备两人多待一些时间，而他们的妻

---

① 根据贝妮塔·艾斯勒（Benita Eislet），《欧姬芙和斯蒂格里茨：美国罗曼史》（*O'keeffe and Stieglitz: An American Romance*）的作者，两位女性陷入激情的性关系；理查德·惠兰（Richard Whelan），《阿尔弗雷德·斯蒂格里茨》的作者认为这不可能，"她们当然表现得好像在恋爱"。

子仍在新墨西哥州，两个男人又一次发现他们的境遇类似。我不确定这幅照片是何时拍摄的，但我想是应该在某个早晨斯蒂格里茨冗长的演说之后，即使不是第一个早晨。

在特定的某个点，友谊在记忆分享和召唤未来中达到平衡。他们开始心照不宣地意识到，记忆的储存超过了未来要发生的。随后便明白友谊是基于记忆的，当只剩回忆时，最好就停止发展友谊。这就是当明白友谊实际上结束时，为什么常会有相当的满足感。对于斯蒂格里茨和斯特兰德来说，那个时刻需要以某些方式终止。直到1932年，斯特兰德说自己“走出了美国宫殿”，即斯蒂格里茨的新画廊，但在那个他们被妻子们抛弃的夏天拍摄的照片期盼回到往昔，回到那个他们不再分享未来，只剩下回忆的片刻。

到1929年时，斯特兰德著名的客观、冷静的肖像风格已臻于成熟。斯蒂格里茨做出回应。他们拍摄的相遇后的作品是成熟版的孩童游戏：谁是第一个眨眼的人。斯蒂格里茨看上去兴奋而麻木，健谈而无声。有趣的是，他显得比斯特兰德十二年前帮他拍摄照片时更年轻；其时相对的年龄差已算不得什么。他们已达到一种不同的平等：他们实际上是两个妻子已从各自身边跑掉的家伙。妻子的缺席显示了进一步的缺失：他们之间的关系还剩下什么来防止被缺失的女人所定义。简单来说，他们只剩下自己。

友情中既有平等的阶段，也有失衡的时刻，当一方认识到这一时期已为过去式时。当双方都认识到这一点时，又会达到一个新的冷淡又令人忧虑的平衡。此时双方有些不安，而之前则相互感觉舒适与放松。这种不适感得到加强——症状是它无法言说。斯蒂格里茨谈话的余音：斯特兰德拍摄的照片记录了未曾说出的东西。

然而关于斯蒂格里茨——关于斯蒂格里茨的照片，必须说得更多的是就像他之前的马修·布拉迪（Matthew Brady）一样，他是他的时代被拍摄最多的摄影师。史泰钦在1907年为其朋友和同事制作了奥托克罗姆微粒彩屏干板（一种早期彩色相片技术）。这是一次精心策划的事件，被摄对象也参与其中并达到了预期效果，同年斯蒂格里茨也制作出类似自我肖像的彩色照片。也就是说，斯蒂格里茨的自我关注和史泰钦所关注的他几乎没有差别。在1911年，斯蒂格里茨又拍了一幅自我肖像，他的脸出现在油画风格的黑暗中。四年后史泰钦拍摄了作为291号画廊经理人的斯蒂格里茨，背景是凌乱的照片框。他的头发较短，但胡须（在1907年肖像照中已花白）和容貌几乎没变。稍微有一点区别的是表情：嘴和眼都更为冷峻。自1907年以来，从史泰钦1907年拍摄的肖像照到这幅肖像照的变化并不

17.《阿尔弗雷德·斯蒂格里茨》(*Alfred Stieglitz*),
伊莫金·坎宁安,1934年

大,从此幅肖像到1917年斯特兰德拍摄的斯蒂格里茨也没有什么变化,但从史泰钦1907年的作品到斯特兰德1929年拍摄的照片,却有了戏剧性的变化。这些肖像的接续使得我们看到斯蒂格里茨在两方面的变化:未被那些和他经常接触的人所注意和觉察,戏剧化地只被那些间隔几年后再遇见他的人看到。没有这些增加的连接,伊莫金·坎宁安(Imogen Cunningham)1934年拍摄的斯蒂格里茨肖像和史泰钦1907年作品的心理渊源就不是那么明显。有了这些连接,它们在回顾时就得以确定。

坎宁安的照片特别引人入胜是由于未带自己的8×10大画幅相机，她使用了斯蒂格里茨的相机。在严格的技术意义上，这是自拍像。斯蒂格里茨倚靠在美国宫殿上的一幅欧姬芙的画作前，裹着大衣，右手轻抚着左手[17]。1914年，坎宁安写信给斯蒂格里茨，坦陈其野心是“有一天能够代表《摄影作品》”。（在其野心实现之前，杂志于1917年停刊）。二十年后，她拍摄了斯蒂格里茨，又写道“看到（他）像鹰一样锐利”，并解释说那次拜访“证实了萦绕于心的记忆：你是我们所有人的父亲”。至于斯蒂格里茨，他常常“愉快”地回顾她的访问。欧姬芙和他都对相片感到高兴，尽管他说，“我从不了解我的肖像”。可能这并不是一件坏事。如果坎宁安真的将他视为父亲，那么这张照片就几乎有弑父的意味了。坎宁安在其晚年，愉快地回忆起捕捉到他“眼中的一丝冷酷，厌恶任何人任何事”。应该说也包括不喜欢他自己。

尽管他对美国艺术产生的影响是压倒性的，但斯蒂格里茨，尤其是到了暮年，认为其努力是徒劳无功的。在忧郁症发作时，他认为自己是个失败者，一切努力皆成空。正是在这样的间歇性的意气消沉中，他在1944年的5月遇到了厄希尔·费利克（Usher Fellig），后者作为维吉（Weegee）更出名。

维吉同样困扰于斯蒂格里茨早年在拍摄城市夜景时

遇到的技术难题，但他们追逐热情的起点不同，结果也迥异。

诚如沃克·埃文斯不厌其烦地指出的，斯蒂格里茨总能依靠私人收入生活，而维吉在十四岁就得帮忙养家。1914年，十五岁的他从家中搬离，靠打零工勉强维持（包括在第三大道的默片剧院拉小提琴）。这段时期，他有时无家可归，流落街头的悲惨和戏剧性日后在40年代成为他的宝贵财富。作为一位真诚的感觉论者，维吉此阶段的作品和纯粹的，或被埃文斯称为“尖叫”的斯蒂格里茨美学相去甚远。后者在1896年就声称：“没有什么比走在社会底层的人群中更吸引我，仔细研究他们并记在心上，他们从每个角度看都是有趣的。”可能出自真情实意，但其语气传递出斯蒂格里茨和他研究对象之间本质的冷淡和超然关系，如那张著名照片《统舱》中的俯视视角［42］。维吉就生长在社会底层，他积极地投身于捕捉他们在镁光灯下的特写镜头。他既利用也同情所摄对象[①]——“我一边拍一边哭。”他说起另一幅著名照片，两位女士眼睁睁地看着亲戚被烧死——维吉是精通商业的行家，他不懈地努力以确保他纽约地下社会摄影之王的地位。

---

① 正如人们期待的，阿勃丝是热情的维吉崇拜者。“当他状态好的时候，他是如此优秀，”她写于1970年，“非同寻常。”

当他们相遇时，斯蒂格里茨和维吉之间的财富差距已不再那么显著。他们像是井中的水桶，一个要浮上来，一个要退出去。维吉已因为为小报拍摄的犯罪照片而恶名在外，他即将获得其孜孜以求的全国知名度［他在第二年出版《裸城》（*Naked City*）后就闻名遐迩］。而斯蒂格里茨则常常情绪低落，只有在种种抱怨后才稍具活力。在美国宫殿的里屋，斯蒂格里茨和受欢迎的摄影师交谈数小时，倾诉他的失望和焦虑。“它从来不响，”他指着小床边的电话，“我被遗弃了。”维吉闻到房间的消毒剂味道“像是一个病房”。斯蒂格里茨说他已十年没有拍照了。“房租还没有准备好，他担心会被扫地出门，”然后他突然痛苦地趴下去，“我的心脏不好。”他趴倒在床时低语。维吉“等他恢复后静静地离

18.《斯蒂格里茨》（*Stieglitz*），维吉，1944年5月7日

开”，然而不消说，维吉只有在用照片永久记录此次拜访后，才会离去［18］。斯蒂格里茨坐在小床上，裹在背心、夹克和大衣中。胡须一如既往地剃过，但白发稀疏，手搭在膝上。他茫然地看着镜头，闪光灯的刺目强光将其身影延伸到其后的枕头上。

直到1946年6月，他仍待在小床上，被一个相对谦逊的仰慕者卡蒂埃·布列松所拍摄。就好像自上一次维吉拜访后，斯蒂格里茨根本就没动过。在坎宁安的照片中，他站着；在维吉的照片中，他前倾着坐在小床上；在卡蒂埃·布列松的照片中，他往后靠着，穿着无袖的羊毛衫，而不是他往常的保暖的夹克外套。他放松的姿态本该成为南·戈尔丁（Nan Goldin）在80年代的东村工作室拍摄的年轻男孩之一——但眼下这已是一个精力耗尽的老人。我想正是得益于照片的亲切感。精力可以是激励，也可以是折磨和寄托的根源。在某种程度上，斯蒂格里茨最终是被其天才的能量所耗尽。早几年时，他写信给爱德华·韦斯顿，诉说感到的疑惑，生活是否“值得经受折磨，人们总要以某种方式继续奋斗”。他认识到很快就无须饱受折磨或继续奋斗，这种自由像堆在他身后的枕头一样给他慰藉。任何时候，他都可以在其中得到放松。认识到这一点，使他更容易接受事实（如他写给韦斯顿的信），“他是一个老人。可能已沦为老人多年了”。认识到精力匮乏，他知足了，不再经受折磨。在卡蒂埃·布列松拍摄照片三周后，这位“几乎为了摄影而自杀”的人重重地向后倒下去，闭上眼，再也不睁开。[1]

> 务必要转告董事会阴毛已确定是我艺术生涯的一部分，告诉他们它是最重要的部分，我喜欢其棕、黑、红或金，曲或直，各种尺寸或形状。
>
> ——爱德华·韦斯顿（对于现代美术馆主管反对相片显露阴毛的回应）

像斯特兰德——像众多20世纪早期很有抱负的美国摄影师一样——爱德华·韦斯顿也有着朝圣之旅，拿着照片聆听斯蒂格里茨的指教和鼓励。韦斯顿记得他“快如闪电地一把抓住照片《母与女》（*Mother and Daughter*）中的母亲手臂”。斯蒂格里茨也向韦斯顿展示一些他拍摄的欧姬芙，“在缝制的手，乳房，抽象的裸体”。那是在1922年，斯蒂格里茨刚在安德森画廊展出

① 在他给韦斯顿的信中，斯蒂格里茨痛惜摄影看起来很繁荣，却是“如此小的格局，如此少的真知灼见”。几年前约翰·伯杰告诉我他曾拜访卡蒂埃·布列松（大约是1946年他拍摄斯蒂格里茨时后者的年龄）。最让伯杰惊奇的是卡蒂埃·布列松的蓝眼睛已“如此厌倦于观看”。

了四十余幅欧姬芙的照片——仍在拍摄的组合肖像首次入选，它们又断断续续地延续了十五年时间。参观展览者对于有些照片的私密性和公然的性展示感到震惊，作品的坦率并不令人惊奇，如果观众记得斯蒂格里茨近十五年来陷入几乎无性的婚姻的话。斯蒂格里茨本期望一旦他们结婚后，他就可以拍摄未婚妻艾美的裸体。人们尽可以解说，这是这场明显不般配的爱恋中他唯一热衷的方面。到1893年他们结婚时，她不允许他这么做。她担心他会把照片给朋友们看——她也不愿同他做爱。

到1917年和欧姬芙相恋时，他已经五十三岁了。斯蒂格里茨不再浪费时间，着手拍摄他的情人。他喜欢拍摄欧姬芙的手臂，也喜欢拍摄她的乳房。当他将两个爱好结合起来时，他使得欧姬芙看起来很奇怪，就好像是她正在自我检查是否有可能患了肿瘤。或者是斯蒂格里茨肯定在指导她要想象自己在做面包。这类照片的数量令人吃惊，很难了解斯蒂格里茨到底意指什么。这种场合人们可以想象摄影师会要求模特“触摸”“轻抚”“抚摸”或“爱抚”自己；斯蒂格里茨倾向的动词似乎是“揉捏”。这些令人困惑的照片——从她的表情来看，欧姬芙并不比我们高明多少——仍然达到其目的。毋庸讳言，人们开始不耐烦，想知道欧姬芙何时卸下剩余的装备。

在反复拍摄了欧姬芙的手无数次后，斯蒂格里茨拍摄了她的身体，相机仿佛是一只渴望着移向她的手。斯蒂格里茨说他边拍摄边做爱。[①] 欧姬芙于1978年回顾他们的共同生活时，从字面上解释了事物的顺序。“我们先做爱，然后他拍我。”随后他消失在暗室，观看他裸体情人的照片——天知道他想拍这样的照片有多久了。无论何时，斯蒂格里茨从这批照片中选择展出时，他都逗弄性地留下一些最直率的照片，因为他感到，“大众还没有准备好接受它们”。

幸运的是我们可以一览无余——甚至是最袒露的。[②] 只是斯蒂格里茨的洗印方式，令它们看起来根本不裸露。在1918年至1919年，他拍摄了七幅他称之为欧姬芙私密的“躯干像”。其中六幅她的腿矜持地闭合着，而在另一幅中，她张开了腿，在斯蒂格里茨令人扫兴的洗印方式下，她的阴毛只是一团墨黑色的阴影。对于珍妮特·马尔科姆来说，这给予“照片强烈的性冲击力”，同时将其从“不宜在艺术书籍中刊发和下流”中解救出来。那是在1979年。那时候任何自重的裸体照片展览必须对色

---

① 埃文斯有同感。他在1947年告诉采访者：“我的作品就像是在做爱。”

② 也可能不。贝妮塔·艾斯勒声称有些照片“是对她身体的性探索，过于私密，因而还无法出版或展出”。这些照片显然在进行“摄影师和其拍摄对象之间黑暗的演出”。

情详述，用以证明它们是艺术品。更重要的是，如果我们可以看到更多作品，斯蒂格里茨照片的性力量就得到加强。我不是简单地在附和诺曼·梅勒的愤怒声明——在麦当娜臭名昭著的《性》（*Sex*）一书中，她“应当露骨地暴露其生殖器”，否则就是“逃避”。错，情色就在于微妙。如果洗印清楚，微妙便是照片所缺乏的：斯蒂格里茨的严肃闪避是自然的——事实上，底片等同于软色情粉饰。用他自己喜欢的触感隐喻，它是棘手的。

实际上，我们可以自己判断，在1921年斯蒂格里茨拍摄了类似的照片并采用了两种洗印的方式。在所谓的“密钥资料集”中，两张编号为676和677的照片里，欧姬芙的双腿比1918年的系列照稍微闭合一些。677号类似于早期底片洗印，所以在她腿间是不能穿透的黑色三角区。但是676号是略加袒露，却极其有效：她的阴毛看起来就是阴毛，而非阴影，我们从中可以分辨出她的阴部。这样洗印照片可取得微妙和坦率的完美平衡。马尔科姆说模糊洗印的照片确实传递了同样神秘的性感，“极度严肃，几乎是宗教体验”，并“达到D. H. 劳伦斯小说中的最高点”。[①] 也很对。但劳伦斯的写

---

① 斯蒂格里茨是劳伦斯小说的热烈崇拜者，尤其是《查泰莱夫人的情人》（*Lady Chatterley's Lover*）。他也热衷于展出作者的富有争议的画作——他的热心部分源自他并未亲眼见过它们。

作远比那些描写阴茎的感官追求与深色生殖器的段落更为成熟。在劳伦斯表现最糟的时候，暗室洗印过时了。渴望是一种恐惧。比如在伯纳德·麦克拉弗蒂（Bernard McClaverty）的小说中，卡尔代表“阴沉的性欲”；另一个则作为目标的欲望，是永恒的，点燃的。

斯蒂格里茨不是唯一被指责拍摄妻子色情照片的伟大摄影师，但可能是唯一一个被指责拍摄了另一个伟大摄影师妻子的色情照片的伟大摄影师。

当他们初次见面时，欧姬芙并非受到斯蒂格里茨的性吸引。像他人一样，她有些被他迷惑住了。尽管她在1917年5月从得克萨斯出发进行短暂的旅行时，和斯蒂格里茨在纽约共处多日，但很明显，她爱的是斯特兰德。到她回到得克萨斯时，两位摄影师都爱上了她。第二年5月，斯蒂格里茨派斯特兰德去得克萨斯，一方面为了照料欧姬芙（她遭受忧郁症和流感之苦；担心她会恶化为肺炎），另一方面是要替斯蒂格里茨说服她来纽约。斯特兰德在得州待了一个月，到5月末，欧姬芙同意东行。她于6月抵达纽约；到7月中旬，斯蒂格里茨已离开艾美，他和欧姬芙一起搬进工作室（他欢呼“欧姬芙和我真正意义上融为一体”）。到9月，斯特兰德应征入伍。当他一年后回到纽约时，斯蒂格里茨和欧姬芙已安顿下来，成为一对夫妻和创作伙伴。

在1920年，斯特兰德遇到丽贝卡·索尔兹伯里(Rebecca Salisbury)，她外形上和欧姬芙惊人相似。正如斯蒂格里茨几年前已在做的，斯特兰德也开始拍摄他的爱人，这项计划在他们1922年结婚之时也一直在延续。两对夫妇走得非常之近——几乎是过于亲近了。对于斯蒂格里茨和欧姬芙来说，斯特兰德似乎在力图复制他们之间的关系和进行中的摄影合作。当丽贝卡与斯蒂格里茨和欧姬芙在乔治湖共度1922年之夏时，事情变得更为复杂。其时斯特兰德在马里兰工作，而斯蒂格里茨为他朋友的妻子拍摄了一些肖像照。“丽贝卡真是一流的模特，”他写信给另一个朋友，“可不知为何我无法如我所愿地完成工作。可能我在尝试不可能的事——当我真的得到一个好底片时，不知怎么我会在上面戳洞，或做类似的破坏举动。”他也写信给丽贝卡，说：“我花了一个小时或更多都在你的屁股上挠痒痒，让你享受极佳的快感。”他强调他们绝不含糊的工作结果时，不再那么轻佻，宣称“澄清了某些事实”。他相信“保罗看到结果时会高兴的”。斯蒂格里茨指的是他拍摄的丽贝卡裸体照，如果这些裸体照能说明什么的话，那就是斯蒂格里茨——他说过他边拍边做爱——正带着未加掩饰的渴望看着朋友的妻子。[①]

① 据贝妮塔·艾斯勒说，趁斯特兰德在萨拉托加，欧姬芙在缅因州，斯蒂格里茨在1923年9月和丽贝卡发生过性关系。

斯特兰德怎么看只能任由人们来猜测了。先是在干草堆上拍摄肖像照，他们又转移到湖边，斯蒂格里茨拍摄浮在水面上的丽贝卡。有幅照片展示她从胸部以下直到膝盖，微波轻抚着肌肤。另一幅令人陶醉的照片构图延伸到胸部，一个乳头正破水而出。又一幅是她站在刚没到裸露着的阴部的水中。这三幅照片达到此次拍摄的情色顶点。其后，斯蒂格里茨似乎要求她开始——你猜对了——按揉乳房。她答应了，但在这些照片中，我们瞥见同样在欧姬芙照片中一再出现的几乎不加掩饰的不耐烦。

据我所知，这一摄影的混合双人游戏完全是单方面的。斯特兰德没有拍摄过裸体的欧姬芙。他实际上也只拍过为数不多的丽贝卡裸体（一幅也未冲印），从而验证了斯蒂格里茨对丽贝卡说过的话，他拍摄的丽贝卡“和斯特兰德完全不同”。一方面是斯蒂格里茨在摄影中同其朋友的妻子做爱，另一方面是斯特兰德从心理上细察其妻。他拍摄了她裸露的双肩；他拍摄她睡觉。她幽怨的面庞如纪念碑般不朽。斯蒂格里茨注意到她的“某些混乱将一直混乱下去”；斯特兰德传递出她灵魂的沉重。尽管她还很年轻，有关她的一些东西已然苍老。在斯特兰德的照片中，可以说是，你看到她在你眼前衰老下去。她曾在斯蒂格里茨的照片里短暂地绽放过美，但斯特兰德成功地抓住了她隐藏的忧郁。她代表20世纪早期的自由精神，却总能感受到19世纪压在她的肩上。她被平静和运动、限制和自由所撕裂。对于创造才能有限的她来说，斯特兰德、斯蒂格里茨和欧姬芙催促她发展的艺术自由本身变成了强制和局限。所有这一切在斯特兰德拍摄他妻子的照片中得到揭示。她声称快乐，她也曾经快乐，但在某种程度上，斯特兰德——或更确切的是斯特兰德的照相机——看到了她不快乐的宿命。斯特兰德爱的是欧姬芙；丽贝卡被斯蒂格里茨拍摄，与之做爱。但她从未在摄影上委身于斯特兰德，正如她曾对斯蒂格里茨做的一样。她这样做的条件之一是斯蒂格里茨照片没有显露她的脸。她的快乐是非个人化的，不是可识别的。

丽贝卡于1968年自杀，其时她早已同斯特兰德分手，但仍保持友好关系。勃兰特相信好的肖像照具有神谕，“会预示所摄（对象）的未来”。阿勃丝更明确地声称可能在人们的脸上看到自杀。但它发生时提前多久会看清楚？在多大年纪？

扼要重述，斯蒂格里茨被激怒，因为斯特兰德所拍的丽贝卡照片过多侵扰了他和欧姬芙标为己有的领地。换句话说，斯蒂格里茨嫉妒斯特兰德拍摄自己的——斯特兰德的妻子。同时，不允许斯特兰德嫉妒斯蒂格里茨将前者的妻子拍得比她丈夫本人的作品还性感。同样地，当斯蒂格里茨拍摄自己的和斯特兰德的两名妻子时，斯特兰德根本不可能被允许拍摄欧姬芙。这一友谊的死结，包括了支持与对立，传达了某些与斯蒂格里茨的关系中十分基础的东西：他会无私地竭尽全力地支持你并帮助你提高。他可以这么做，但你无法和他亲密起来，除非你能忍受他的控制欲。[①] 不掌控摄影，他就无法进行实践，无法使这一媒介本身提升到与毕加索和塞尚的艺术比肩的地位，他就不会满意。理查德·惠兰（Richand Whelan）在斯蒂格里茨的传记开头便机智地认同这一倾向："害怕他无法因自己是怎样一个人而受到热爱，他决心确保至少要因他所做的而受到爱戴。"甚至他的慷慨也是控制欲的一部分。他不支配人，就不会了解他人，甚至像在年轻的斯特兰德身上所发生的，需要通过赠与和赞助来显现。

1923年，沃尔多·弗兰克（Waldo Frank）告诉斯蒂格里茨他"无法和任何人保持平等关系"。在某种程度上，他对欧姬芙的爱与支配她的欲望无法分开。回顾他拍摄的欧姬芙组合肖像，让人记起某种意义上的联合

---

① 事实上，大家不断说起斯蒂格里茨的单词不是"控制"，而是"吸引"。1932年克鲁曼写信给斯特兰德，"除非你没和斯蒂格里茨走得过近，否则很难不被他所吸引……他是病态的"，丽贝卡更早地注意到这一点，她在1920年问斯特兰德："难道你没有过于被斯蒂格里茨所吸引吗？"韦斯顿当然如此认为，他在1942年写道："那时候（20年代早期）的斯特兰德身上有过多的斯蒂格里茨的影响。"

执行体，“你必须合作……你得坐在那里听从教导”。如果计划得以成功，是因为欧姬芙个性中的某些方面——琼·迪迪安描述她为“闯劲惊人的女人”——倔强地反抗和独立于他的意图，尽管她也有遵从的意愿。她的难以捉摸正是令斯蒂格里茨——这个情人和摄影师永远着迷的原因。斯蒂格里茨一直在寻找他所称作“对等物”的内心深处的情感。忽隐忽现的是，从来都称不上十分漂亮，倒也非常接近。欧姬芙同意进行这一不对称的合作，而不用放低身段成为“对等物”。

比较而言，多萝西·诺曼（Dorothy Norman）——她对斯蒂格里茨十分着迷，并在1927年成为他的助手和学生，最终成为情人——看着斯蒂格里茨，自己就如同一只仰慕的小狗，或者是准备被棒打的海豹。让欧姬芙感到惊奇的是“她是一个总在发出噪音的人”，但斯蒂格里茨对她如痴如醉，这在欧姬芙看来“很蠢”。在1931年的拍摄过程中，斯蒂格里茨说出“我爱你”。一番哄诱后，多萝西低声喊出他的名字“阿尔弗雷德”。那一刻，他看到并保留在胶片上的容颜的瞬间变化，就是在他后来写给她的信中说的“你的脸沐浴在上帝之光里”。就在那天“你听到了声音——你看到了光芒”。在1923年斯蒂格里茨谦虚地向哈特·克兰（Hart Crane）说，有些人在看过他的云彩研究或对等物后，感到他“拍摄了上帝”。就在此处他拍摄了那些崇拜上帝的人们的脸。

斯蒂格里茨自己对这些肖像极为看重，为避免沉迷于他的想法，我们要留意的是“海豹”极端脆弱的地位也是其不明确的见解之一。其时，斯蒂格里茨不但开始着手于拍摄诺曼的系列照片（当他们相遇时，她只有二十二岁），他还给她买了照相机并鼓励她自己拍照——其中有许多照片是她所爱和尊敬的那个男人。从1935年的序列照片来看，诺曼密切关注他扶住眼镜的长满老年斑的手。在其他作品中，我们看到他倚靠在枕头上或蜷曲在沙发上，仿佛在耗尽精力后要尽力保持清醒。

在他们漫长而曲折的多年生活后，欧姬芙在40年代早期写道，她开始将“阿尔弗雷德看作一个我很喜欢的老人”。尽管她对他很崇敬，诺曼的相机同样也只能看到：一个衰老、疲惫不堪的老人。如果我们对摄影师或其拍摄对象一无所知，我们会假定这是一张由孙女拍摄的老人的照片。事实上诺曼尽管对他如此深情和包容，但也并没有使她无视其缺点。

斯蒂格里茨身上的权力欲望高度膨胀且不健全。高度膨胀是由于他已然胜过他人，发展得不健全是因为他无力企及尼采最终的自我克服计划。虔诚的诺曼和很难动情的欧姬芙都对此很警戒，后者“因为一些看起来清楚、明快和美妙的东西，就得忍受许多对我来说相互矛盾的废话”。斯蒂格里茨死后一个月，诺曼写信给史泰钦，尽管斯蒂格里茨的哲学擅于令他人质疑自身，但

“他的整个哲学就建立在回避自我质疑的基础之上”。

对他人来说，逃避或避开他是毫无异议的。作为一个哲学家、美术馆馆长、经理人和辩论家，斯蒂格里茨在美国确立了摄影的艺术地位。鉴于他自身伟大的成就，爱德华·韦斯顿简洁地说道，他是“艺术上的拿破仑”。当韦斯顿在1922年给他看自己的相片时，这个“超级自我主义者”“说话带着空想家的理想主义”。斯蒂格里茨影响的强度、力度和范围意味着人们要获得解脱，就不得不彻底拒绝他。对于埃文斯来说，这很简单：这一“令人惊叹的唯美主义者”的“沉重的教条和规矩”在实践上不得不“迫使人反对”他。对他人来说，这样的反对会产生某种形式的弑君，或甚至是弑神的结果。

在1922年的纽约见到斯蒂格里茨后，韦斯顿重返西部。然后在1923年，他和蒂娜·莫多蒂旅行去了墨西哥城。他们在那里安顿下来后不久，韦斯顿梦见有人告诉他“阿尔弗雷德·斯蒂格里茨死了”。韦斯顿立刻意识到这一梦境的“重要性”与“象征意义”。多年来，斯蒂格里茨已成为韦斯顿献身其中的“摄影理想的象征”。他立即认识到这个梦指向“我的摄影观点的彻底变化”。

1927年5月，一个朋友写信给已回到加州格兰岱尔市的韦斯顿，指出斯蒂格里茨感到他的“照片缺乏生气与激情的火焰，多多少少是死去的事情而不是当今生活的一部分”。这些来自报道的话语立刻让韦斯顿回想起曾在墨西哥所做的梦，有力地说明他和“太多的其他人”已将斯蒂格里茨架上了偶像的“基座”。韦斯顿写道：“人们不愿承认英雄的倒下。”但到了1932年，他已成功做到了这一点。他愿意给予斯蒂格里茨“在我生命中的某一重要联结时刻应得的赞美，我明白自己要什么，也得到了。但那一时刻早已远去”。不过，斯蒂格里茨当然不高兴其影响力就这样被归入历史的垃圾箱，他在1928年发表于《创意艺术》的一篇文章中抱怨，韦斯顿只引用画家和作家对他生活产生的影响力，但“避免提到摄影师”（斯蒂格里茨主要指他自己的影响）。不用说，韦斯顿对此指责感到愤怒，但又不予理会，将之看作是这位老人习惯性的“烦人的牢骚”。部分的确如此。但在其他方面，斯蒂格里茨对这篇文章的回应是富有见地的。在1928年9月给斯特兰德的信中，斯蒂格里茨表达了他对韦斯顿的忧虑：“他是个好小伙，但有很强的美国式伪君子倾向……他只有忘记要当艺术家——可能他会接近这一目标。”[①]

① 可以说，举出一个五十步笑一百步的好例子。对于埃文斯来说，斯蒂格里茨无疑是一直在坚持“艺术”的实践者；副作用是他强加给“艺术”的双引号以及罕见的一本正经。

所有这些致敬和仰慕的背后掺杂着诋毁，并令人感到痛苦。随之，很高兴注意到的是，斯蒂格里茨给韦斯顿的最后一封信——那封哀叹缺乏“真正的洞察力”的信——是热诚而大方的。在告诉韦斯顿自己不善于冷嘲热讽、嫉妒或艳羡后，他祝福韦斯顿即将到来的婚礼。那是在1938年，是在斯蒂格里茨拍出他最后的摄影作品之后。

这两人在北美洲的东西两端度过余下的大部分岁月。他们又遇见过两次，但再也没有拍摄过彼此。而他们对彼此说的话代替了不复存在的照片。这也不失为一种看法。另一种方式就是他们在各自作品中不断相遇。

将丽贝卡·斯特兰德、多萝西·诺曼的一些照片以及他侄女乔吉·恩格尔哈德（Georgie Englehard）的古怪镜头等放在一旁，斯蒂格里茨拍摄的大量裸体照都和一个女人相关，那就是欧姬芙。另一方面，韦斯顿有着为数众多的女朋友，都长相出众，且乐意为他宽衣解带。他是那种所谓的阅人无数（摸过的屁股比坐过的马桶垫还要多）的男人中的一员。这一表述用来形容韦斯顿再恰当不过了，至少从摄影上来说，他也拍过相当多的马桶。韦斯顿早就在考虑拍摄“这实用和体面的现代卫生生活的配件”。但要到1925年的10月，在墨西哥才腾出时间来做这件事。受到马桶功能性和有光泽瓷釉的

“特别之美”的吸引，当他在相机的毛玻璃中第一次察看时，他完全“震惊”于“神圣的人体形式”的每一个曲线，没有任何瑕疵。这里没有反讽（韦斯顿似乎暂时还不具备这种能力）。对于韦斯顿来说，人类——最著名的是斯威夫特的西莉亚——去卫生间的需要不构成人体的不完美。根据他的传记作者本·麦德（Ben Maddow）所言，他于1934年遇到了卡里斯·威尔逊（Charis Wilson），后者的吸引力部分在于她代表的新类型：受过教育，贵族气派，“性观念低俗、开放，但对性交冷漠”。

韦斯顿对于马桶的兴趣部分在于其形式是功能的忠实表达。在技术上传达马桶之美比他设想的要更为困难。在一定程度上是由于他工作压力太大，“每一刻都在害怕有人急需如厕，比我更有理由要用马桶”。他承认对一些拍摄结果很失望，但在一番坚持后，以几张底片结束。选择冲印哪张也是个难题，因为他不能确定他“爱哪个，最喜欢老的或新的厕所”。①

在几天之内，他开始拍摄新系列照片：安妮塔·布伦纳（Anita Brenner）的裸体。一开始他并不很热衷，但很快他就因她“激发审美的形体”而兴奋起来，就像

① 韦斯顿显然没有意识到斯蒂格里茨已在291号画廊展出了杜尚的小便池——或《泉》（*Fountain*）——并于1917年为一家叫《盲人》（*The Blind Man*）的小杂志拍摄了照片。

他被马桶吸引一样。他所称赞的“最为出色的一组裸体”是“该系列中许多完全非个人化的，无法唤起人们对令人脸红心跳的胴体的兴趣”。如此看来，屁股和马桶并无差别，尽管，不用说，韦斯顿在嘲弄那些把两者等同起来的俗气之人。

到1928年7月，他有了一个“新情人”，费伊·富卡（Fay Fuquay），他为她拍摄了一个特别的底片：

> 她向前弯腰直到她的身体在腿上贴平。我观看她突起的臀部呈锥形，到脚踝便成倒转的花瓶，其臂膀形成底座的把手。当然，这是一幅我不会向公众呈现的作品。我会被认为下流。这是多么悲哀啊，我唯一的想法就是优美的形式。而大多数人只会看到屁股！——哄笑，正如他们看到我的马桶一样。

韦斯顿在1929年的3月洗印了这幅“后位像”并惊奇于它的雕塑特质：“人体非常匀称地呈现出来，臀部从黑色中心突起，阴部非常清晰，所以我永远无法公开展览这张相片——门外汉们会误解。”实际上，这幅“后位像”只为后代的眼睛而拍。

韦斯顿不考虑那些受过心理分析教育的人。对此，他是门外汉。当人们指出在他热衷拍摄的岩石中有阴户和阴茎的形状时，他轻蔑地予以回应。他坚持说，只有性受到压抑的人才会需要留意这些形状。他在性方面完全不受压抑，明确知道自己喜欢什么。他以同样的尺度喜欢形状和喜欢女人——相机让他两个都能拥有。虽然有时他将模特和马桶称为他的“所爱”，他以其“可能唯一的爱”——相机——观察上述模特或马桶。

如此多的女人乐意为韦斯顿拍裸照的原因之一在于：在他离开之际，毫无疑问地使她们认为是在为高雅艺术服务（他是其微小的化身）。这不是“暗室中的亲吻和拥抱”（尽管也有很大一部分）；这是工作。韦斯顿不断继续这项“极为艰巨的工作”，制作底片，洗印，所有这些努力都使人筋疲力尽，使他处于精神崩溃的边缘。[1]

好似摄影还不够令他疲惫，那些扑向他的女人的惊人数量带给他实际困难：“为什么女人如潮？”他问自己：“为什么她们一股脑都扑上来？”韦斯顿一直在寻找拍摄新对象，但在女人方面则刚好相反：“我从不出去猎艳，她们似乎送上门来。”在其他时候，韦斯顿认识

① 斯蒂格里茨也痛苦地强调摄影需要巨大的牺牲和巴尔扎克般的辛劳。比如，照片《冬天，1893年的第五大道》（*Winter Fifth Avenue of 1893*）是“1923年2月22日三个小时站在暴雪中的结果”。《冷夜》（*Icy Night*）是他肺炎初愈，在狂风中拍摄的。

到他的性关系混乱很难与他澎湃的摄影激情分离。在1928年，出于对安定下来，过上一夫一妻生活的“荒唐”希望的反抗，他认识到“和一个女人共度余生……就好比我在拍完最后一幅作品后，永远钉在墙上，看着它挂在那里，直到我会蔑视它或者再也不会留意到它”。这一生活和工作中体现的摄影和欲望的亲密关系，在韦斯顿1924年拍摄蒂娜·莫多蒂肖像后著名的叙述中表达得最为清楚。

像韦斯顿一样，他们的风流韵事在1921年开始之前，虽然没有被法律认可，但蒂娜在事实上已经结婚了；她的“丈夫”是艺术家罗博·里奇（Robo Rickey）。1922年早些时候，罗博在墨西哥死于天花，当时他正在筹办摄影展，其中就包括情人蒂娜的作品。他死后，蒂娜完成了展览计划，展览的大获成功是诱惑韦斯顿与她去南方的利器。他们的想法是开办一个摄影工作室，由莫多蒂担任经营者和指导者。作为回报，韦斯顿教她摄影。

这段时期的墨西哥城令人愉快。正如鲍勃·迪伦（Bob Dylan）著名的歌词所言，“夜晚咖啡馆传来音乐声，空气中弥漫着革命的气息”。当然还有狂欢晚会，其时韦斯顿很乐于穿上蒂娜的衣服，痛饮龙舌兰酒，招摇他的假胸（用粉色的纽扣充作乳头）并“下流地露出粉红吊袜带下的腿”。事实是这些让旁观者“震惊”的滑稽动作只会使他更开心。尽管陶醉其中并思想开放，这对情侣的关系却逐渐令人忧虑。就像任何自信奔放的波西米亚情侣一样，他们坚持各自可以拥有其他情人。如此一来，嫉妒就更为折磨人，而这本该早被超越。韦斯顿拍摄了多张蒂娜在屋顶平台做日光浴的照片，她赤裸着身体，放纵，燃烧着欲望。但1924年的肖像记录了表面上平和美丽的开放关系下暗藏的即将爆发的紧张和沮丧。强烈的情与性，加之偏执狂般的技术上的精准，韦斯顿所描述的拍摄情形在摄影史上无人可以超越，“她叫我到房间去，我们的唇自新年前夜以来第一次碰上——她扑到我俯卧的身体上，猛烈地按压——猛烈——可能是剧烈——然后门铃响了”。

气氛被破坏了，但第二天早上，在灿烂的墨西哥阳光下，韦斯顿决心拍摄一幅肖像，“昭示一切——我们目前生活的某些悲剧”。所以蒂娜

> 倚靠着刷成白色的墙——唇在抖——鼻孔微张——眼皮沉重，因雨云未散而沮丧——我靠近——我耳语并吻了她——一滴眼泪划过她的面颊——就在那时，我永久地捕获了这一瞬间——让我想一想，光圈F8，快门1/10秒，渐变镜K 1——全色胶片——机械计算听起来残酷——然而确实是同时发生的和真实的——我已然克服相机技术，让它对我

> 的欲望有所反应——我的快门和头脑配合——按下快门就像移动手臂一样自然——我开始接近摄影中的实际目标……我们对彼此的爱被记录在银盐胶片上——随着感情的释放——我们经过阳光照耀的白墙进入蒂娜幽暗的房间——她橄榄色的肌肤和暗色的乳头在黑丝披巾中隐现——我把蕾丝拨在一旁……

摄影不曾拥有绘画的自由。皮埃尔·波纳尔（Pierre Bonnard）几乎画了他妻子马莎四十年——但她总是看上去二十五岁的样子。斯蒂格里茨忠实地拍摄了欧姬芙，她在镜头下变化、苍老。年长的韦斯顿却一直被某种年龄的，拥有特定身材的女性所吸引（他们相遇时莫多蒂二十四岁，韦斯顿大她十岁）。为了不断拍摄这类女性，他时常要在新替身上重新发现她，把她换成更新、更年轻的模特。当他在1934年遇到卡里斯·威尔逊时，他四十八岁，她年仅十九岁。

从他的日记中——他称之为《日书》（*Daybooks*）——韦斯顿呈现的形象为任性的矮个子，对艺术义无反顾地认真，绝对自私——特别是在机械故障或不能正常工作时——容易大发雷霆。甚至他的反资本主义和我行我素的波西米亚式生活态度里也包含着坚决、愤怒的特性。他仍然热衷于晚会和“快乐”，但当卡里斯遇见他时，他已习惯于严格履行一种健康且在艺术上极具效率的生活方式。当她在1934年夏天搬到洛杉矶和爱德华及其儿子同住时，她感到吃惊的是，他的孩子已经掌握了一套对付父亲的实用技巧，远超过她。卡里斯立刻被收编进韦斯顿俭朴的自给自足式的管理政体中，但她的主要任务——她唯一可以胜任的——就是成为韦斯顿一些伟大作品中的年轻美丽的女主角。

和斯蒂格里茨拍摄的欧姬芙相比，珍妮特·马尔科姆发现韦斯顿的裸体照“既不性感也没有人情味”“胆怯且被压抑”。在不同时期，韦斯顿的确迷恋裸体的抽象潜能，因而在有些作品中，受到仔细审视的对象既可以是辣椒，也可以是女人的身体。但他的许多裸体照——尤其是卡里斯的照片——曾被指控色情。甚至那些并非特别色情的作品——比如1939年卡里斯在其父亲死后，漂浮在家中泳池里的照片——是亲密的和极其个人化的。如果将这些作品归为“非个人化”就是强烈的性爱电流穿身而过。韦斯顿可能不认为自己的照片“色情”，但在1934年于欧神诺沙丘拍摄的卡里斯照片中，她看上去不只是审美意义上的悦目，甚或是美丽，她就像从某些可爱的纯粹艺术或纯粹欲望的春梦中刚刚醒来，在这样稍稍困倦的状态下，她无法记起梦见了什么，显然只有爱德华弄清楚了两者。在1937年的照片［《裸体》（*Nude*），新墨西哥］中，她在一片干旱、贫瘠的土地上伸展开来，躺在一个毛毯的阴影中，以手遮挡耀眼的光，就仿佛太阳无法将目光从她身上移开。[1]

在韦斯顿为卡里斯拍摄的最性感撩人的照片中，她却穿戴得颇为整齐。实际上，裸体摄影引起性欲的力量一点儿也没有减弱。这张照片拍摄于1937年在埃迪扎湖的徒步旅行中。她穿着及膝徒步靴，头发包裹在厚围巾中，以防湾区的蚊子。根据她自己的记述，她精疲力竭——但她仍然看起来像是《时尚》（*Vogue*）杂志的模特，为出外景特刊而拍摄。（韦斯顿可能对女人的魅力完全不感兴趣，但这幅照片是其所拍过的最有魅力的照片之一。）她背靠着岩石坐着，看起来像是布拉塞墙上涂鸦的史前版本。她看着相机，“双膝分开，两手交叉，放荡地摆在两腿之间”，这一准确的描述需要进一步说明。双手如佛像般优雅而纯洁，但它们的位置所激发的性暗示，被裤子上的皱褶加强了，他们就刚刚隐藏在左边性交，毫无疑问。每一次你看着它，这张照片都会迫使你心跳加速，想知道她的裸体会是什么样子。

---

① 我在1989年第一次见到这幅照片，当时正和女友住在纽约。我三十一岁，她二十三岁。有一天她将许多从废料桶中抢救出来的书带回家，因为一个二手书店遭遇洪水，囤积的书遭水浸泡破坏。其中一本就是曾经十分精致，现在几乎被毁了的韦斯顿照片集。她将此书的一些风景运用在她从事的艺术作品中。我撕下并保存了两幅严重翘边的照片：一幅卡里斯，一幅1924年拍的劳伦斯。从此，我不仅对照片是关于谁，也对由谁所拍感兴趣。

这是一张令人惊异的照片，在70年代到80年代几乎是某种禁忌的证明：被如此看见，被如此拍摄，可以和完成该作品的艺术家拥有同样伟大的命运。韦斯顿聪明地让卡里斯瞥见这种可能，她一来为他做模特，他就为她演示相机工作原理。看到相机罩子下面后，她惊奇于“格拉菲4×5英寸大画幅相机的反光镜传达图片的亮度和清晰度”。这是对于她自己会成为什么，如何光彩耀人的暗示。[1] 数十载后，卡里斯在她八十岁时写的回忆录《透过另外的镜头》（*Through Another Lens*）中，忆起早年的相遇。当你老了以后，认识到不仅你曾经看起来像这样，而且还能够看到，在凝固独特瞬间的照片中，你仍然光彩照人。欧姬芙在回顾斯蒂格里茨为她拍摄的照片时，很有些不情愿地这样做了——“这是他想要做的”——卡里斯则在品味自己年轻时的愿景。

卡里斯在这幅照片中，要比斯蒂格里茨为多萝西·诺曼拍摄她“看到上帝之光”时年轻几岁，但她确定自

① 同样的事情发生在蒂娜·莫多蒂身上。根据她的一位传记作者所说，“蒂娜发现爱德华的肖像是她身份的新脚手架。在依然年轻时，她爱上了韦斯顿眼中的自己，以及自己眼前的人类”。我怀疑像韦斯顿这样的摄影师在看到毛玻璃上的奇迹，及由此形成的照片时，他们自己也会目不转睛并上瘾。如今那些在旅游景点看到的人们也是如此，他们并不直接注视世界本身，而是举到一臂远的距离，通过数码相机的高分辨率屏幕来看。

己的角色就是艺术作品创造的合作者。摄影的特殊恩惠在于模特是在作品完成之时直接介入——而不是在其创造的过程之中——波纳尔的玛莎或是毕加索的玛丽-泰蕾兹·沃尔特（Marle-Thérèse Walter）却并非如此。若真如阿勃丝后来所坚持的，“拍摄对象总是比照片本身重要”，那么，卡里斯这个模特对于艺术效果是比拍摄这张照片的人更为重要。如果他在同一时间出现在同一地点，用类似的相机从同一角度拍摄照片，安塞尔·亚当斯（Ansel Adams）可能达到几乎一样的效果吗？可能并不像听上去那么牵强。因为亚当斯在这趟旅行中就和他们在一起（一直向他们保证，不断折磨他们的蚊子会消失），同行的还有伊莫金·坎宁安的儿子，可笑地名叫罗恩·帕特里奇（Ron Partridge）（其姓意为鹧鸪）。然而这幅照片所坚持的是，如果是由亚当斯拍摄，结果一定不是这样——即便他可以借用朋友的设备在同一时间、同一角度拍摄。在这一旅程中，亚当斯的确拍摄了一张卡里斯的照片。她穿着完全同样的衣服，头包裹在同样的围巾中——效果却很一般，在各方面都不出众。而韦斯顿的照片正相反，是一位非常年轻的女人在看着她崇拜的男人，这个男人也在含情脉脉地看着她，这一互动时刻的浓情蜜意被保存在照片里。这正是这幅照片的非凡之处：它凝固了创造永久魔力的瞬间。

可能已有一丝将要发生什么的不详预感，我们在斯蒂格里茨为欧姬芙拍摄的肖像中注意到：一个将要变得恼怒的暗示——至多是一个暗示，可能甚至都不是，以及如何在30年代末韦斯顿驾车环游美国时（这一点后述），卡里斯会被迫感到要离开他。

时光流逝。人们变老，失去爱，各自走自己的路。卡里斯和韦斯顿在1934年相遇，于1939年结婚；1945年秋她写信告诉韦斯顿自己要离开，1946年他们离婚。韦斯顿在1948年拍摄了最后一幅照片，他死于1958年。这些都是日期。写这本书的最大困扰是无止境地需要确定和核实日期。我希望它们都是正确的。然而在某种意义上，日期是互不相关的。一个生命的价值不能由时间顺序来评估。若果真如此，那么唯一要紧的一点是——像是在比赛的冲刺关头——你死时有何感受。[这是摄影师乔尔·斯坦菲尔德（Joel Sternfeld）在他书中《在现场》（*On This Site*）提出的问题之一——“最终我们做什么就是什么吗?”］让生命有价值的时刻或阶段可以来得或早或晚。对于运动员，或是仅有美貌的女人，它们当然来得较早。而作家、艺术家以及其他人，它们可以出现在任何时候。如果你够不幸，它们根本就不会出现。有时，这些瞬间得以保存在照片里。艺术家（或模特）的表演、作品，以及运动员的比赛结果——生命的救赎可以在任何需要救赎的事物之前来临。有时，年表会模糊这一点。

背影会暴露性情、年龄和社会状况。

——埃德蒙·杜兰蒂（Edmund Duranty）论德加

1927年——又是日期！——韦斯顿拍摄了一些非个人化的，用于雕塑研究的女人背部。自然是裸体：完美地诠释了他不肯通融的信念，“照相机应该用来记录生活，渲染事物本身的实质和精华，无论是高度抛光的钢板或令人怦然心动的人体”。他也深信摄影的存在是为了应对“即刻的当下，当下的某一瞬间”。结果是他所拍摄的对象往往缺乏历史情境，独立于社会评论之外。埃文斯明确否认其作品中的意识形态成分（“不涉及任何政治”）；对于韦斯顿，这样的放弃声明显得多余。[①] 背影的拍摄体现了这一延伸的、最典型的韦斯顿作品阶段。与此形成最鲜明对比的是，多萝西娅·兰格的探索之路，人们的后背照可用来传达社会—政治背景的结构。

① 在这点上，韦斯顿自然引起了一些批评。“世界在崩溃，”卡蒂埃·布列松在30年代斥责，“而亚当斯和韦斯顿仍在拍摄岩石。”

我想拐弯抹角地，也可以说是从侧面来剖析兰格的后背照。她著名的照片《高原女人》便是侧面照，以手抱头，比同一女人的正面特写——我们要面对她的脸孔的明确事实——更具表现力。她和弗吉尼亚·伍尔夫（Virginia Woolf）相似——自然不具备贵族气质，也免受艺术煎熬——说明她的侧影要比伍尔夫缺失许多内容。高原女人的身体没有残留的优雅，脸上也读不出语言的膨胀，因为此张脸已枯竭，唯余紧闭的嘴在拒绝向困难言败。在1952年，兰格拍摄了一个纽约妇女令人迷惑的侧影，她有着街上美女惊鸿一瞥的神秘迷人。当她转过来更直接面对相机时，她就变得普通、朴实、困惑，看着街道，如在高原地区等待公交车的人一般绝望。《消失的侧影》（*Un Profil Perdu*）传达的与其说是个人不如说是瞬间的意义——每个人熟悉——当城市所有浪漫的可能性飞快地聚集在一个人身上时。这个瞬间是诗意的，充满希望，而另一个更加直率的正面照则要大打折扣。不是因为她原本不够美——我在试图清楚地表达对照片的反馈，而不是一个女人的外貌——而是因为第一幅照片像是一个承诺，在遵守之前，它会被破坏上百次。[①]

---

① 照片的确存在着信守诺言的珍贵瞬间，仿佛在等待发生的约会，陌生人的一瞥是命运在召唤。因为韦斯顿总在开始新的恋情，其作品提供很多机会观察紧随而来的阶段，相互渴望的阶段——这就是大画幅相机要求的接触——被形式化地表现。

考虑到兰格平实而坦率的诉求，在方法上更像是一个宣传者（她无法明白为什么“宣传”被认为是“一个贬义词”），毫不奇怪，她最好的作品不是显露外表，而是思考它们的神秘性和暧昧性。令人惊奇的是她的作品在这个方面发展出了自身的某种确定的信念或思考，同样令人惊奇的是兰格彻底而坚决地保持着迂回性，以至于其带来了一种完全相反的方法。因此，她有时会彻底放弃正面肖像，转而聚焦于那些背对她的人。

不言而喻，当兰格为这些“背影”照加上说明时，它们也是关于手和帽子的照片。她最著名的“背影”照之一是表现两个人在聊天。一个人背对着我们，身穿熨好的白衬衫、头戴渔夫帽。他的手从后面抱着头，让人

在此之前，在任何关系——或接触确立之前，只有手持相机（最著名的是徕卡）或抓拍才能捕捉这一瞬间。的确，乔尔·梅罗维茨把高速街拍的兴奋感比作这些瞬间：“当你漫步在街头，沿路走着时，一个女人转过街角离你而去，你在一瞬间瞥见她的脸庞侧面，双肩的姿态，曼妙的身材，你愿意为她付出……那一时刻，你，或是你的感官，爱上了她。然后她消失在人群中，你也永远失去了她。那一瞬的感觉，那种失之交臂的惊鸿一瞥，就在提醒你拍摄照片。这种感觉是我身体的对应物就在那儿。在一瞬间，她填充了情感空白，这种感觉仅驻留一瞬间……”

因为此刻充满感情，转瞬即逝，不可复制，在流行、时尚、广告界工作的摄影师们总是试着想尽办法激发出这一瞬间。最终，如摄影师兰金或科琳娜·戴（Corinne Day）的成功所证明的，甚至随意性也可变得形式化、规范化、商业化。

19.《背影》(*Back*),多萝西娅·兰格,大约1935年
© 多萝西娅·兰格作品收藏,加利福尼亚奥克兰博物馆,奥克兰城
保罗·S. 泰勒赠品

想起"战俘"。兰格通过拍摄手而非脸的方式使其拍摄对象个性化,这是她能力的有力证据,与此同时,这也展示了她是如何利用背影使边缘或隐藏的部分成为关注的中心的。这也是典型的兰格,这根本不是狡猾,也没有她正在别人背后搞小动作的感觉:事实上,这些照片和她以前所拍的一样坦率。说来奇怪,《消失的侧影》会引起我们的好奇心,这些照片则完全令人心满意足。《消失的侧影》使我们意识到隐藏了什么,暗示而不彰显;与其说这些背影没有告诉我们所需了解的一切,不如说它们阻止了其他的探讨,因为可以明确断言进一步

研究的价值微乎其微。正对观众的脸庞微笑着，自我调整，不断地使自己适用于新的形容词。而“背影”是一个名词，可形容的单词极其有限（长，宽）。脸庞显露和他人，和世界的关系；某些肖像表明了人们和他们自身，和观念的联系，但背影只是背影而已。风格像墙上的苍蝇一样不易察觉，但如果我们仔细查看摄于1935年的照片，它也可以成为袖子上的苍蝇［19］。

接下来以她于1935年在西弗吉尼亚州摩根镇拍摄的警长的后背为例。对于这位英国的观察者来说，一位警长可以从两个相关的事实中被辨识出来：能使佩枪皮带膨胀和要坐下的欲望。那正是我们获得的印象：屁股(要坐下)、手枪、枪套。我们看不到他的脸，但这幅背影照是他在嚼口香糖的间接证据，不是口香糖就是烟叶。显然，他的下巴一定在有规律地运动，不是激发想法就是替代之。他实际上不是坐着，而是尽力解放自己的双脚。有时候，警长靠在嫌疑人身上，使其坦白罪行。如果这表明是权力滥用的话，那么这幅照片显然是更广泛地倚赖性倾向的延伸。在这个例子里，他有效地将邮箱变成摇椅，一个观察世界运行的栖息地。

既然他的工作和端坐有关，既然这是对其屁股的显著特写，那么这张照片就不得不告诉我们警长消化道的运动。对于一个喜坐的人来说，厕所是其第二故乡——不像某些素食主义者快速而偶然的造访。不，这更像是寄居，努力延伸或拉伸以求得真相。他坐在那里，宛如夜晚被倾倒的道砟，沉重如枪，凝视着对面的墙仿佛它是一条街道，整个人深陷其中，不愿拔脚离开。当他真的起身离开时，仿佛房间是一个犯罪现场——你无须司法鉴定就可确定谁来过那里，甚至当他不在时，马桶水箱仍在补水，努力消除他经过的证据。

除非，这身份原来就是个错误。这张照片不是来自多萝西娅·兰格，而是由本·沙恩所拍［20］。我们在研究摄影时，一再碰到一个摄影对象几乎与摄影师一致的情况——以至于人们将所摄对象等同于摄影师——结果却是被他人分享和复制。在得到农业安全管理局项目

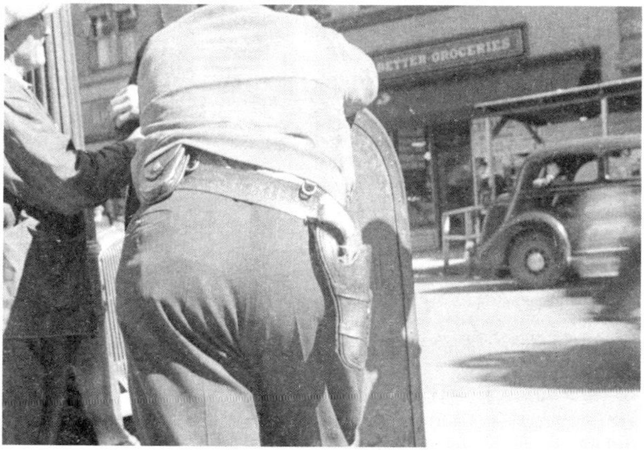

20.《罢工期的警长》(*Sheriff During Strike*)，
本·沙恩，西弗吉尼亚州摩根镇，1935年
© 美国国会图书馆，印刷和摄影部，LC-USF33-006121-M3

赞助拍摄的照片中，我们看到几十幅经典的兰格式背影照，它们分别由约翰·瓦尚（John Vachon）（在威斯康星州奥科诺莫沃克，1941年）、拉塞尔·李（在得克萨斯州阿尔派恩的汉堡摊，1939年）拍摄。在农业安全管理局项目档案之外，尤多拉·韦尔蒂拍摄了三个农夫，在水晶泉镇的一个三角形屋檐下寻求庇护却未被遮盖。三人都戴着帽子，其中两人是侧面；一个人背对观众，因蓝布带交叉绑带而有别于人（X形标记），这既是装饰，也明显出于实用。他的手像大爪，放在大得可以养牛的臀部上。左手部分放在口袋里，姿态让人联想到枪手，却会得出相反结论：不是反应敏捷，而是反应缓慢。但他同样也不易生气，乐意听你把话说完，即使他早已听过。在此情况下，他怎么可能以前完全没有听说过？一个农夫不是什么都可能会知道？——在沙尘暴确定生成前，就可能需要了解它——早在那儿，不可磨灭，像天空一样始终存在？我们无须听他们说什么来了解他们意味着什么。

将韦尔蒂和沙恩的照片看成是兰格的不是错误，而是一个将摄影师和某个拍摄对象等同起来的无法避免的副作用。兰格声称每一幅照片都是摄影师的自画像。如果是这样，那么很多摄影师看起来——事实上也是和他人无法区分开来。照片是由拍摄者还是由所拍内容来定义的问题，一直是摄影史上讨论的核心问题。在某种程度上，本书的架构不够稳定是由于选择不同照片来观察同一事物，结果就如阿勃丝声称的，呈现出所摄对象的至高无上。但这也假定，通过表现某些照片的相似点，希望能让摄影师处理同一主题时，更为清晰地体现其不同之处。把拍摄对象放在首位证实了艺术家之间的不同之处。

在博尔赫斯描述的百科全书中，类别之一是“包含在此分类中的”动物。在尚不充分的摄影百科全书中，某一类别会是“看上去像是出自他人之手的照片”。这些是本书最有特色的照片：（他人的）地毯中心的图案。

罗伊·德卡拉瓦（Roy DeCarva）和兰格都喜爱拍摄人物背影。当他在20世纪40年代末开始从事摄影时，已从大萧条的惨淡岁月中走出的美国又面临着棘手的种族、贫困等难题。尽管德卡拉瓦的作品中的政治意识一定程度上为埃文斯所不齿，但其表现的手法却远不如兰格那么直接。在他的作品中，人民遭受的伤害并不明显，而是通过一组熟悉或相关的比喻来传达。他在1957年拍摄了一幅穿夹克男子背影的大特写镜头。照片上没有头、颈或手臂的空间，只有紧绷的夹克面料，拉紧的中缝——它被整齐地缝补过，并使人忆起另一幅兰格的照片：拍摄于1934年圣弗朗西斯科在补袜子的速记员。像兰格所有的作品一样，这一幅照片意图表现其标题《时代的叹息——大萧条》（*A Sign of the Times—Depression*）。德卡拉瓦的照片尽管完全缺乏语境，仍然能够切中要害。其背后的推动力似乎是美学的——对光影抽象图案、布料折痕和打褶的兴趣——温和而不懈地将眼球吸引到照片中心的缝针处。这就是典型的德卡拉瓦风格：对于人们生活中承受的小小侮辱、麻烦和障碍观察入微，却又低调，不争辩。借用托马斯·哈代（Thomas Hardy）的话说：他就是一个关注这类事的人。男人的背影照尤其感人，恰是因为不管是谁在缝补衣服，他都努力补得令人几乎难以察觉。德卡拉瓦以同样方法回应——注意到，却同样小心翼翼。兰格总是热衷于探寻和再现人们的尊严。到保罗·斯特兰德那里，这一方法的危险性在于它降低了人的尊严。另一方面，德卡拉瓦不太关注视觉修辞，不管是政治的还是个人英雄主义的。

在50年代和60年代，德卡拉瓦在哈莱姆（纽约黑人区）进行拍摄，人们可能期待作为非裔美国人的他会好战、愤怒，但他的观点恰恰总是融通，常常要依赖视觉提喻。场景片断，人物的一瞥就足以传达整体讯息。小说家有时能够让我们看透角色而无须描述他们，由此，在德卡拉瓦最为简洁的图像中，我们无须看到女人的脸或身体：从她的白手套、香烟和手袋中，就能了解她的相貌。其他摄影师可能会记录1963年华盛顿黑人游行的声势浩大，而德卡拉瓦再现的方法则是通过一系列特写镜头，其中之一只有一双穿着凉鞋的女人的脚，小腿的后侧，裙子的褶边。在这张照片的垂直边框，站在她身边的两个女人的脚和裙子恰好可见。一个女人被拖走逮捕——我们也只能看到她的鞋和踝——如此顽固，如此平淡无奇，好像隐含了一种非暴力消极反抗的美学。

兰格和德卡拉瓦，不仅是在背影照上有交集。事实上，如果我们考虑到一些使这样一次相会成为可能所必须包括的摄影背景，他们彼此间的再次相遇会更加引人注目。

你可以用帽子做什么……

——理查德·阿维顿

在摄影中，女人和帽子的渊源可大致归纳为魅力史和时尚史。[①] 而男人和帽子的历史则是现实史和恒久史（相对于时尚的短暂）。不用说，这些差别并非固定不变。问题是大萧条时期的经典纪实影像已然在回顾中经石磨水洗后形成自己的魅力。时尚的智慧，它至今仍

① 维姬·戈德堡（Vicki Goldberg）估计“或许有人会把拉蒂格称为第一个时尚摄影师”。在1907年，十三岁的拉蒂格是多么适时地想到“一个新主意：我要到公园去拍摄那些戴着最古怪或最美丽帽子的女人”。

在美国专营耐磨“工作服”的卡哈特等品牌上继续存活，且拥有市场份额。

然而，大萧条故事可以相当简单地通过男人的帽子来讲述。要讲好这个故事，必须有些出入年表的自由，对影像重新洗牌，但这样做是为了忠于摄影师自己的做法。没有人期待杂志照片完全按拍摄的时间顺序来呈现。年表经常从属于美学或叙事顺序的要求。这不是在歪曲历史，只是重新安排而使事物看得更为清楚。

回到20世纪的20年代或30年代，每个人都需要戴帽子，至少男性无论如何都要戴。帽子就是生活的真相。每个人看上去都相像，因为都戴着帽子；即使帽子看上去一样，人们也能凭借帽子认出彼此。在黑白电影中，在维吉其时拍摄的犯罪照片中，通过邪恶的无名之辈经帽子透露的气质而得以辨识个体；在当年的纪录照片中，帽子用来将非人化的经济力量中的人力成本拟人化。人们无疑有可能挖掘出30年代制帽业命运的一整套数据，我所使用的作品作为时代的通用指标，其自身却卷入它所描述和象征的剧变，但这项事业要等待一个更为勤奋的年代史编撰者和分析者。我感兴趣的只是在此框架中正在发生什么，不是究竟发生了什么，而是照片引导我想到的会发生什么。我的研究领域——如果我们可以因“研究”一词而感到骄傲——限定在摄影固有的知识形态，以及从中得到的暗示或推断。

在经济滑坡前，帽子是美国富裕和民主的符号。人们戴上帽子，充满希望和期待。1929年10月后这一希望继续存在，但很快在人们观看和加入示威游行后，它逐渐具有焦虑的特性。在兰格1933年摄于旧金山的照片中，一个男子的帽檐在“五一”大游行中透出了黑色光环。尽管大批帽子是政治力量聚集，人民团结的标志（从帽子来看）。最有力的表达是由蒂娜·莫多蒂拍摄的《工人游行》（*Workers' Parade*，墨西哥，1926），从空中俯瞰，宽檐帽们正无情地迈进历史大潮。在北部边界传达的团结一致的希望将被证明是短暂的，因为大萧条将个人悲剧扩展到更大规模范围。这一转变被汉塞尔·米斯（Hansel Mieth）摄于1934年旧金山海滨的照片记录下来。和莫多蒂的照片相似，一群人都戴着帽子，只看到背影。但在莫多蒂的照片中，人们自信地大步前行，这里却是恐慌的人群在混乱中伸手乞求极度短缺的——工作？食物？这一场景在1933年兰格拍摄的《领取白天使救济面包的队伍》中预先得到回应，该图像恰当好处地作为图像中的一幅。兰格声明，“你有一种内心感觉，基本上你已包围了那东西。”[21]。人群中多数人背对镜头，位于中央的人转过脸，可以说，拒绝任何集体行为的想法，而倾向于面对兰格的真相，既坚忍克己又逆来顺受。这还不是他被单独挑出的原因：他的软呢帽远比照片中其他任何人的都糟糕。他像是即将

21. 《领取白天使救济面包的队伍》（*White Angel Breadline*），
多萝西娅·兰格，旧金山，1933年
© 多萝西娅·兰格作品收藏，加利福尼亚奥克兰博物馆，奥克兰城
保罗·S. 泰勒赠品

到来的恶兆。到这个30年代末，其他所有人都将以百折不挠的他为榜样。在另一不出名的版本中显示了照片对此情境的准确解读，有一个男性面对镜头，这次穿着得体。这一替代镜头呈现了一堆随意的细节；通过汇聚视觉的力量，传递出的是，它必然缺乏历史意识。

电影制作者早就意识到，以身着同样衣服的角色贯穿影片，会使随后的剪辑和拼接的工作变得简单。故事可以被舍弃、更改，却不会给叙述的连续性造成困扰。这里描述的30年代电影胶片（由许多静态图像组成的影片），帽子，这个简单的符号意味着可以在多张照片中看到同一个人——即使不是严格意义上的同一个人。不仅在兰格的照片中，不，“同一个人”突然出现在摄影师的许多作品中。比如我们再看到从领取白天使救济面包的队伍中走出的人物时，他也出现在罗伊·德卡拉瓦的照片中。我们会……我本想写的是“我们会返回讨论此问题”，但我希望这一提示此时是多余的。那些词语无形地印在几乎每一页的底部。

1938年兰格在得克萨斯州拍摄《驱出》（*Tractored Out*），照片上一座孤立的农舍被犁过的旋涡状的干土围绕。很明显，没有什么可以耕种了。土地的所有生命已被深耕翻出。如果还有犁出的线路，那就会构成一条小道、一条路径。实际上暗示的是所有的选项——所有可能的路径——都已穷尽。它们都指向同一个地方——无路可走。兰格照片的故事就是这土地看起来如何的故事——褶皱遍布、满是犁痕、干涸炎热——人物的服装首先变形，然后是他们的手，最后是他们的面容。事实上，所有的这些都成为兰格和她丈夫保罗·泰勒（Paul Taylor）所说的“人类侵蚀”的同义词。在土地、衣

22.《豌豆田边的失业者》(*Jobless on Edge of Pea Field*),
多萝西娅·兰格,加利福尼亚帝王谷,1937年

服、脸和手之间没有什么可供选择。兰格自己强调和土地的联系,她观察到过去的佃农的“根基被刨除”。

1937年,在加州的帝王谷豌豆田边,她拍摄了一个这样的农民,“蹲在尘土中——不知所措又像是有所打算”[22],他的脸和衬衫一样皱皱巴巴,而衬衫又和犁痕一样满是折痕。它们中没有什么好选择的。他的靴子满是尘土,双手像一对皱缩的土豆,甚至连戴的帽子也是整个大萧条期间最为破旧的。在我所能找到的照片中,我把所有的帽子做了一个详尽的清单,这顶帽子如饼干的残渣般毫不起眼。他的生活沦落到与干枯的老蜥蜴相同的境地,在他帽子的阴影里寻求遮蔽,几乎什么

23.《在手推车旁的人》(*Man beside Wheelbarrow*)，1934年
© 多萝西娅·兰格作品收藏，加利福尼亚奥克兰博物馆，奥克兰城
保罗·S. 泰勒赠品

都不靠也能苟活下去。同一个人——或是一个凭借可辨别的帽子也很难与他区别的人——突然出现在同一年同一个地方的另一张照片中。他的衬衫扣着，但在干瘪的脖颈处敞开。有一阵子他在等待好消息，然后他在等待任何消息。现在他只是在等待。

但他仍然把头抬高。最终他会以手抱头，眼睛看着地下。兰格1934年拍摄的坐在手推车旁的男子的照片就是这样一幅毫不含糊的被生活打败的图像［23］。他低着头；看不到脸，只见帽子。在其他照片中，她所拍对象的手——舞台感、优雅、戏剧化——成了多余的符号。生命还未从四肢中萎缩。关键是在这张照片中，看不到手。他坐着，低着头。我们所能见的就是他的帽子。

在大学里学习塞缪尔·贝克特（Samuel Beckett），我认识到爱斯特拉冈和弗拉季米尔的等待展现了所谓的人类状态。在现实中，这一普遍的状态在特定环境下得以显现；“荒诞”也总有可识别的内容或背后的经济因果关系。与此相一致，兰格指出她五年前“会认为拍一幅男人的照片就够了”，现在她想拍摄一名男子“站在他的世界里”。第一个象征性的支撑是一堵墙：他背对墙。她也故意显示“他的生计，像是倾覆的小推车”。小推车本身像是被损坏的残骸。对于兰格来说，这一点尤其切中要害，因为巨大的象征性的希望和方向盘有关。如果方向盘在手，你就可以继续前行。因此在她的一些最有英雄气概的作品中，人们紧紧抓住老爷车的方向盘，依旧把握自我决定的主动权。他们也依旧头戴帽子。这种韧性——帽子和精神——本身就是痛苦的根源。渴望放弃、停止，表明不是想摆脱尘世的烦恼，而是要脱掉破旧的帽子。在《愤怒的葡萄》（*The Grapes of Wrath*）中，乔德家中的其他人眼睁睁看着，约翰叔叔山穷水尽，无以为继时冲向酒类商店要把自己喝死，

24. 《贫民区》(*Skid Row*)，多萝西娅·兰格，旧金山，1934年
© 多萝西娅·兰格作品收藏，加利福尼亚奥克兰博物馆，奥克兰城
保罗·S. 泰勒赠品

“他在纱门前脱下帽子，扔进尘土中，在地上自卑地用脚后跟蹭着。他把黑帽留在那里，破烂、肮脏。他进店走向铁丝网后的威士忌酒架”。[1]

当时局变得十分困难时——又是该时段的纪实摄影的另一个教训：时局总是变得更糟——帽子已仅仅沦为一个枕头。在1934年旧金山的贫民区，兰格拍摄了两个正在睡觉的人，蜷缩在霍华德街上，以硬地为床

① 他后来被汤姆·约德所救，被迫继续前行，后者自然也找回他的帽子。

[24]。他们从背靠墙变成头枕人行道。但你仍然觉得帽子是慰藉的来源——总比什么也没有强。

随着形势进一步恶化，又出现了熟悉的盲乞丐形象。在约翰·瓦尚摄于1937年的影像中，可以看到在华盛顿特区麦克拉克伦银行有限公司门口乞讨的人[25]。他的情形像是对如今无家可归的人在ATM机前扎营现象的预示：靠近河流的源头却无法解渴。瓦尚开始将穷困和企业势力并置，并达到一定效果。和兰格拍摄的手推车旁的男子照片一样，他也背靠墙，但在这种情况下，墙壁的存在是为了将他和身后银行代表的财富积累隔离开来。在斯特兰德、海因及他人的影像中，盲

25.《盲乞丐》(*Blind Beggar*)，
约翰·瓦尚，华盛顿特区，1937年11月
© 美国国会图书馆，印刷和摄影部，LC-USF33-T01-001047-M4

人标签述说了他的全部故事。在本幅照片中，故事简直就写在墙上，不是涉及他本人，而是将他排斥在外的一切。兰格的手推车是男子生活被倾覆的象征，而这里的帽子已然底朝天——不再保护头，而是用来讨饭。不再依赖他自己，他已抛弃自己的个性或身份。早期盲人照显示他们往往提供什么作为交换（通常是音乐）；这里他只是站着，而帽子里面，正如我们所见到，空无一物。

我们看到头戴帽子的人被逐出人行道，手拿帽子在乞讨。帽子的命运反映了经济衰落和社会崩溃的故事。埃德温·罗斯卡姆（Edwin Rosskam）于1941年在芝加哥拍摄的照片记录了另一波新的经济低潮［26］。在建筑物的门口，我们看到一个男子，虚脱地坐在石台上，未戴帽子的头垂在两膝之间。从柱子后刚好可以看到帽檐，从他头上滑落躺在他脚边。这是最终的失败。他难以为继。裁决就显现在他右手攥紧的皱巴巴的白手绢上：他已经向生活投降了。

但我们要记住30年代的教训：无论事情变得有多糟，它们总有可能会更糟。因而这还不是大萧条的最后一站。这一切将会被一位摄影师所记录，他刻意避开那个时代的纪实摄影所关注的重点。

有时摄影师会彼此拍摄，偶尔，他们会拍摄工作状态下的对方，更常见的是他们拍摄彼此的作品。有意或

26.《黑人聚居区的公寓楼入口》
(*Entrance to Apartment House in the Black Belt*)
埃德温·罗斯卡姆，芝加哥，1941年4月
© 美国国会图书馆，印刷和摄影部，LC-USF33-005169-M4

无意地，他们常常和同时代的人或前辈进行对话。谁又能将温诺格兰德在50年代拍摄的一张未命名的照片排除在对兰格的礼赞或兰格式（当然，我是指和兰格相关的主题）的尝试之外？在画面右边有个结实的穿着西装戴着草帽的男子背对镜头［27］。他正和左边抬头看他的男士交谈（我们只能看到他的头）。再往左是一个木架上的帽子。因为帽子通常是人类的标识物，这就成为成人帽架，又长又瘦，宛如瑞士雕塑家贾科梅蒂的作品——但更为基本，更接近于——用马丁·艾米斯的话说就是——个人用台球杆。就好像有三个人出现在画面中，其中两个戴着帽子。

到50年代，摄影史上最辉煌的帽子时代已然过

27. 未命名，加里·温诺格兰德，20世纪50年代
© 加里·温诺格兰德遗产管理公司，旧金山弗兰克尔美术馆友情提供

去。戴帽子由以往几乎是强制的转变为可以选择，它也不再是人们遭受超出掌控或理解范围的经济力量蹂躏的可靠指标。帽子就是帽子而已。帽子和30年代纪实摄影关系如此紧密，以至于可被看成那个时期摄影史风格的象征。温诺格兰德的照片生动地表明摄影与经典的“纪实风格”已拉开距离。萨考斯基在“新纪实摄影展”（1967年）中说，它是将温诺格兰德、阿勃丝和弗里德兰德同其前辈兰格区分开来的教科书说明。后者“拍摄照片服务于社会事业……显示世界出了什么问题，并说服同伴采取行动把事情做好”。相反，“新时代摄影师将纪实手法导向新的、更为个人的目标”。温诺格兰德照片运用了一些主题——帽子——和早期阶段几乎同样，但显示了帽子主题是如何被取代的过程。根据这些条款，右边的人代表30年代；左边的帽架代表着

摄影的未来。30年代的“宣传”照片让位于更为怪异的、更有特质的摄影。30年代的帽子无论承受多大的蹂躏，它始终未被非人化。相反，它和佩戴者密不可分。如今我们看到帽子和佩戴者的象征性分离。兰格忠实于乔治·斯坦纳（George Steiner）对巴尔扎克的评论：如果他“描写一顶帽子，他这样做是因为一个男子在戴它”。新一代摄影师描述一顶帽子是因为它碰巧在那里。温诺格兰德的照片恰是这一转型的表达和展现。

显然，温诺格兰德不是第一个拍摄一顶不戴在某人头上的帽子，帽子与人分离。但温诺格兰德的照片恰是我关注到的。运气？是的，但不比他首先碰巧看见这一点更为幸运。温诺格兰德在寻找拍摄对象——寻找某种共鸣，假定某种正确的创作——和兰格倾向于“没有事先计划”或先入之见相一致，他头脑中并没有特别的计划。他没有比我更刻意寻找一顶帽子。但关于这顶帽子的一些东西，就在那一刻，打动了他，也打动了我。巧合？这个问题没有意义。正如卡蒂埃·布列松所说，“只有巧合”。

这里还有另外一个巧合：1952年，当他等在地铁阶梯上，德卡拉瓦……

但是不，让我们等待。像所有的巧合一样，如果我们考虑造成其发生的种种条件和偶然因素，这便显得更为引人注目。接着，它也引发了其他问题。巧合延长多久会结束？巧合是瞬间发生的吗？这一瞬间要延续多久？这进行中的瞬间有多久？

> 总是同样的台阶。
>
> ——琼·里斯

欧仁·阿特热经常拍摄楼梯和台阶。与公路和通道一样，台阶在他拍摄巴黎的照片清单中一样特征显著，它们引导我们进入照片深处，即使它们在暗示着一条能够出去或是超脱的路。从纯粹形式的角度，水平线加剧了景观后退——就像一长串铁轨枕木——登上宛如平面的台阶。[①] 阿特热拍摄的台阶可以是破损的、胡乱装饰的、家用的，在杜尔那街91号盘旋直到不见的［1926年，四幅照片中的一幅由曼·雷（Man Ray）交给超现实主义革命杂志发表］，或是凡尔赛纪念碑式的——伸

---

① 斯蒂格里茨在1894年拍摄了此类照片的经典之作，在意大利的贝拉吉奥，通过拱门可见远方的台阶小径。我们将阿特热与此景紧密联系起来，并假定他可能是受到前者影响，也可能就是在向其致敬。阿特热作品的奇怪特色之一是看起来要比实际年份久远一些：我们要提醒自己斯蒂格里茨拍摄此照的时候，阿特热还没有拍摄任何作品。

向天空，笨重巨大如印加神庙。它们可以是新的、几何形的，线条锐利如同他在1922年拍摄的圣克鲁台阶，也可以是撒满落叶的，既破败不堪又被磨圆棱角（以至于台阶看起来简直就是在变成斜坡），两年后他会拍此类东西。台阶并不总是迈向光明（在1904年圣克鲁的景色中，台阶引向树影斑驳的黑暗），但它们几乎都是向上的。阿特热很少从上往下拍，他一定是从下往上地拍摄台阶。这样台阶就成为爬山的隐喻，向前一步都需竭尽全力：爬上去可能就能欣赏更美的风景，拍到更好的照片。

相反，布拉塞拍摄的楼梯让人感觉始终在下行。也不总是如此——他不总是在顶部往下看，但总感觉走下台阶，就会深入了解一个城市，在城市的地窖（常常需要人纡尊降贵的地方）里，在城市地下的城市能找到一个地方的真相。布拉塞具有象征意义的代表作拍摄于20世纪30年代中期的巴黎北区的蒙马特，一段往下看永无止境的、被树遮蔽的阶梯。这是冬天，树光秃秃的，阳光照耀。台阶一眼看不到头，只有不断下行，似乎等你走到底端，就到了夜幕降临、街灯初上的时刻了。白天变成黑夜，布拉塞的台阶一直向下。黑暗在召唤。

柯特兹对于台阶有着特别爱好。他的巴黎兼具布拉塞和阿特热的行走智慧。在蒙德里安的工作室，他在出入口观察到，阿特热镜头下的杜尔那街91号中的楼梯盘旋着，消失在视野之中。柯特兹是开发和探索城市鸟瞰视角的先锋摄影师之一，他享有如下特权，即身在高处俯瞰街道不断展开的舞蹈艺术，尽管要经受透视收缩、变形和遮掩。正是如此，他从某个楼梯或是蒙马特阶梯的最高处纵览巴黎是再自然不过了。他喜爱相互关联的台阶几何体、扶手，或是阳光投射其中的光影舞蹈。在50年代的纽约，他拍摄了《台阶、扶手、女人》（*Stairs*，*Railing and Woman*），以角度和阴影创造出的形状如旋涡派画家般简练。看起来，台阶形成的对角线使照片不规则，不匀称，同时也使场景生动又稳定。Z字形逃生梯用交叉的平行线画出自身阴影的印记，将此提升到一个新的，近乎抽象的极端。它们取代了20年代他在巴黎常常拍摄的紧靠塞纳河码头的城市阶梯。

和布拉塞不同，柯特兹对下行的心理暗示不感兴趣，但他对上行的楼梯了若指掌。因为过早地感受到衰老而疲惫，他早期的巴黎照片已然显露出纽约时期作品的某种象征主义的意味，仿佛是在故意暗示阿特热撒满落叶的圣克鲁。他于1928年拍摄了索镇公园弯曲的破损台阶。与往常一样，柯特兹对台阶曲线和对角线的着迷，部分出于对几何体的迷恋。当时摄影师只有二十多岁，正处于他生命和事业的春天，却因早熟而悲秋，刻意拍摄铺满落叶的台阶让照片沉浸在忧郁的氛围中。他在1931年拍摄了一段又陡又窄的楼梯，紧贴里昂建筑的墙面［28］。再

28.《里昂》(*Lyons*)，安德烈·柯特兹，1931年
© 安德烈·柯特兹遗产管理公司，2005年

一次和阿特热的一幅照片《范德赞恩走廊，鹌鹑之丘》(*Passage Vandrezanne*，*Butte-aux-Cailles*) 有异曲同工之妙。摄于1900年的后者，画面描绘了一条窄巷在陡峭的双壁之间蜿蜒而过，如植物般努力向阳。流水在右侧的水沟或水槽中潺潺而过。而在柯特兹的照片中，流水在台阶的左边，和闪亮的台阶扶手相应。这一图像宛如罗伯特·弗罗斯特（Robert Frost）在“雪夜林边驻足”的著名景象的城市版。楼梯古老、黑暗而陡峭。接近顶端有个人物剪影。柯特兹站在底端，满怀渴望地仰望这一自己未来的代表。这便需要努力攀登阶梯——可以说是生命的旅程——有时候他希望自己赶快把台阶攀登完。

德卡拉瓦喜欢拍摄人们上下阶梯。在他的照片中，阶梯构成生活的基本事实。你走上或爬下楼梯就好像攀登一座山峰一样——因为它们就在那里。不同之处在于你也许可以选择不爬山，而台阶却无从避免。没有电梯或自动扶梯，你总是会遇到它们。有时候，似乎除了楼梯别无其他路径。摄于1987年的照片表现两个走在地铁台阶上的男子，他们充满整个画面。看不见开始和结束。台阶令人眩晕，如峭壁般让人生畏，且提供同样绝对的自我定义。这两个男子像攀登者一样紧握扶手，似乎在用绳子将自己贴在日常生活的岩面上。德卡拉瓦镜头下的人们没有在浪费精力思考日常上坡路的隐喻内涵。酗酒者的颂歌“一次一天”整个变成行人的“一次一台阶”。那便是你如何到达更高的地面。

在德卡拉瓦的作品中，他镜头下的人们常常——因为要在如此体贴、亲密的状态下被拍摄，所以他们不适宜被称为“对象”——正走出景框，正淡出照片。楼梯或阶梯是这一行为的最佳背景。德卡拉瓦的凝视恰是在台阶上流连，因为正在爬台阶的人并非如此。一个女人正沿台阶而下。德卡拉瓦在她完全进入视线前按下快门。我们只能看到她的腿、黑大衣和一只手。就好像德卡拉瓦决定拍摄一幅照片，既直截了当又不小题大做，纪实性地简单描绘现代主义的杰出偶像杜尚的

《下楼梯的裸体女人》(*Nude Descending a Staircase*)。

德卡拉瓦与欧洲先锋艺术的联系由卡蒂埃·布列松所提供，后者的作品对其风格和方法产生相当影响。和卡蒂埃·布列松一样，德卡拉瓦会选择可以确保和路过的人们在画面上形成互动的拍摄地点，等待着会发生什么，谁会偶然经过。卡蒂埃·布列松将此策略描述为把饵放在陷阱里，但在德卡拉瓦身上，结果往往是创作的巧妙远不如无限的耐心重要。在1952年的某一天，德卡拉瓦看到一个人走上地铁阶梯。他身穿肮脏的白衬衫，一只胳膊下还夹着夹克，另一只手拉着楼梯扶手。头戴的帽子和兰格在1933年发现的《领取白天使救济面包的队伍》中人物头上破旧的软呢帽一模一样。他的嘴巴凝成阴郁的曲线，一样地逆来顺受。问题是：德卡拉瓦拍摄此人是因为认出了他吗？即使从未瞥见过此人，德卡拉瓦可能在二十年后认出他吗？

厌倦了维吉多年来一直在“兜售相似的照片”，一位编辑指责他，“据我所知，这是同样躺在人行道上死去的歹徒，同样的灰色软呢帽”。对于兰格和德卡拉瓦照片中的人物，我也抱有同感——尽管这快乐而非沮丧的源泉。这就像帽子和人物以及它们所象征的一切重现天日。区别在于这次是一个黑人。压抑和艰难的标记已从俄克拉荷马州迁徙的农民转嫁到非裔美国人身上。但象征性的转移则更为广阔、普遍。在《30年代初级读本》（*A Primer on the 30s*）中，约翰·斯坦贝克断言："如果我们有国民性格或国民精神，那么就体现在迁徙的俄克拉荷马州农民身上，在排除万难后，他们的善良和力量幸存下来。"按照这种说法，德卡拉瓦的照片就是50年代的初级读本。

人们被拍摄，死去。然后他们会轮回，又被人拍摄。这是一种转世化身。二十年前兰格照片中的人物突然又在德卡拉瓦的照片中现身。这期间他在做什么？这漫长的过渡期间发生了什么？这问题没有意义。让我们回头想想柯特兹在匈牙利和纽约拍摄的手风琴演奏者。在摄影中没有同时，只有那一瞬间和这一瞬间，而两者之间没有其他。在某种程度上，摄影是对年表的否定。

柯特兹在1931年拍摄的著名照片：马戏团杂技演员在巴黎蒙帕纳斯车站叠成比萨塔式的椅子上做倒立，就是一个对事实上相当熟悉的变形而做出的戏剧性反转的外延。柯特兹观察到一堆椅子变成摇摇晃晃的梯子，而较之远为平常的是台阶变成椅子、座位和长凳。（任何台阶都可：台阶通往的房子成为露天看台，你可以坐在这里看世界擦身而过。）那么在30年代的照片中出现座位的等级——或是梯子——路边石、台阶、安全煤柱、椅子、摇椅，便是合理的了。

路边石等级最低。走过它你就上街啦。[①]没有路边石或台阶，你就只能蹲着。没东西可坐时，你只能蹲着。那么不可避免地，在大萧条时期，蹲着是最常被拍摄的姿态。在1938年的密苏里州的卡拉瑟斯维尔，拉塞尔·李拍摄了四个农夫蹲在人行道上。他们身后是被超级洗涤剂、双氧水、快而洁堆满的商店橱窗，这些都在他们的购买能力范围之外。不用说，被兰格拍到的男子戴着大萧条期间最破烂的帽子，他不是坐在椅子上，而是蹲着［22］。在他和坚硬的土地之间什么也没有。另一个阶段就是坐或躺在地上。自此离被葬在土里就只差一小步。

路边石是最低等级的台阶，也是初级类型的椅子——所有的椅子往后折转就会成为摇椅。而摇椅则是共和国的王座，休闲的象征（不管是赢得的还是继承的），约翰·伯杰在另一语境下称之为“静坐的力量”。

以兰格的警长照片为例——看上去不像出自其手，

① 卡蒂埃·布列松在1959年注意到这一点。在令人眼花的墙间窄巷里望下去，他抓拍到一个家伙舒适地在路边石上落座，和一只流浪猫消磨一天时光。《经过美国》（*America in Passing*）中很多照片摄于40年代和50年代，卡蒂埃·布列松试图从早期美国摄影师的视角来观察这个国家。编辑吉莱·莫拉（Gilles Mora）在挑选书中的照片时，偶尔深感“想象力平淡乏味，完全不像亨利”。“美国摄影师早已拍摄过，并被毫无疑问地接受的事物”成为“不断使人惊讶的源泉”，便是这一方式的必然结果。

29.《麦卡莱斯特监狱的警长》(*Sheriff of McAlester*),
多萝西娅·兰格,俄克拉荷马,1937年
© 承蒙多萝西娅·兰格作品收藏,加利福尼亚奥克兰博物馆惠准

却的确是她的作品——摄于1937年俄克拉荷马州的麦卡莱斯特监狱外[29]。在照片中,沙恩说观众的注意力结果不可避免地聚焦到警长的腰围。就像在枪套的世界里,有一种通用的尺寸,而事业的上升主要由个人能否长到这个尺码来决定。一般来说,潜在的雇员被要求填表;而警长被期待填充枪套。一旦符合,他们就可以拉起裤管,咀嚼口香糖,只是当警长而已。这不包括:坐在摇椅上——不管椅子是否可摇。在西部,警长由其警徽而被识别;兰格的照片证明警徽已经被一个勉强可摇的椅子所取代。那么问题就产生了:警长是专注于法律公正还是寻找好的平衡点。这是一个说了算的位置,所有的悬念都被消除——除了椅子的不稳定。很多犯罪

行为及严重罪行需要去调查，但从警长的角度，唯一要紧的法则是地心引力。警长宽松的皮套鼓励产生大块头，这也提供基本的压舱保障。重量不够则会往后倾覆；警长的胆量确保他能一直保持稳定。这也并不是说警长仅坐在椅子上，但不管他做什么，总在暗示其生活的主要目标就是坐下来歇一歇。

如果警长角色大部分是举止问题，那么他名义上的职责——人口控制——则主要由生理性情、姿态、教养来表达。换句话说，坐下的能力，本身简直就是权力的形式或地位。1938年，兰格拍摄的密西西比州格林维尔的白发苍苍的庄园主证实了这一点。严格说来，他可能并不拥有一座庄园，但他的确拥有一把摇椅——不是一把会不由自主摇晃的椅子，而是一把一心一意的摇椅。就其技术来说，兰格镜头里的警长位置不够稳定，可能更危险。警长投入太多保住其位置（他的脚稍有些模糊，仿佛要不断调整平衡）。但水平提高后你就会自由地坐回摇椅上，长出尼采式的胡子，轻抚之，好像几代人积累的财富构成了一种古老知识的形式，一种被继承的智慧的信托基金。

台阶可以轻易地变成椅子。偶尔，它们还会变为床。在1890年，年轻的斯蒂格里茨的自拍像就拍摄于科尔蒂纳的一栋大楼前伸展出的四个台阶。作为无拘无束的波西米亚影像，它还不足以令人信服。在平地上则会好些（卡里斯·威尔逊最终在韦斯顿的1937年的作品中以类似的裸体睡姿出镜），但你会被接下来的豪饮惊呆，在这样的台阶上会感到放松或找到安慰。斯蒂格里茨的姿态表达了某种艺术抱负，你不会渴望睡在台阶上，却最终睡在了那里。鉴于坐在门廊或台阶上显得亲切自然，而睡在上面则几乎意味着遭到遗弃——至少在美国是如此。

在美国被看作是潦倒的象征，在印度，喧嚣的城市却因相当广泛而显得十分正常。威廉·格德林两度在印度延长行程（1969—1971和1979—1980），这是摄影在次大陆获得的恩惠之一。在贝拿勒斯[1]，每一件事物都不断给人启示。“印度人将印度街道看作是他家的一部分，”格德尼在日记中写道，“印度生活最自由的部分就是街道。人们有权利蹲在任何地方……人们睡觉、工作、玩耍、吃饭、打架、放松、排泄、死亡，都在街上。所有的人类活动都发生在那里。”在20世纪30年代的美国，在长凳上蹲着和睡觉是人们陷于困境的标志；在印度，却是轻松和优雅的证明。在格德尼拍摄夜幕下的美国时，他曾抱怨什么都看不到。这种抱怨等他到了印度后消失得无影无踪。当他在贝拿勒斯的夜间漫步，拍摄“市民躺卧在狭窄的窗台上”的时候，他们的四肢“弯曲

① 印度东北部城市瓦拉纳西Varanasi的旧称。——译注

着，具有无意识的美感”。在未标日期的底稿片段中，他写道——并不意味着十分罕见——很高兴看到“你爱的人睡着的样子”。在贝拿勒斯，他满怀爱意，拍摄所有的睡眠者。这些沉浸在梦中的人们的照片，就像为格德尼实现了一个梦想。他成为梦想的守护者，如惠特曼的《睡觉的人们》（*The Sleepers*）度过他的夜晚：

> 我在梦幻中整夜漫游，
> 轻轻举步，飞速无声地举步与停步，
> 用睁开的眼睛低头望着睡觉的人们闭着的眼睛，
> 徘徊又迷糊，神志恍惚，理不出头绪，自相矛盾，
> 暂停片刻，凝视着，弯下腰去，又停住了脚步。

有两种空床：铺好的与未铺的。铺好的床友善而诱人，但未铺的床常常更为有趣（即使它们并不特别诱人）。[①] 未铺的床比空椅子对拥有者来说更有暗示意

---

① 我第一次对未铺的床感兴趣是我听到莱昂纳德·科恩（Leonard Cohen）在《切尔西旅馆二号》，唱到某人［谣传是詹尼斯·乔普林（Janis Joplin）］赖在“未铺的床”，将定冠词“the”不和“see”押韵，而和“uh”押韵，好像“u”不是元音似的。所以，冒着听着像是里克斯式分析的风险，这张床显得更为凌乱不堪，就像定冠词“the”未被灵巧地塞入句子。翠西·艾敏（Tracey Emin）在1998年在泰特展出一张未铺的床，和许多人一样，我停下来，非常有兴趣。

味。萨考斯基怀疑空椅子的意义“在摄影前后并不相同”。同样，未铺的床在摄影前后也不尽相同。从照片中可以看到床单上有我们在场的淡淡印记。该印记有时被其他粗糙的痕迹所掩饰——污渍，零落的阴毛——我们不愿让他人看到未铺的床（也不想看到他人的），部分在于这是礼貌问题，但也是表达一种更深的恐惧，即死亡远比性更为可怕。在玛格丽特·尤瑟纳尔（Marguerite Yourcenar）的《哈德良回忆录》（*Memoirs of Hadrian*）中，这位罗马皇帝问道：“当我早起读书学习时，多久会替换弄皱的枕头、凌乱的被套——那些我们和虚无相遇的几近淫秽的证据，每晚我们已经终止活着的证明？”如果未铺之床是死亡之床的原型，那么用这些术语说，拍摄床照就是记录某人终将离世的预言。

既然未铺之床具有暗示居住者逝去的能力，多萝西娅·兰格1957年到1958年在加州艺术学院教授摄影时，很自然地布置学生拍摄一个无人的私人环境。消息传到了伊莫金·坎宁安那里，她在床上放些发卡，使之看上去没有铺过，并且拍摄下来。坎宁安送给兰格一张晒印相片，作为礼物和敬意。

接下来，摄影师杰克·李（Jack Leigh）——他在本书撰写时已去世——本可以拍摄《白椅子，散乱的床》（*White Chair, Unmade Bed*）或《铁床，弄皱的床单》向坎宁安致敬或做出回应［30］。两幅图像都是房

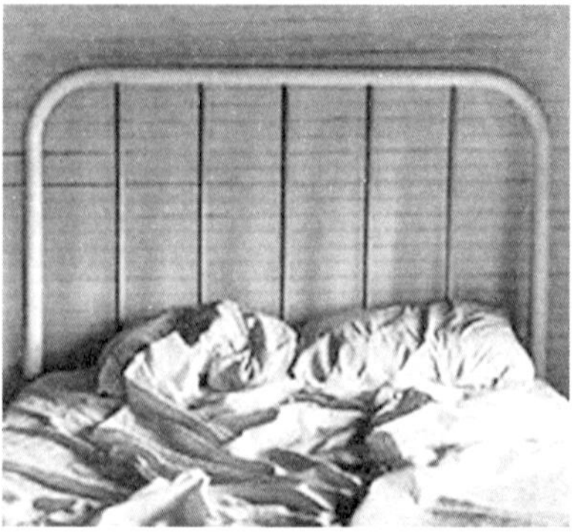

30.《铁床，弄皱的床单》(*Iron Bed*，*Rumpled Sheets*)，
杰克·李，1981年
© 杰克·李

间的系列黑白照，除了衣物和家具外，空荡荡的。《白椅子》表现了一把光滑的放在黑门前的白椅，一边是单人床上皱巴巴的床单和枕头。《铁床》的下半部是白床单的海洋，冲刷着铁床架的垂直栏杆，床后墙面由横向木板构成。床单看着很干净。铁床上的两个枕头睡意朦胧地拥抱在一起。所有的一切都被精心调整和记录。在两张照片中，从容地强调色调、线条和形状的交集，是不含任何感情的。可被觉察的，甚至可能是有点做作的人为光影布置，强调了拍摄前的个人故事，同时又在美学上予以否定。

摄影师李常常有意重访某种沃克·埃文斯的主题和

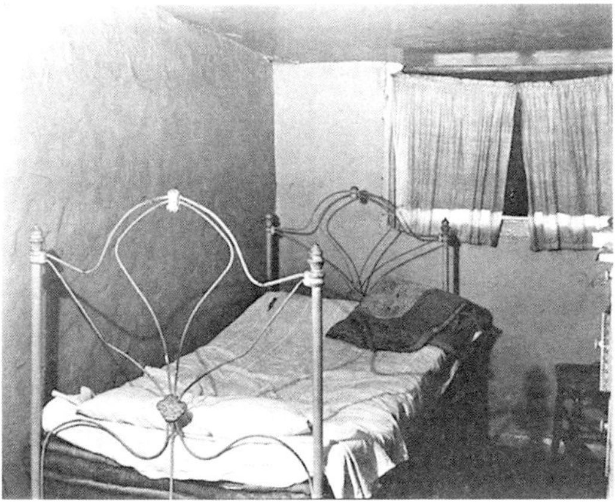

31.《哈德逊街公寓卧室》(*Bedroom in Boarding House in Hudson Street*),
沃克·埃文斯,1931年至1935年
© 沃克·埃文斯档案,大都会艺术博物馆,1994年
(1994.256.642)

场所。尤其是他拍摄未铺的铁床的照片回应了——至少使我回想起——埃文斯铺过的床的照片,后者摄于1931年的纽约哈德逊街公寓。[1] 接下来,它又让我想到阿特热那张阴郁的《在蒙田大街酒商F先生的室内床照》(*Intérieur de Mr F. négociant*, *rue Montaigne*, 1910)。在昏暗的光线下,侧面是笨重的家具,两个枕头闪耀着白光(相对来说)。萨考斯基认为这张床让“整个世界都

① 传记作者詹姆斯·梅洛(James Mellow)认为该照片“更有可能”摄于1934年或1935年。

睡得很糟糕”——如此糟糕以至于可以说这是一张失眠之照。与此相应的是，床本身丝毫未受人类迹象的干扰。

同样地，埃文斯的哈德逊街公寓床照也毫无诱人之处［31］。大约就在这个时候，约翰·契弗在摄影师的床上过了夜。他认为埃文斯拍摄这幅照片是“因为他无法相信任何人可以在这样痛苦的地方生活”。[①] 李镜头下的床是崭新的，洗干净的，洁白的，而埃文斯拍摄的床是糟糕的，凹陷下去的。房间本身更是糟糕。屋顶很低，实际上不可能坐在床上读书，更不用说站了。如果这幅照片仍有美感，那完全是来自摄影师观察并记录下的不动声色的纯粹。这是埃文斯30年代照片的共同特性。据一位目击者观察，埃文斯在拍摄贫民窟时一直“戴着白手套不脱下”。[②]

随着时间的推移，一切都变得更为明确。在1910年，高雅的品位和礼貌教导人们不拍摄未铺的床。因为这过于侵扰个人隐私。这也是为什么阿特热的F先生的床照有几分让人联想到未铺之床的原因之一：仅仅是进

① 契弗也注意到埃文斯“有着巨大的仅仅显示生命飞逝迹象的阳具”。

② 在不断光顾1971年现代艺术博物馆埃文斯回顾展时，阿勃丝凭直觉了解埃文斯作品的这一方面，“首先我完全被打击到了。有那样一个摄影师，如此的没完没了，如此的原始。直到第三次去，我才明白了是什么令我烦扰。我无法忍受他拍摄的大多数东西，无法解释那种困惑”。

入房间中就感到些微的冒犯。

阿特热本不可能拍摄未铺之床。埃文斯本不会拍摄自己的床尤其是在——按埃文斯自己的说法——契弗“满床单滚了”之后。等到南·戈尔丁的时代，这样的保留早已烟消云散。在70年代中期，床成为她作品中的重要主题，因为她的许多朋友都生活在小公寓里。床总在那里。它支配着整个房间，成为持续上演《性依赖叙事曲》（*The Ballad of Sexual Dependency*）的舞台。戈尔丁照片中的床塞满了杂物：袋子、电话、衣物、书籍、透明胶带及胶卷。床铺变成浮动在一片棕色的肮脏海洋中的橘色救生筏。看到戈尔丁的床，让我想到在《时运不济》（*Bad Timing*）中，哈维·凯特尔（Harvey Keitel）对阿特·加芬克尔（Art Garfunkel）说起他讨厌那些生活混乱的人，他们是某种“道德和生理的下水道”。凯特尔是个侦探，勘察犯罪现场，寻找破案线索。但问题是戈尔丁的照片有着数量庞大的证据：死在床上的残骸和精液。我这样说的意思不仅指东西，而且是指通常睡在上面的人。人也是这糟糕的一部分。最佳的例证是布莱恩的照片，他在一张被垃圾和衣服包围的床上，脸朝下，四肢伸展，更多的东西被塞在床下，一直堆到顶。根据早先将床看作是救生筏的隐喻，这一艘无疑正在下沉。

对于戈尔丁，床铺与不铺的区别没有意义（基本上，它们从未被铺过）。既然它们常常被堆满个人物品，那么床被占用与否同样都很难被证实。说到朋友肖像或是自我肖像之间的区别，也是难以界定。这便是照片最著名的亲切性。戈尔丁以同样的方式拍摄其朋友和她自己。她拍摄鲍比手淫。她拍摄自己在床上为布莱恩手淫。过一会儿，她拍摄他的精子浸透蓝色床单。

奇怪的是，戈尔丁床照的绝对坦率把我们带回到尤瑟纳尔笔下的哈德良谨慎的礼仪，皇帝未铺的床印有对他自己死亡的暗示。在20世纪80年代和90年代，毒品和艾滋病损害了戈尔丁朋友们的身体。所以床不再是寻乐、凌乱或堕落的场所，而是疲惫、疾病、衰竭，最终是死亡的地方。曾经精液浸透、一次性物品堆积如山的床，如今转向于纤尘不染，除了维持生命的必需品外一无所有。

这些床铺也成为广大同情心的焦点，因为人们在三四十岁就不得不学习通常在生命晚些时候才需要学的东西：照顾病人、衰弱者以及卧床者。戈尔丁镜头下的人们躺倒在床，以睡眠消除宿醉，在极短的时间内，他们就躺在打开的棺材里，长眠不醒。这些后来的照片微妙地改变了早期照片。照片上躺在床上的戈尔丁的朋友——对世事不闻不问——似乎是预言性的：命运的突然终止在等待着他们。

对于最为恶心的床照的奖赏，如果存在的话，可以颁给史蒂芬·肖尔（Stephen Shore），他和威廉·埃格尔斯顿（William Eggleston）在运用色彩方面都是摄影师中的先驱。[1]在1972年，肖尔拍摄了一位朋友的未铺之床，有六个月没换床单。原本床单是蓝色，枕头是白色的。如今枕头变成了黄色，床单中间是棕色的污渍和干涸的泥沼。哈德良的死亡暗示在这里已成可怕的事实。这仅是一幅未铺之床的照片，但它是自我忽视的证明，远比戈尔丁明确见证的自我虐待更令人不安。人们可以回忆起阿勃丝想拍摄海明威和他人脸上的自杀迹象。肖尔拍摄了一些死亡暗示，甚至不用露出朋友的脸。我们对他朋友一无所知，但又没有其他东西需要知道。没有必要拍摄他，因为——这张床明确表示——在某种意义上，他已经死去了。

我和那个长凳有奇特的关联。

——斯文·伯基特（Sven Birkerts）

尽管可以当床，但长凳毕竟不是床，也不是椅子。

① 从记录来看，肖尔也拍摄了一个很恶心的厕所。对韦斯顿来说是“现代卫生生活”的闪亮象征已成为与此相反的泥沼。在这样一个马桶上小便要冒着染病而陷入虚弱的危险。

椅子可以搬动，以不同方式组合，根据它们置身的社会环境要求重新配置。它们甚至可以享受一下有限的旅行——在巴黎咖啡馆平台上的椅子晚间会被移回室内——而长凳则没有诸如此类的室内生活。长凳就在户外，等待黎明。如此一来，长凳的夜生活可能比椅子浪漫。

布拉塞和维吉当然留意到了这一点。1955年，十五岁离开家，在布莱恩特公园的长凳上留宿多夜的维吉拍下了一对年轻人在华盛顿公园温馨的夜色中，用手提录音机播放磁带。晚上，布拉塞看不到椅子，便设法在圣雅克大道将长凳布置得像电影院沙发或一对座椅一样诱人又亲密。然而说长凳永远不可能变成床，倒不如说长凳——数量极少且令人不舒服——永远不可能成为以性为目的和性交易意义上的床。长凳只是你在落魄困境中睡觉的床，不省人事或无家可归，或两者皆有。到头来长凳对谁能待在上面或者他们可以待多久没有发言权。你也根本就没有机会早入梦乡。你可能不想参加晚会，然而你是人群的一员，不会允许你说不。唯一的机会是搬走，在其他地方开始新生活——而这又不会发生。每天都像是前一夜后的清晨。如果他们境况没有变好，他们总会回到原地，既然已发生多次，他们对保持整洁倒也不挑剔。长凳是无家可归者的公共家园，永不歇业的酒吧。每个人都会受到欢迎，即使在他们潦倒失意时。

当人们无处可去时，长凳给予人们庇护，但长凳只能在自身无限的忍耐力中寻求庇护。在长凳上过夜的人保持着残留的自尊，即使他们不是坐下而是猛然跌倒。事情有可能变得更糟：长凳要好过地面，就像桌子，桌面总胜过桌底。

我们看到了在大萧条期间的照片中，以帽掩面如何变成穷困的象征。帽子和长凳两个元素，在维吉拍摄的鲍厄里街夜晚收容所的作品（1938年）中刺目地叠加在一起。照片里，前排一个男士舒展四肢，奢侈地将整个长凳据为己有。在他身后是八到九排人挤人的长凳。他们抱着双臂，他们的脑袋——有些光着，更多的戴着相同的帽子——背靠前方长凳，像是在教堂集会时疲乏的祈祷。就好像在纽约承受的痛苦是如此深重，躺下成了一种特权。其余的人只能分享，四个人一条长凳。

在布拉塞的巴黎，事物看上去没有那么糟糕。如果有一张长凳要传递的印象，那也常常是一种休眠的体面。只要你白天坐在长凳上，就暗示你只是要小憩一下，或是打个盹。就此而论，打盹似乎要持续你的大半生，但总隐含着要醒来的想法：醒来，感到短暂重生，准备行动（即使那一行动将使你陷入之前的窘境）。

椅子能够适应环境，而长凳历经风雨，饱受生活摧残。长凳的世界观是固定的、坚决的，固执地反对变化而又无力抗拒。人们常有一种感觉，长凳自己就是观众，冷眼旁观过往的人类交易。无论发生什么，它们都已见怪不怪——即使是它们第一次亲眼目睹。一条长凳的情绪倒也不总是一样。不，就像任何户外事物一样，长凳有它的春夏秋冬，有它在阳光下的重要时刻。

所有伟大的摄影师都擅于变身，即便是偶然和意料之外。他们都拍过看上去与其他伟大摄影师十分相似的作品。对于拉蒂格来说，在这一原则上有些过度，他宣称“一个摄影师不该是只有两面，而是化身为千万个摄影师”。带有变色龙性质的摄影作品最耀眼的例子来自布拉塞，它们几乎和拉蒂格的作品一样安详和雅致。1936年在法国的里维埃拉，布拉塞声称拍摄了一个在午后的烈日下坐在一把耀眼的白伞下的男子［32］。他

32.《里维埃拉》（*The Riviera*），布拉塞，1936年

坐在一张长凳上，背朝占据了一半画面的大海和灰色天空。这是一幅梦幻般的照片，更精确地说是一幅梦幻伞的照片。拉里·哈维（Larry Harvey），年度“燃烧者狂欢节”的创始人给梦幻性质的定义是光线不像是洒在场景上，而像是由此产生发光源。在这种情况下，该图片中的所有光源——和所有阴影——来自那把伞。

沿着海滨步道，向后再走几米——可以说在另一个画面中——人们可以想象拉蒂格拍下的著名作品《蕾妮在伊登洛克》（*Renée at Eden Roc*）：蕾妮身着白衬衫，头戴帽子，端庄如戴安娜王妃（脚踝相交叉，一个遮住另一个），她斜靠栏杆，被蓝天大海环绕着，看起来就像《时尚》杂志的封面。两幅照片——拉蒂格的和布拉塞的——在我头脑中并排而列，不仅因为它们光芒四射的优雅，而且因为它们共有的，几乎难以觉察的忧郁。在拉蒂格的作品中，阴郁由两把巨伞来表现，那逼近的黑暗如天际线下的雷鸣；在布拉塞的照片中，这点由长凳来暗示。

萨考斯基写道：“很有可能在第一次世界大战打响之前，青少年时期的雅克·拉蒂格（Jacques Lartigue）和五十岁的欧仁·阿特热，都看到了对方在巴黎城布洛涅森林公园拍摄的照片。”那拉蒂格和布拉塞呢，他们有没有见过面？他们遇到过吗？在某种意义上，是的。在上述两幅照片中，他们共撑了一把伞。

A.《特鲁罗》（*Truro*），乔尔·梅罗维茨，1976 年
承蒙乔尔·梅罗维茨惠准

B.《静物和报纸》（*Still Life with Newspaper*），
乔尔·梅罗维茨，1983 年
承蒙乔尔·梅罗维茨惠准

C. 未命名，迈克尔·奥默罗德，未标日期
© 迈克尔·奥默罗德 / 千禧图像

D.《理发店》（*Barber Shop*），彼得·布朗，
得克萨斯州布朗菲尔德，1994 年
承蒙彼得·布朗和休斯敦哈里斯画廊惠准

E.《火车站》（*Train Station*），沃克·埃文斯，
康涅狄格州旧塞布鲁克，1973 年 12 月 6 日

（1994.245.125）

F. 《交通标识》（*Traffic Markings*），沃克·埃文斯，
康涅狄格州旧塞布鲁克，1973 年 12 月 15 日
© 沃克·埃文斯档案，纽约大都会艺术博物馆，1994 年
（1994.245.10）

G.《咖啡馆走廊》（*Coffee Shop Hallway*），
沃克·埃文斯，俄亥俄州奥柏林，1974 年 1 月
© 沃克·埃文斯档案，纽约大都会艺术博物馆，1994 年
（1994.245.119）

《贝弗利大街和拉布雷亚大道》

（*Beverly Boulevard and La Brea Avenue*），

史蒂芬·肖尔，加利福尼亚洛杉矶，1975年6月21日

承蒙纽约303画廊惠准

关于长凳，有些内在的忧伤。公交车站的长凳呈现了人们在挫折和急躁之后的放弃。那些坐着的旅人，盼着离开，被迫在长凳上等候，一心想的是在巴士上有个座位。没有比在巴士和火车站的长凳更能强烈感受到凳子最为典型的性质——绝对无法移动。可能这是为什么通常人们在此场景下坐下和放松都很勉强。他们宁愿坐着叮当地数口袋里的零钱，一遍遍扫视时刻表，后者在密谋着加深人们无法安抚和不可依赖的感觉。而坐在长凳上就意味着放弃，接受现实，事实上屈服于不可忍受的情境。约翰·瓦尚在一张男性的照片上完美地抓住这一瞬间，那是在1940年的弗吉尼亚州雷德福城外的火车站，该男子躺在一个有着“不得游荡”标语的长凳上睡觉，他不仅伸展四肢，他的黑色西装和长凳简直无法区分，似乎已融入其中。

我曾说长凳有其春夏秋冬——它们确乎如此。在某种程度上，公园中的长凳总是倾向于秋季的样貌。难怪柯特兹对它们情有独钟。他的早期作品有他弟弟杰诺1913年坐在布达佩斯内普利盖特森林长椅上的场景[33]。杰诺身穿大衣，礼帽在他身边放着。林中落叶撒满地面。远处可见另两张长椅，一张空着，另一张……我本要说被另一个孤独的旅人占据了，再一看，又不能确定。本以为是人的模糊轮廓却很可能是光与叶的把

33.《杰诺在内普利盖特森林》(*Jeno in the Woods of Népliget*),
安德烈·柯特兹，布达佩斯，1913年
© 安德烈·柯特兹遗产管理公司，2005年

戏。但是曾经有人在那，就如同大卫·海明斯（David Hemmings）在电影《放大》（*Blow-up*，1966）中的情形，这一点我很确定。仿佛从上次我看这张照片到我现在再看的时候，这个旅人已起身走掉。这一错觉实际上混合了照片引发的情绪：沉思和早熟的忧郁。只有十七岁的杰诺正值好年华，他审视林中空地的方式就如同一个年近黄昏的中年人在哀悼逝去的青春。拍下此照的安德烈也只比弟弟大几岁，他拍摄音乐家的早期作品也浸染着同样的忧伤。这就像是一张底片，他余生洗印出来的各种照片都是从此而来。

如果声称在柯特兹作品中的侧面像总是面向或渴望死亡就太过了。比较合理的说法是他们总对长凳抱有戒心，而长凳代表着某种死亡。一条长凳是……坐冷板

34.《折断的长椅》(*Broken Bench*),
安德烈·柯特兹，纽约，1962年9月20日
© 安德烈·柯特兹遗产管理公司，2005年

凳：置身事外，或是被迫身处外围，持观望态度。长凳上的男性是柯特兹自身境况的代理人，旁观生活却不参与其中。尽管如此，像布拉塞和维吉镜头下的人物——他——至少还有一张长凳。1962年9月20日，在长期受到冷落和怠慢后，柯特兹在纽约拍下的一张照片完美地总结了其自身境况，或演绎了对其境况的看法［34］。

临近画面上方，有两个坐在长凳上的妇女；远处散落着各色空无一人的椅凳。画面的三分之一完全被一个身着大衣的男性背影所填充，他正俯身看着一张折断的公园长椅。很有可能，在几经生活的敲打和失望之后，你最喜爱的公园长椅对你的意义就似宠物狗和妻子般。悲哀？要点是：对有些人来说，长椅就意味着忧郁和崩溃的区别，这是多么令人伤心啊。“想成为他们中的一员。”拉金催促道。

翻过失败篇章，
在半边莲花床旁，
惟有室内可去，
只有空椅做伴……

如今长椅不仅空着，而且靠背被折断。从词源上讲，一个背对镜头的男士最近宣布破产是说得通的（“破产”由意大利文“破板凳”衍生而来），但同样，他很可能只是路过，疑惑地看着它而已。说得难听点，柯特兹期望断椅反映观看者的失意，他也看到——将自己看作——他人在旁观、好奇、同情，但又超然而客观。这一套叠的模棱两可设法免除了整张照片引起的些许感伤。我说“设法”是因为照片显然不是它表面呈现的快乐事件，即柯特兹意义上的“不快”。柯特兹的妻子伊丽莎白曾遇到一个精神上不稳定需入院治疗的年轻女性，并给予了她特殊照顾。画面背景中的两个女性，是伊丽莎白和该病人。背对镜头的是弗兰克·托马斯（Frank Thomas），伊丽莎白在化妆品行业的合伙人。柯特兹的摄影图像曾长期不被看好，才华被埋没，是托马斯为他们提供了家庭收入的大头。等到拍这张照片时，托马斯已完全依赖柯特兹一家，因

35.《世界博览会》(*World's Fair*),
加里·温诺格兰德，纽约，1964年
© 加里·温诺格兰德遗产管理公司，经由旧金山弗伦克尔美术馆提供

为——如同安德烈在1959年第六大道上拍的手风琴手一样——他已双目失明。大概柯特兹与朋友碰巧走过长椅，他随即做出安排赋予了照片他想要的象征关联。

毫无疑问，觉察出长椅的忧郁的，并非只有柯特兹一人。对于温诺格兰德来说，长椅就像繁华大街，只不过人们是坐着而非行走着。在他摄于1964世界博览会的一张椅子上，八个人同时被连接在一起——难以辨别一组中由谁开始或由谁结束——又独立自足［35］。长椅就如同纽约之梦，事实很简单，单个的人由于被塞进一个狭小空间而团结起来。在中国式耳语的姿态中，每个动作都被效仿，详述，重复，来回传递。长椅照片，也是腿、短裙、鞋、包、手的汇集。三组对话在进行，但正如各民族是世界博览会的一部分，他们都是同一对话的组成部分。画面主要由女性构成，一边被一个在读报纸的中年白人男性分隔，另一边则是一个年轻的黑人。

在温诺格兰德的作品中，总有其他照片正在别处拍摄的感觉（左边的两个女士似乎正往某个方向看着）。这对温诺格兰德的“工作在纽约”的概念至关重要：总有其他事物要关注。（柯特兹常被指责画面太满；温诺格兰德根本不会让你插一句话。）在同一张长椅上甚至会有更多东西要看，从任意方向延伸出构图以外，就好像城市事实上是一张没有边界的长椅，自在逍遥被和谐与尊重支配。最左边的黑人男子和白人女子在交谈就暗示了这一点。虽不是特别引人注目却又不得不注意到的是该女性身边的人在向朋友耳语些什么——是关于发生在其右边的对话吗？在温诺格兰德的照片中总有那么一些模棱两可或是优柔寡断的东西在提醒你——这也是非常纽约的做派——它们如此和谐又很不确定。我不想过度解读，不想有损此场景中市民的相互理解和良好礼仪。整个氛围是欢乐的。欢乐但并不浪漫。在温诺格兰德那里，浪漫最多只是一种边缘概率。

对于黛安·阿勃丝来说，走向边缘以及在边缘所找到的是其整个摄影事业的中心。1968年，阿勃丝有了在家里和公园长椅上拍摄同一人的想法，并进行了初步的实验。在一幅照片中，她记录了一个身穿内衣的女性坐在其拥挤凌乱公寓的床上（那种公寓后来成为南·戈尔丁创意事业的所在地）。在另一幅照片中，同一个女性穿着大衣，坐在公园长凳上抽烟。一方面是我们向他人承受的孤立感投去了亲密、私人的一瞥；另一方面，人们承受的孤独公开露面了。那是阿勃丝照片中最关键的东西：没有庇护，无处可藏。我们也许会认为可以将真实的自己隐藏起来，但公共形象被揭露出来的东西与私人的一样多。阿勃丝也同样拍摄了一个男子——裸体在家，斜倚在公园长凳上。只有看到公寓背景细节时——床罩，一罐东西——我们才认识到原来出现在四张照片中的是同一人。扮作男人时，布鲁斯·凯瑟琳（Bruce Catherine）坐在长凳中间，作为女人时，凯瑟琳·布鲁斯（Catherine Bruce）也坐在画面中心，但却是长凳的远端。通过这一简单手段，阿勃丝暗示她显然是自我世界的中心，却又身处（社会地位？崩溃？）边缘。[①]

阿勃丝和温诺格兰德的长凳照片揭示了两位摄影师的相同之处和差别所在。温诺格兰德被偶然的交往所吸引，这是城市带来的无穷无尽的社会流动的视觉模式。

---

① 阿勃丝在1967年让约翰·戈西奇（John Gossage）拍摄了一幅自己在公园长凳上的照片。她坐在凳子中间，双腿交叉，照相机悬挂在脖子上。她完全独占这张长凳，连同照片的构图，放空的眼神，有效地凸显了其孤立、窘迫的形象。

36.《白栅栏》（*White Fence*），
保罗·斯特兰德，纽约肯特港，1916年
© 1971光圈基金会，保罗·斯特兰德档案

阿勃丝看到的则是古怪的无限可能，孤立的多样性。

这些相近的摄影作品使得温诺格兰德和阿勃丝不可避免地成为搭档。那柯特兹折断的长椅和保罗·斯特兰德1916年的《白栅栏》[36]又如何呢？它们也有某种本质的联系吗？（斯特兰德是在为柯特兹铺路吗？）或者只是通过我的曝光，这一偶然介入使它们联系起来？

斯特兰德的照片是他一直奋斗，顺理成章积累的结果。从1914年末到1915年初，他将作品拿给斯蒂格里茨，后者其时在291号画廊举办的欧洲现代主义展决定性地重塑了其视野。斯特兰德第一次受到这一艺术革命的影响是在1913年的军械库艺术展。像很多参观者一样，斯特兰德对后印象主义和立体主义既疑惑又兴奋。他也深受毕加索和其他艺术家作品在斯蒂格里茨的圈子内外引发的激烈争议的鼓舞。到1914年，现代艺术展突然遍及纽约。每个人都在争论“抽象”问题。这一新运动来势汹汹以至于现实主义被潮流看作是负面的或反面的抽象概念。

在学习艺术作品和理论之后，斯特兰德在1916年夏天于康涅狄格州的特因湖小屋度假，学习“如何构图，一张照片包括些什么，图形如何相连，空间如何填充，整个画面如何形成整体”。他开始拍摄陶器和水果，用这些熟悉的物体来构筑陌生化的空间和凹面。一旦他明白了其中的窍门，他就移到门廊，用桌子、椅子和木头栏杆来大规模创造光影的曲线和角度。太阳的不停转动为他提供了不同图形的排列集合，地板上的阴影条纹变成光影的键盘。对于斯特兰德来说，将这些图形从其固定的角色和地方中分离出来是不够的。他进一步强调照片的独立性，将之颠倒过来挂，从而摆脱其日常生活的具象要求。在掌握这种抽象手法后，他试图运用学到的创作技巧重返人类世界——重新在照片中整合他曾费力抽象化的世界。在这种情况下，他会利用试验带来的兴奋联结1915年穿越得克萨斯旅行中目睹的平凡真相。着迷于风景的单调“被棚屋和小屋打断”，斯特兰德注意到事物“一旦有人为的因素介入就变得有趣起来”。

《白栅栏》正是这种调和的产品。和特因湖作品一样，白栅栏在形式上以黑白、正反两面的模式将图像连在一起，但其他事物也在起作用——如斯特兰德多年后所解释的：

> 为什么1916年我会在纽约肯特港拍摄白栅栏？因为栅栏本身让我着迷。它非常生动，非常有美国味，是国家的重要部分。在墨西哥或欧洲，你看不到这样的栅栏。有一次我在苏联，和爱德华·德斯（Eduard Tisse）（爱因斯坦等人的摄影师）同行。在路上，我看到黑森林中的栅栏——非常特别的栅栏，包含令人惊异的形状。当时我感到如果有照相机在手，我本可以拍摄和陀思妥耶夫斯基有关的照片。那种栅栏，那座黑森林，给你一种在读《白痴》（*The Idiot*）的感觉。你看，我没有审美目的，有的是供我使用的审美手段，这对我能够描述所观察之物是必需的。我所看到的事物总在自身之外。我不试图描绘存在的内在状态。

斯特兰德自己感觉到《白栅栏》奠定了日后所有工作的基础。某位评论家在1966年进一步将它称为“美国摄影重要传统后续发展中最具权威的章节”。如果这是真的，那么这种美国传统可被看作是由一幅英国人照片而达到顶点。

1947年，迈克尔·奥默罗德生于英国柴郡的海德。他在赫尔大学学习经济，在特伦特工艺学校学习摄影。此后他经营摄影专栏并在纽卡斯尔学院教书。他所有名气最响的照片都拍摄于美国——他于1991年的8月在亚利桑那州拍摄时遭遇车祸去世。关于他的生平，我就知道这么多。我可以找到更多的信息，但情愿像E. J. 贝洛奇（E. J. Bellocq）一样，完全凭他镜头下的作品来定义其一生。

史蒂芬·肖尔说过，“他第一眼看到的美国景象由乘客的汽车窗口构成”。作为在美国以外出生的人，奥默罗德对于美国的第一印象由照片、电影和影像组成。他去世后出版的作品集《美国各州》（*States of America*，1993）是美国摄影从20世纪早期到埃格尔斯顿时期主要隐喻的重奏和升华。奥默罗德显然知道斯特兰德的作品，他拍摄的白栅栏照片部分是对后者的一种回应和致敬。

奥默罗德80年代拍摄的白栅栏（书中没有标题或地点）后面是一个精心打理、修剪完善的小公园，一条绿树成荫的小径蜿蜒而过［37］。栅栏本身是破损的：五根竖立的栏柱被损，其中两根完全被破坏。相邻的竖立栏

37. 未命名，迈克尔·奥默罗德，未标日期

© 迈克尔·奥默罗德／千年影像

柱却冷漠地继续忙于自身事物，没有要介入的意思。我在约翰·契弗的《日记》（*Journals*）中首次看到这幅照片，书中用图片精确地记录了某种完美郊区被毁坏的预演。契弗不止一次评论“光影的道德品质”，而奥默罗德的栅栏——被损坏，闪着白光，投下模糊的阴影——正好验证了契弗的论点。在契弗的世界里，婚姻出了状况，愈变愈糟，勉强维持一段时间后仍然破裂。他在1958年写道：“生活中最令人惊奇的似乎是我们很少挖掘自我毁灭的潜能。我们可能盼望，也许梦想，但一束光线，风向的小小变化就会让我们前行的步伐受阻。”责备在契弗的故事中是无法胜任审查的结果：越是仔细审查情境，越是难以确定责任。在《日记》中，契弗将自己

置于最严厉的自我审视中，责备则代表着事情不够明晰。

在奥默罗德清晰的影像中，栅栏遭到破坏是显而易见和无可逃避的。可能是十几个不同故事结局中的一种（故意毁坏？由孩子三轮车引发的偶然事故？），但照片既无解释的意图，也无象征性催促的意味。英国艺术评论家约翰·罗伯茨（John Roberts）认为该作品可能是奥默罗德对“越战综合征”寓言式的评判——它打动观众，不仅由于它对强大的暗示力量的看似合理的致敬，也是对实际表现的回应——必然是文不对题。在对厄普代克一篇故事的评论中，契弗观察到，“他已显露出一种不切实际感”。契弗也相信自己的“固执时而有些琐碎的散文更为有益。在池塘滑冰时，人们不会问黑色的天空如何承担星光的重负，无论如何我不会问”，奥默罗德会问吗？

尽管奥默罗德只有一幅损坏的栅栏照，但它也是对斯特兰德照片的评注。因为斯特兰德的栅栏作品在美国摄影演变中占据十分重要的位置，奥默罗德的作品为这一传统做出了贡献，并成为它的注释。因此，奥默罗德是在暗示由斯特兰德开创的摄影传统已经断裂吗？或者这一传统仍有活力适应种种内部的断裂和变革？这张照片甚至无须去问，就让这些问题得以呈现。表面上就是一幅折断的白栅栏，却又在提示它已超出白栅栏照片本身。显然，随着奥默罗德的突然去世，损坏的栅栏拥有了自撰墓志铭和预言式挽歌的性质。

所有这些都由表及里地导向了一种结论，就摄影来说，厄普代克是对的，而契弗则是错的。任何人可以提问，在池塘滑冰时黑色天幕如何承担星光的重负。回忆埃德尼在阿勃丝死后写下的说明，人们甚至可能讨论星光的“必要负担”。

从奥默罗德折断的栅栏到柯特兹的一幅损坏的栅栏照片，是摄影跨出了很小的一步。但是柯特兹和斯特兰德之间经历了完好的栅栏到折断的栅栏的变化，或者正是由于奥默罗德的照片才使两者发生了联系。斯特兰德和柯特兹似乎并没有交集，但我高兴的是奥默罗德的作品使两者联系起来。在这个意义上，是奥默罗德将柯特兹和斯特兰德介绍给彼此。一旦引荐工作完成，许多幅柯特兹的照片看起来像是出自斯特兰德之手，反过来也一样。比如，1916年斯特兰德拍摄于莫宁赛德公园的照片［38］，你几乎不可能期望有一幅更像柯特兹的影像了，照片的三分之二被呈对角线的扶手和一组带有阴影的台阶（形成对立的对角线）隔离开来。剩下的三角形位于左上角，由孩子们和四张长椅组成，后者围在一起仿佛要建立一个小小的室外房间。一个孩子将手臂搭在朋友的肩上好像在安慰她。正如柯特兹照片中常见的，他们都背对着镜头。柯特兹最可能拍摄这类照片，暗示

38.《莫宁赛德公园》(*Morningside Park*),
保罗·斯特兰德,纽约,1916年
© 1990光圈基金会,保罗·斯特兰德档案

着上了年纪的自己不得不和童年分隔开来,既无可挽回,却又不时想起。此外,童年尽管快乐,照片中的身体姿态仍暗示着即将来临的生活忧伤。

斯特兰德也运用了一些俯视镜头,复制了柯特兹最喜欢的拍摄角度之一。尤其是一张拍摄于纽约高架桥的照片,俯瞰地面上可能被误认为是埃菲尔铁塔钢梁阴影的图案,一旁是两个模糊的身影站着在交谈。两位摄影师取景时从他们窗口俯瞰,大雪在其后院或公园形成了纯粹几何图形。他们都喜欢从上往下看,床单挂出晾晒待干,低矮房屋的屋顶形成扁平形状的拼贴图。对于斯特兰德来说,在1917年拍摄的这些照片是一个阶段,是一个出发点。而对柯特兹来说，这既是开端也是终点。

柯特兹十六岁时迷恋上了一个年轻女人，她住在其布达佩斯父母家的街对面。柯特兹会长时间透过他的窗户望着女人的窗口，在日记中记录看到她的每一眼。1925年到巴黎后他拍摄的第一幅照片就是从自己位于瓦万路旅馆的窗口捕捉到的街对面窗户的斜视图。柯特兹在巴黎迷上了摄影“概览”，他迁至纽约居住，仍极力寻找类似景观。到1952年，他和伊丽莎白搬进第五大道2号公寓的十二层，那里可以看到华盛顿广场公园。他开始感到这是他的命运：1911年至1912年间，他在布达佩斯的父母家中就已开始从窗户凝视地面，在巴黎也是如此。所不同的是当他越年长时，白雪越来越快速地造访其居留地。他也愈加理解雪莱诗句的提问式确认：“冬天来了，春天还会远吗?”是的，但继而也意味着：如果夏天来临，冬天也不会久远。

斯特兰德摄于中央公园的《冬天》[39] 表现了一棵树在泛灰的雪上涂写的阴影书法，在一个角落是一个孩子拉着雪橇的模糊身影。照片整个由树的乌黑线条、树影和模糊人影组成。该照片摄于1913年至1914年，很像是柯特兹在华盛顿广场公园的照片 [40] 的某个细节或是削减版。柯特兹要站得更远一些，但如果隔开部分岁月，我们会看到非常像斯特兰德的作品。其他重要的差别是柯特兹在1952年拍摄了他的照片，在此期

39.《冬天》(*Winter*),保罗·斯特兰德,纽约中央公园,1913年至1914年
© 1980光圈基金会,保罗·斯特兰德档案

40.《华盛顿广场公园》(*Washington Square Park*),安德烈·柯特兹,1952年
© 安德烈·柯特兹遗产管理公司,2005年

间，拉雪橇的年轻女孩已经变成一个穿着大衣拖着脚慢行的老人。这是一幅近似的照片，但它已上了年纪。

柯特兹视线所及，就是自身处境的反射。在雪中行走变成一种孤独的形式和悲伤的表达，且试图从中提供慰藉。大雪将城市变成荒野；公园因之成为广阔的中部平原——匈牙利的平原。柯特兹照片中穿大衣的男人踉跄地走过雪地，在壮阔背景的衬托下，越发显得矮小。他们来到可信任的长凳前，那是他们通常休息的地方，却发现它们不再是长凳而是某种城市的雪栅栏。因为雪将长凳据为己有，他无处可坐（并非故意，只因雪渐渐飘落），只有继续前行。

一个身着黑色大衣，头戴礼帽，双手插在口袋里的男性踯躅而行（常常，但不总是远离镜头）。大衣和礼帽的黑色导致他只能留下大致的轮廓。他始终出现在柯特兹的作品中。这并不是说他只在柯特兹的照片中现身，他早就出现在了其他摄影师（所有人都看得到他在那里）的作品中。但他始终徘徊在柯特兹的作品里。事实上，我的意思正相反：是柯特兹的镜头在他身上停留，深思。他看起来像是典型的移民，有时像是从关于匈牙利的照片中剪切下来，直接被粘贴到纽约巨大的桥梁和仓库等现代建筑中。

人们常常把这一图像特别和柯特兹的中老年时期联

41.《博克斯凯广场》(*Bocskay-tér*),
安德烈·柯特兹,布达佩斯,1914年
© 安德烈·柯特兹遗产管理公司,2005年

系在一起,尽管这类人物首先在其年轻时的作品中闪现。我们遇见他们……让我这么说吧:我们遇见这个人物——仅此一个,通过大衣和礼帽立即得到辨识,而淡忘了其他典型特征——他在1914年独自夜行在布达佩斯的鹅卵石小径上[41]。加缪说我们在夜间看到鸟类总是以为它们在归家,但当看到柯特兹照片中裹着大衣的男子时,我们却未有过这样的感觉。没有亮灯的窗户在召唤。不,街道本身就在流浪,事实上是大衣表现了家恒久不变的意味。即使那样,这个男子看起来像是他过往自我的阴影。他不能快速移动,也无法想象他曾经能够跑起来。然而在柯特兹开始拍摄这个男人的同时,

他为其弟弟和自己拍摄了充满活力的照片，他们脱去衣服，几近全裸，互相比赛，充满了对运动的爱。甚至就在那时，柯特兹照片中体现出对未来以及一段和家人相处的时光的渴望，也已带有怀旧意味，那些夏天和弟弟相处的美好时刻会变成回忆，衰退，保留在雪中独行的男人的头脑里，好像他们穿着拖鞋，踱步过街，在一间阴冷的医院病房中，忍受不知名的病痛，唯一治愈的方法就是不断行走。“那些日子的回响重返我身边。”卡瓦菲斯写道。

站着重读一封信，直到日光暗淡
唤起年轻生命的热情
当我们在一起时

黯然失神，我走到阳台
看到街道和店铺前，人来人往
心绪有了些微变化

柯特兹留意的街景常常是其自身在纽约漂泊和失意落寞感受的剪影代表。街上走向商店的人们，是他悲伤的使者。那就是摄影师的全部了：你走在街上或坐在长凳上——或是看到窗外的人们在行走，抑或坐在长凳上。

42. 《统舱》(*Steerage*),阿尔弗雷德·斯蒂格里茨,1907年
© 美国国会图书馆,印刷和摄影分部,LC-USZ62-62880

在约翰·保曼的(John Boorman)电影《翡翠森林》(*Emerald Forest*)中,一个亚马孙印第安人吞食了治疗精神病的药物,释放其鸟类或野兽的灵魂。当他躺在窝棚中沉睡时,他的美洲狮或是秃鹫的自我在咆哮,在丛林中、在精灵的世界里奔跑。每每想到柯特兹,我心中就会浮现出类似的画面——如果不是如此壮观的话。摄影师躲在相机后面,目睹他的替身走进物质世界。

在这方面,斯蒂格里茨是先驱或是祖师爷。回顾他如何在1907年拍摄著名作品《统舱》时,斯蒂格里茨回忆起如何在上层甲板,“察看栏杆时,看到一个戴草帽的年轻人,草帽形状是圆的。他正俯瞰下层舱的男男女女……整个场景让我着迷。我渴望逃离自身环境，加入他们”［42］。摄影师偶遇令其着迷的场景，他渴望融入其中，并寻找一种方法，既可以记录场景，又能将他的替身（参与其中的观察者）包括在内。

在刘易斯·海因表现意大利市场的盲乞丐［2］的作品中，人物相同——身份却略微不同。多萝西娅·兰格也清晰地描述了摄影师在构图时发生了什么，“一个人是整体的一部分，尽管只是观察又观察”。在某些情况下，摄影师可以两全其美，既是观察者又是被观察者。在拍摄布拉塞之夜时，因曝光时间足够长，使摄影师既能拍摄照片，又能四处行走成为作品中特定的一员。①

在另一张斯蒂格里茨于1900年至1901年所摄的照片中，情况要更复杂一些［43］。照片表现了第30号街在画面底端交集，而第五大道在左边斜对角向上。马拉出租车——我倾向于认为这与在1893年的第五大道上的雪中模糊看到的是同一匹马——站在画面底端，就像生长在它上方角落的一棵树一样永久。这幅照片曝光时间相对较短，抓拍了一个身披斗篷的人物正朝照相机方向走来，而在其左侧，出租马车朝相反方向缓缓移动。

---

① 十一岁的拉蒂格对这种可能性表现出孩童般的快乐：“有时在拍摄照片时，如果我迅速移动，就可以冲到照相机前并能将自己拍进照片里……这主意不坏，但结果总是我在照片中处于半透明状。”

43.《街道》(*The Street*),
阿尔弗雷德·斯蒂格里茨,纽约第五大道,1900年至1901年
© 华盛顿特区国家美术馆,阿尔弗雷德·斯蒂格里茨藏品

想象一下,就在一个世纪之前,这一瞬间就是此刻!而身披斗篷之人——甚至他也——肯定对“此刻”变为“彼时”有些模糊认识。当他穿过街道,经过手持相机的人时,一定会回头瞥一眼照片看起来如何,却只能发现自己——那一瞬间将其定义为一张照片——已不在那里。几秒钟之间他来了又去,唯有留下足迹而已;

这是他特殊的命运——这也是照片所坚持的——永远不具备回看的优势，而只能呈现瞬间和永恒，如依然在那守候的马匹和建筑一般耐心。

这个反复被柯特兹看见的男子，引导摄影师和我们经历了那些使一切都能以形象化的方式被领悟的时刻。没有他，没有这个摄影师灵魂的外在代表，就不可能有照片产生。我们在匈牙利见过他的身影，在巴黎看到他站在奥赛码头，背在身后的手里握着拐杖，看着两个身着大衣的人向他走来。我们在1954年的纽约看到他凝视河流，桥梁成为其背景［44］。由于站在前景的他正往另一个几乎同样的人的方向看去，这使得他作为摄影师替身的感觉得到了强化。如果相机像电影一样向回

44.《纽约》(*New York*)，安德烈·柯特兹，1954年
© 安德烈·柯特兹遗产管理公司，2005年

拉，我们可能看到另一个人物，摄影师自己正注视着另两个主角。通过某种倒转的望远镜，这一回拉将会继续，直到我们能够追随着这目光的接力，回到摄影师正在向外望的公寓窗口。

这一人物形象一点也不阴险，丝毫不像爱伦·坡的“人群中的人”（也不像其前身波德莱尔的“都市游荡者”）。不，这一人物只是漫步者，像是白天没有工作的雇员，其唯一的目的就是消耗手头过多的闲暇时光。他是那种喜欢看建筑工地——那些还未成为摩天大楼或多层停车场地基的巨大空洞——的人之一。那是他最接近崇高的户外场景时刻。他的大衣足够惬意地将城市变为内景，一个任其曳步的客厅。除了秋季或冬季，很难想象他会在其他季节现身。与其说他穿着大衣毋宁说是栖身其中。他看东西总是稍有些斜视。他就像个老妇人从窗帘后面偷窥，即使当他外出上街时也是以管闲事为动力，尽管已被稀释了很多倍。他很满足于观察生活，总有些无聊又常在等待，即使等的只是一辆公交车。如果不行看别人等车也好。在漫步过程中哪怕对事物最细微的变化也很警惕，他总能告诉你当时的情况。无意听到有人给游客指路时，他会静静地听着，评价，等待，如果需要就进行指正或改进。他的生活因显然完全缺乏意义而有了一个纯粹目的：过好每一天。他有着类似树或树荫下长凳的耐心。

柯特兹观察到的人物和斯特兰德在1915年镜头捕捉到的人物不同之处在于，后者匆匆走向华尔街。斯特兰德想拍摄人们在刚刚完工的J. P. 摩根大楼外“冲向工作地点”，那巨大的黑色窗户像庞然大物那样在急跑的人群之上摆动。斜射的阳光将蜂拥的人群的阴影投射在他们身后，正如斯特兰德自己所说：“巨大的黑色窗户就像巨胃吞进了匆忙的人群。”柯特兹的人物完全没有紧迫感或慌张感。他们具有被排除和被选择的特性，被贴上“无班可上之人”的标签。阿勃丝在1969年认识到，工作最好的一面是“帮你阻挡不可回答的问题”。没有费时工作的干扰，甚至无足轻重的问题也承担着命运的重量。你有一整天来消化感受到的怠慢，得出错误决定，但继而还能够得到安慰：这些开始看起来像是真实生活，其他什么也不能干扰你，就如同长凳是公园的一部分，这也是人类生存的一部分。当你来到公园长凳时，却发现可能是你最喜爱的长凳已遭损坏，这一经历既是个人的失望，也是对于你几乎放弃自我的确证。你能做些什么？在这种情况下，除了看它并思索能从中解读出多少含义，自己如何去面对它，命运和机会实际上究竟有何区别？

有很多艺术家，尽管不是先锋者或是创新者，却擅长总结那些先锋者或是创新者的特点。摄影师、音乐家、画家无不如此。看到史蒂夫·夏皮罗（Steve Schapiro）的作品，我们可以发现很多美国摄影经典主题的痕迹和重构。对于这一点，夏皮罗可以说相当坦率：在他具有回忆录性质的《美国边缘》（*American Edge*）一书中，第一幅照片就是1965年塞尔玛游行中高举星条旗的示威者，这不仅是政治姿态，而且是在向《美国人》象征性地致敬。这并没有降低作品的声望，恰恰相反，正是因为夏皮罗缺乏创新者独有的强迫性特质，使他作为摄影媒介的评论者就显得非常珍贵：他让我们集中看到摄影史上更为普遍的趋势。

我们说大衣男子的形象在20世纪早期首次走进文化取景器。在第二次世界大战后，他仍然相当频繁地出现。鲁迪·伯克哈特（Rudy Burckhardt）在1947年时代广场黄昏的霓虹灯下盯住他。马克·吕布在1954年的英国发现他在疾行，看上去——用利兹方言来说——有些不合时宜。雷内·布里（René Burri）于1956年观察到他在匈牙利起义后穿过布拉格的鹅卵石小径。1961年，夏皮罗显示他正欲离开，走出画面［45］。他被模糊了，融入背景中。视觉传统的一部分是走出视线，为别人腾出地方，因为这种美学与即将来临的十年中所酝酿的不确定性和竞争更一致。照片前景是两个男人，其中一个简直就是特写镜头，从左边进入画面。那种老派的以欧洲为中心的贵气、文雅而忧伤，但自己拥有的确定性和慰

45.《纽约》(*New York*)，史蒂夫·夏皮罗，1961年

© 史蒂夫·夏皮罗，洛杉矶费伊/克莱恩美术馆

藉——由侧影特写所表现——却又被某种不确定性所取代。具有讽刺意义的是该美学也是欧洲影响的产物，尤其受到弗兰克的影响。夏皮罗作品中的这一人物形象有一种强烈的离别感——他自己就标志着哀伤和怀旧——准备好离世和消失。而柯特兹的替身在舞台右侧退场，身后拖曳着雨的映象。此后，他的出现就如白驹过隙（再一次停下观察破损的长凳），痛惜自己的消失。在20世纪60年代中期，柯特兹的复兴急速进行着。其时将这一人物形象象征性地等同于即将逝去的摄影师是合适的。他走出摄影史，对其历史地位的确定充满信心。

除此之外，我开始怀疑摄影的奇怪规则，也就是我们从未看到任何人或任何物的终结。他们消失或死去，多年以后又重现，在另一镜头中转世。例如那个人物走出夏皮罗的照片画面，在1993年一个名叫布尔奇科的小镇再次露面。

我完全记得站在一扇窗户前，只为观察生命的流动。

——多萝西娅·兰格

这不仅是柯特兹……在某一时刻，几乎无所畏惧的——甚至最无畏的——摄影师都试图退回室内，通过窗户注视世界。如果这暗示着回到第一原则——首先获得永恒地位的照片之一，一幅由约瑟夫·涅普斯（Joseph Nièpce）在1826年经模糊的照相制版而完成的作品《格拉斯窗外的风景》（*View from the Window at Le Gras*）——也存在着一种语源上的必然。照相机返回其原点，回到光线——与黑暗——进入的房间。

1940年，约瑟夫·苏德克（Josef Sudek）在布拉格拍摄了一组名为《我工作室的窗外》（*From the Window of My Studio*）的系列作品。在意大利和以色列完成任务并创造了她最著名的影像后，露丝·奥尔金（Ruth

Orkin）辞去摄影记者的工作，从1955年开始致力于记录其位于中央公园西路65号公寓第十五层窗外的景色。奥尔金将之汇集为《我窗外的世界》一书（*A World through My Window*，1978）。她对此结果感到颇为满意，因为它让奥尔金觉得自己成为调和摄影师与家庭主妇——母亲——之间矛盾的典范，并找到了一劳永逸的解决方法。[①] 然而更为常见的是：向内转是阶段性的，是一次偶然的撤离，而非决定性的、心甘情愿的退却。

斯蒂格里茨在其生活和工作的纽约拍摄的作品表明了他三个各具特色的创作合集或阶段。第一阶段摄于1915年的第五大道291号公寓的后窗。其中几幅作品，尤其是被大雪覆平的屋顶和倾斜的白色块状体，有意识地展现了他所理解的立体主义。在1930年到1932年之间，斯蒂格里茨拍摄了另一组巨大建筑工程的照片，取景于麦迪逊509号十七层的“美国宫殿”画廊或是从他和欧姬芙居住的位于莱克星顿大街525号的希尔顿酒店十三层的房间。在1935年，他在希尔顿酒店拍摄了最后一组照片，向西可看到洛克菲勒中心。

---

① 与奥尔金相对，另一个极端是1959年由新近推选的马格南图片社同事雷内·布里拍摄的一幅照片，画面里卡蒂埃·布列松把身子探出康奈尔·卡帕（Cornell Capa）位于第五大道公寓之外，忙于按动其徕卡相机。就仿佛他只是一时在工作空当期才冲进房间里。

46.《希尔顿酒店的西面窗口》(*Window at the Shelton, West*),
阿尔弗雷德·斯蒂格里茨,1931年
© 华盛顿特区国家美术馆,阿尔弗雷德·斯蒂格里茨藏品

在希尔顿酒店和“美国宫殿”画廊拍摄的照片记录了斯蒂格里茨对逐渐将他包围起来的建筑疯狂的修建速度的反应。其视野得到极大扩展的同时也有所限制[46]。尽管在20世纪20年代的繁荣时期得到资助并进行规划,但工程付诸实施时,实际上已到了大萧条阶段,这便激起斯蒂格里茨的抱怨:大量金钱涌入建筑项目,而“艺术家们在挨饿”(这是典型的斯蒂格里茨,将资本主义的贪婪象征和挨饿的艺术家对立起来,而非工人或农民)。虽说他口头上抱怨着周围发生的事情,但照片本身显得冷静而超然。斯蒂格里茨并非要抬高象

征贪欲的摄影起重机，而是采用和他的拍摄对象平起平坐的视角。镜头下的建筑物是他早期观察的一部分。在他周围开始建设的摩天大楼成为实现其野心的对等物，也是献给摄影媒介令人炫目的颂辞。斯蒂格里茨为摄影的崛起倾注了诸多心血。他坚持认为："如果在摄影这里发生的一切不能站得住脚，并压过摩天大楼那里发生的事情，那么这里的一切就没有存在的理由。"如果"在那里"挑战"在这里"但不能压倒之，前者便可以验证和确认后者。两者的竞争来自美学和象征层面，并接近抽象，结果就成为建筑和摄影之间联盟的自我补充。外部世界无法消除的威力真实反映了斯蒂格里茨审视能力的持久影响力。

那些建造摩天大楼的人（正如海因英勇地拍摄了帝国大厦钢梁上的建筑工人）与那些在大楼里居住或工作的人在照片中却无处可寻。1915年在291号画廊中，有一幅照片展现了一排挂出去晾干的衣物；这一寻常生活的安详记忆到30年代早已被拱顶建造项目所取代。这并不是说斯蒂格里茨的作品具有挽歌性质。"我们住在希尔顿酒店高层，"他在1925年向舍伍德·安德森（Sherwood Anderson）解释道，"风呼啸着摇晃着巨大的钢架——我们感觉就像在海洋中央——除了风声，一切都那么安静——在我们居住的战栗摇晃的钢铁巨人上——这是一个奇妙的地方。"这就是冒险家斯蒂格里茨充满自信的全盛时代。多年后，当被维吉和卡蒂埃·布列松拍摄时，他躲进小屋中处于隐匿状态，为交不起房租而发愁，无穷无尽的麻烦似乎要把他压垮了。

1922年，在西68号大街的公寓里，斯蒂格里茨的朋友和助手爱德华·史泰钦瞄准了对面建筑的窗口和消防通道。和斯蒂格里茨身处“海洋中央”的感觉形成强烈反差的是，人们几乎有可能探出身去触碰对面建筑的墙体。在一幅作品中，史泰钦拍到一对挡住消防通道口的纸箱，他附上文字说明：杂乱“笑作”一团。在另一幅作品中，排列着待洗衣物的消防通道和后院，从其作用来看，与其说是画面构成的元素，不如说是对和谐规划的公共生活的记录，精致的构图也将这点表现得淋漓尽致。

另一幅透过史泰钦窗户的窗框看到的景象——如兰德尔·贾雷尔（Randall Jarrell）在名为《窗户》（*Windows*）的诗中所写：“一个人点头进入报章页面。”在爱德华·霍普（Edward Hopper）的画面中，人物看着通风又宽大的窗子，分享室外的明亮和宽敞。而一个男性蜷缩在小屋中，他几乎没有比埃文斯拍摄的地铁乘客有更多空间来读报纸。在几年后的1925年，史泰钦在第40号大街的某个窗户拍摄夜景，让城市建筑看上去有序、冷漠、荒凉。1922年的照片有着村庄随意的亲密感，可以说是城市生活容易忽略的一个方面。在报纸的

47.《周日报纸》(*Sunday Papers*),
爱德华·史泰钦，纽约86街西，1922年
经乔安娜·T. 史泰钦（Joanna T. Steichen）允许重印

周末版中，小方形窗户是围绕它的一排排无穷尽的砖瓦唯一的凸面部分［47］。从一扇窗见到的风景是另一扇窗，完全一样的单调。没有别的地方可看。即使你想转移目光也不行。

另一方面，当窥视梅里·阿尔珀恩（Merry Alpern）《肮脏的窗户》(*Dirty Windows*）时，你根本不可能移开你注视的目光。1993年到1994年，阿尔珀恩花了一整个冬天用长焦镜头对准业余性俱乐部的后窗。该俱乐部在华尔街旁，阿尔珀恩的照片揭示出金融幕后的黑暗和污秽。当衣冠楚楚的客户递给身着性感内衣的妓女五十

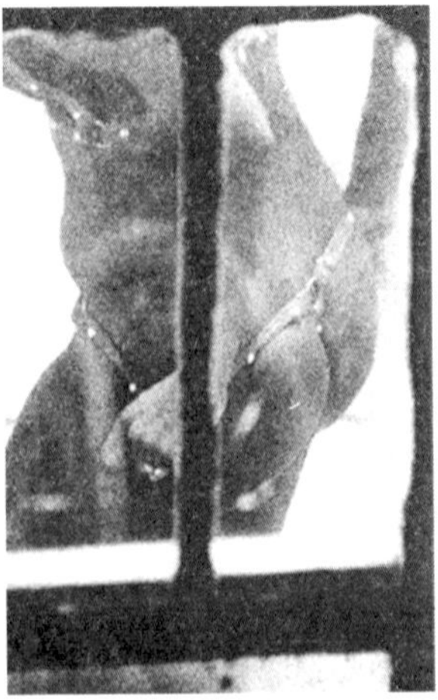

48.《肮脏的窗户》(*Dirty Windows*),梅里·阿尔珀恩,1994年
选自《肮脏的窗户》,由斯卡洛出版社提供

美元时,这里也有一种魔力与关于交易的纯粹。性、药品、现金——如此而已。每个人都在喝可乐,嗑药,进行性交易。客户卷起避孕套,卷起钞票,鼻吸更多的可卡因。我们看到的不会比想看到的更清楚了[48]。我们所看到的又常常模糊到令人沮丧,可也正因如此显得更加诱人,仿佛是无法操控的一场梦。照相机一直朝前伸着,试图洞悉性和药的禁区。窗口景观正是窥淫狂者所热衷的,且他们毫无悔意。景框和窗框一样,不久,紧张的关注——维系窥探需要的注意力——开始耗尽。偷窥变成了监视。房间成为监狱,而窗户就如同电视,只有一个频道,同样的付费淫秽电影不间断地重播(和

你所想的并不完全一致，因反响不佳而受到限制）。你渴望消遣、多样化。你渴望获得自由，而这世界将快乐规定得如此狭隘。尽管显得有些奇怪，你仍像希腊现代诗人卡瓦菲斯一样向往“一点街头和商店的运动”。

从摄影师的角度来看，临街窗户是一种生存于世而又不置身其中的方式。你退而向内，仍可继续方便地监控街上的推撞和拥挤。简·雅各布斯（Jane Jacobs）在《美国大城市的生与死》（*The Life and Death of Great American Cities*）中写道，“街上一定有双观望的眼睛”。这一观点吸引了威廉·格德尼，他特意将之记在笔记本上。他也转录了卡夫卡有关孤独的人如何因“一扇临街的窗户”而使生活变得可以忍受，这扇窗不能是空寂的，必须充满人的活力。这是对孤独相互作用的视觉化：孤寂只有依据他人来表达。为了唤起卡夫卡式寂寞的独处，艺术家需要发现一个替身：街上的路人。格德尼在其布鲁克林公寓拍摄的照片对此进行了明确的诠释［49］。照片的上部三分之一处是一扇街对面的窗户：格德尼既可望出去，又可反映他的世界。余下三分之二的空间展现了空旷的街景，除了一人在注视商店橱窗，以及一个在人行道上的侧影。

格德尼是一个喜独处、好安静的人，喜欢在其塞满书的公寓中度日，偶尔瞄一眼外面世界。这和W. 尤金·

49.《布鲁克林》(*Brooklyn*)，威廉·格德尼，1969年
© 特别收藏图书馆，杜克大学

史密斯满世界执行拍摄任务（在冲绳县沿途挨炸）形成了再鲜明不过的对比。1955年被《生活》杂志解雇后，史密斯接受委任在匹兹堡做一个小型项目。考虑到任务本该三个星期就能完工，其赞助者惊讶地发现摄影师从旅行车上卸下了二十件行李。史密斯拒绝遵守截止日期，很考验雇主有限的耐心。但是在匹兹堡，他坚持按作品需要的时间进行拍摄，到了狂妄的程度。第一个月他几乎没有按下快门，而是像以前一样，更愿意去了解拍摄对象。他花了一年时间曝光城市数以万计的各个方面。而这仅仅是开始。史密斯以相当于乔伊斯的《尤利西斯》(*Ulysses*）摄影版的体量来构想匹兹堡项目，对于数量庞大的资料，他试着将之编辑和印刷成册，并认真对待“由其信念凝成的巨大的统一体”，但总是以失败告终。

史密斯的传记作者吉姆·休斯（Jim Hughes）描绘了一幅令人难以忘怀的图景，当与庞大的任务格斗时，摄影师将自己逼到疯狂的边缘。他走在安非他命（抗疲劳药）的钢丝上，匆匆写下的文字满是神经错乱，不堪重负的意图声明，史密斯会连续工作三到四天，然后崩溃。他最终实现了自己的抱负，能够完全掌控艺术。这之后，他开始饱受一种视力萎缩的痛苦。1957年，史密斯离家搬进临近28街的第六大道821号的一间公寓。史密斯写道："这是最后一次抵抗，精神上的抵抗。"

他曾计划穷尽所有视角看尽一切，如今似乎对之退避三舍，史密斯安心地从其窗口的有利位置拍照：汽车经过，人们进出其间，供货交易，雪在下……不可避免地在这故意为之的管窥中，一个熟悉的身影走进他的镜头——从柯特兹作品中走出的熟悉身影：穿大衣的孤独男子，走过街头，在街角等候。一开始，这似乎不太可能。尽管都使用俯拍镜头，柯特兹作品中的克制、沉着与史密斯直率又浮夸风格很不一致。但柯特兹自己指出他们风格和方法的根本相同。对于柯特兹来说，史密斯是某种内在的流亡者，和那些自愿向编辑卖身为妓的摄影师恰成鲜明对比。"尤金·史密斯的出色是个特例，他在以我的风格进行拍摄，并诚恳地承认了我对其事业的影响。"柯特兹强调，"他为《生活》杂志工作，自然他们会抛弃他。"因而在一个穿大衣的侧影上印证了两位大师之间产生的一次看似不可能的相会：站在“之”字形逃生梯下的街角，走过雨中湿滑的路面，手中紧抓着一盒花，在雪中费力地走着。

史密斯的典型做派是用一种与柯特兹相反的方式在窗口记录景观。他做什么都没办法不着魔，他会很快在街上设置六个相机。当自己楼下的房间腾空后，他也会将之接管下来。向外看的同时他也向内凝视。楼上的爵士音乐人举办爵士音乐的即兴演奏会，正如人们所期待，史密斯要拍摄他们。但让爵士音乐人惊讶的是，他们在演奏过程中，钻头从地板上冒出来，紧接着是电线。过了一会儿，史密斯在门口出现，将麦克风挂上电线，原来他不仅要拍摄他们的演奏情景，还要对其进行录音。即使这样也不能让他满足，不久，他就将麦克风装满整个建筑以便记录任何事情。对记录的热衷和越来越深重的忧郁无法分离。“我的生活已变成绝望的深潭，逐步陷入腐蚀性物质，消耗掉利用自身优势的力量。”他用典型的夸张而混乱的语言写道。尽管他出版了抒情作品系列，冠以标题《窗口的偶然一瞥》（*As from My Window I Sometimes Glance*），但这完全是对于所发生的一切的误导性描述：史密斯不是偶然一瞥，而是一直在强制性审视，拍摄越来越多的照片。正如契弗在总结他苦思冥想的小说时所说：“观察者致力于观察，毫无节制，把自己悲剧性地卷入其中。”他切中了史密斯的要害。

一位到阁楼拜访的朋友发现史密斯身负六部相机，探出窗外。他已经在那里坐了整二十个小时，还要在那里坚持六七个小时，由他朋友传递相机。休斯把这一切解读为：旨在带来快慰的照片生产过剩的开始。“因为窗户邻近他的新暗室和工作区，因此，吉恩能够很快地制作未经处理的样片，将它们订起来构成一整套不断变化的4×8面板，逐渐而确定地将公寓分割成包括室内街道和小巷在内的迷宫。”摄影师不想走进街道，相反，凭借对博尔赫斯迷宫的痴迷，街道被移进家中。

车成为我家。

——维吉

将窗口风景和移动街道结合起来的方法之一是驾驶。整个20世纪30年代，摄影师们接受农业安全管理局委派驾车走遍美国，在任何吸引他们眼球的事物前驻足，或遵从斯特赖克法令进行拍摄。这里更明确的是指从汽车中拍摄的照片：埃文斯在1935年于新奥尔良附近拍摄的作品，当他快速经过一群坐在草地上的黑人时，其中一人在弹吉他，目送汽车驶出视线之外。埃文斯喜欢这样几近任意的状态，不知道你真正能得到什么结果。这也和几年后他在纽约地铁中暗中拍照如出一辙。

当埃文斯变成罗伯特·弗兰克的导师时，他们一起上路旅行。在20世纪50年代早期，埃文斯会要求弗兰克停车，自己走到一百码处的地方，然后回来说，明天太阳在某个时刻到达合适的位置时他们要返回来拍照。弗兰克待在车里。

在埃文斯的鼓励下，弗兰克申请并获得了古根海姆基金，这笔奖金使得他能够在全美旅行，拍摄“诞生于这里，后来传遍世界的文明”。1955年，在妻子和两个孩子的陪伴下，弗兰克出发，拍摄——正如杰克·凯鲁亚克（Jack Kerouac）在关于此次旅程的摄影集的引言中所说：“一部老二手车几乎走遍了美国四十八个州。”而在早期和埃文斯一起的短途旅行中，弗兰克常常待在车里——甚至当他拍摄时也是如此。他不会受到这样的困扰：要一直等到明天，太阳出现在合适的位置。

“我爱观察最平庸的事物，”弗兰克说道，“移动中的事物。”他的大部分照片，即使是从平稳又固定的地点拍摄的照片，看上去都像是在移动中所拍。美国正在成为在他车中所见的地方，一个看上去停不下来的国家。结果就像是照相成功地使时间停止。即使那样，我们也总是被催促。照片表面上很随意以至于似乎不值得详细讨论。当我们真的选择徘徊于其照片前时，常常要思忖为什么弗兰克拍了这样一幅特别的照片。（特别之处在哪里？）一栋建筑一侧的霓虹灯箭头越过该画面边界指向另一幅照片。而从蒙大拿州比犹特旅馆窗口拍摄该照片的目的在于证实被网眼窗帘部分遮住的风景，根本不值得再看第二眼（照片本身要求我们一再返回重看）。电梯门即将关闭，像是快门将会再次打开，片刻之间已不在另一层楼，而在另一座建筑或是另一座城市（但哪一个——为什么，谁也猜不准）。

总在移动中的感觉凸显了弗兰克作品常被评论的特点：严酷、荒凉。根据另一位来自欧洲的美国观察者，让·鲍德里亚（Jean Baudrillard）所说，旅行的部分快乐来自“投入那些他人被迫生活的地方，然后又毫发无损地抽离，充满了将他人遗弃在其命运中的恶意快感。甚至当地人的幸福也被暗中放弃”。那就是人们在弗兰克的照片中一再体会的心境。但实际的拍摄过程却要复杂得多。再加上他很快接受又自我否认的抒情性，一种从未有机会完整呈现自己的模糊向往。有人路过的事实使得那些待在那里的人们意识到其命运，其顺从的心绪被前行的可能——即使从未实施——扰乱而不安。反过来，前行开始具有绝望的迹象：害怕成为被遗弃中的一个，或者注定要留在原处。

可能这就是约翰·契弗为什么感觉到“这种游牧、路边文明是由世界所曾见过的最孤独的旅行者所创造”。和凯鲁亚克不同——他认为弗兰克的“小便池”是“最为孤独的照片”——契弗在写该评论时并没有想到弗兰克或其他摄影师，但他“看到人类的任性无常和上帝的眷顾纵容”，这一卓识被当作在《美国人》中最初瞥见的世界的间接评论。

尽管有埃文斯的热情支持，弗兰克对传统视觉感知的漠视还是太具挑战性，以至于起初他都找不到一个美国出版社为其出书。直到1958年在法国成功出版后，《美国人》才得以来年在美国出版。随后的一年，奥奈特·科尔曼（Ornette Coleman）推出唱片，大胆宣称《未来爵士的样貌》（*The Shape of Jazz to Come*）。尽管这两个决定性时刻分别发生在音乐和摄影上，但互相之间显然受到了彼此的启发。

爵士乐的历史就是听众逐步习惯了乍听起来另类、难以消化的声音的历史。和科尔曼的音乐相类似，弗兰克的照片需要通过消除边界的方式来探索其形式。对科尔曼引入自由爵士的反对被轻易地转嫁到弗兰克的身上。其作品按传统标准来看，被认为不合规范，不够从容。在50年代末，科尔曼的音乐是革命性的，史无前例的。如今我们再听，很显然，它浸润于得克萨斯州沃斯堡的萨克斯演奏家的蓝调风格。弗兰克也是如此。既然他的照片本身已成为传统的一部分，我们就可以厘清它们如何直接脱胎于该传统的早期阶段。不管是否有先例，弗兰克的作品中总有熟悉的成分，一种更早的、更稳健的形象化逻辑的痕迹，而包装则被刻意地舍弃。根据德国导演维姆·文德斯的说法，让弗兰克独树一帜的是“从眼角拍照的能力”。这一技能对观看者来说绝非易事，但学会克服不安情绪后，我们能够发现弗兰克作品中兰格和埃文斯的视觉蓝调。在驶出穿过爱达荷州黑脚族人居住地的美国91号公路，弗兰克拍摄了一对在车里的夫妇侧影。他们紧盯挡风罩，毅然决然地驶进了未来。那是由兰格记录下的未来。

像弗兰克和科尔曼那样的创新者的影响力在两方面延展。首先，他们显然对后来者影响巨大，但是一旦明确他们植根于何种自己最初嘲笑、挑战或颠覆的传统，他们就会改变我们对先前作品的看法。当新的变成传统后，旧的传统反而显得较新。事实证明了艾灵顿公爵令人惊奇又颇为自在地和查尔斯·明格斯（Charles Mingus）、麦克斯·罗奇（Max Roach）平分秋色。同样地，如果弗兰克止步于拍摄《皮诺尔市附近的咖啡馆》，他可能会拍头戴牛仔帽的小伙，坐在吧台一角抽烟，在其身后，是乏人光顾的贩烟机和电话［50］。也许自动点唱机播放的是猫王埃尔维斯的歌曲；更有可能的是什么也不播，你只能听到电扇的呼呼声，和每次吹向金属衣架时的颤动声。事实上要不是这幅照片出自兰格之手，此情此景很容易在《美国人》中找到。

弗兰克在主题和地理上，有意识地沿着前辈的脚步

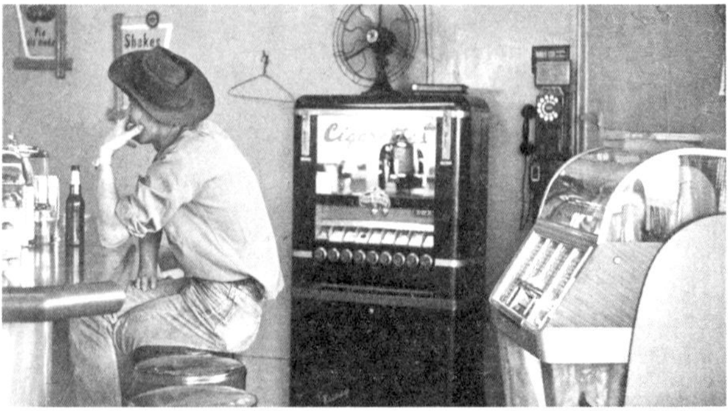

50. 《皮诺尔市附近的咖啡馆》(*Café near Pinole*),
多萝西娅·兰格,加利福尼亚,1956年
© 多萝西娅·兰格作品收藏,加利福尼亚奥克兰博物馆,奥克兰城
保罗·S. 泰勒赠品

行走并进行了发扬光大。他的理念不是被动记录自30年代埃文斯和兰格的纪实摄影以来,美国人二十年的变化,而是更积极更具挑战性地预见摄影在接下来的二三十年里的变化——也许更久。

让人烦恼的是弗兰克恐怕在为他之后的视觉泛滥铺就道路,他实际上也在这么做。要为《美国人》写引言,没有比凯鲁亚克更适合的人选了,因为"垮掉的一代"引发了被吓坏的戈尔·维达尔(Gore Vidal)的自我设问,这也正是弗兰克提出的问题。而凯鲁亚克则给出了自己的答案:"这是注定要写的吗——无休止地报告昨夜的勾当,列举貌似一样的城镇的名字,在永远一样的路上呼啸而过?"凯鲁亚克已经找到答案:将F. S.

51.《西行路》（*The Road West*），
多萝西娅·兰格，新墨西哥州，1938年
© 多萝西娅·兰格作品收藏，加利福尼亚奥克兰博物馆，奥克兰城
保罗·S. 泰勒赠品

菲茨杰拉德（F. Scott Fitzgerald）的素材贬为“甜得腻人”，凯鲁亚克继续告知尼尔·卡萨迪（Neal Cassady）这是“美国文学仍在寻找的确切素材”。那是在1950年。弗兰克自己的答案——视觉而非语言的——是他在某些方面重走兰格和埃文斯同样的道路。当它发生时，可以很好地从字面上加以说明。

1938年，兰格拍摄了《西行路》[51]。照片上部四分之一是空寂的天空，底端四分之三是荒凉的景色，画面被高速公路所占据，通往天际。你可以连续站几个小时等待一辆车路过，然后再站两个小时等待另一辆车，希望这次它会停下。而相反方向没有一辆车经过。你也没有回头路好走。你就只能一路向西。距离将你吞噬。路的突出特点就是它的毫无辩识度。然而在了解兰格和大萧条后，在我们对美国历史的感觉中，路的特征生动起来。这一点在一本兰格近期的作品集中得以明确，该幅照片被放在她在路上结识的人的引言旁边："如果在家舒适，你认为我还会在高速公路上奔忙吗?"在《美国迁徙记》(*An American Exodus*，1939）中，对开页的照片是无家可归的佃农一家，像难民一样走向相似之路。以电影术语来看，《西行路》是他们的"视点"镜头。

兰格分享了这一视点。她像汤姆·约德那样站着，"沉默，望着远方，沿着道路，沿着轻轻起伏的白路，就像大地隆起"。她的照片揭示出某种经济救赎的漫长道路。巨大的空白可能是无限承诺的标志，但也暗自记录着一种资源匮乏，一种持存至天边或坟墓的坚定缺席。既然我们知道兰格是专注于描绘移民生活的摄影师，俄克拉荷马州人和小佃农，尽管严格说来，我们从照片中无从得知这点——前方的路并非她旅行的表达，而是她在记录人们所走的路。

弗兰克拍摄的照片与兰格的照片有着再惊人不过的相似度。和兰格一样，弗兰克的照片《美国285号公路》也摄于新墨西哥州，表现一条大路直通天际

52.《美国 285 号公路》(*US 285*),
罗伯特·弗兰克,新墨西哥州,1955 年至 1956 年,选自《美国人》
© 佩斯/麦吉尔画廊,纽约

[52]。还有一段路程,一辆小轿车由相反方向驶来,提供回家的选择。这一场景和兰格的照片简直一样荒凉,但又具备另一种忧伤,暗夜的悲伤,是凯鲁亚克式的忧伤,代表着新探险的希望和浪漫,对弗兰克来说,是新照片。(凯鲁亚克在引言中提到这幅照片:“长镜头下的夜路箭一般地通向荒凉的无垠,在被囚禁的月光下是平坦得令人难以置信的美国新墨西哥州。”)路面上淡淡的白光传递了动感、行迹和速度。兰格的作品是关于距离、疏远,而弗兰克则是关于旅行。曾标志着经济必要

性的严酷现实，在这里却促成了艺术可能性和随机性的邂逅。谁也说不准下一个会遇到谁。我们在翻阅《美国人》时，很难说这条路会通向哪里。兰格记录了在绝望中寻找工作的人们；弗兰克不是在寻找工作，而是在创造艺术品、影像。这些照片的主题成为摄影师自身的视野和旅行。这条路是弗兰克旅途的照片，或至少是它的一部分。兰格镜头下的移民家庭被弗兰克自己的家庭所取代，在刊登在该书结尾的一组照片中：弗兰克的妻子和两个孩子在车里，车子停在得克萨斯州的卡车停靠站。

西行路的两幅照片：更为生动地诠释了萨考斯基所描述的转向——从“为社会事业服务的记录摄影……到更为个人的目的”——这一变化是难以想象的。

1964年，在古根海姆基金项目资助下的美国之行中，加里·温诺格兰德向前更进了一步，将弗兰克别具一格的审美和几乎任意的、贪婪的形象化胃口结合起来。在弗兰克的照片中，动感是暗示的；而温诺格兰德则在移动中摄影，当他实际上在驾驶时，从其左手边的座位按下快门，加强了抓拍瞬间的感觉，近乎是随机的。凯鲁亚克惊叹于弗兰克的捕捉能力，“在他面前有些东西在移动，就那样透过一块未加清洗的挡风玻璃”，但据我能观察到的，没有一张温诺格兰德的照片能够进入《美国人》的最后遴选（尽管有些镜头是通过打开的侧窗

53.《埃尔帕索市附近》(*Near El Paso*)，加里·温诺格兰德
© 加里·温诺格兰德遗产管理公司，现藏弗伦克尔美术馆，旧金山

拍摄的)。对于温诺格兰德来说，轿车的引擎盖与挡风玻璃的条痕和污点已经成为照片的一部分；汽车顶部昏暗的内设和仪表盘构成了景框中是景框。温诺格兰德采用了从艺术家的窗口所产生的视野，并转动车轮拍摄。

有些温诺格兰德的镜头与弗兰克和兰格开阔的公路类似，但其广阔反因从轿车内部取景而更易控制。我们坐在驾驶座上这一事实拉近了距离并使之变得熟悉，甚至有一种在家的感觉。这一点你也可以从另外那些摄自埃尔帕索市附近的大地——天空——高速公路——照片中看到，一所住宅被拖上高速公路：不是拖车住房，而是住宅在临时移动［53］。在另一幅照片中，在达拉斯附近，没有尽头的货运车正在桥上穿越高速公路，从画框的这一头向另一头延伸。远处的天际已被遮盖：不是

54. 未命名，迈克尔·奥默罗德，未标日期
© 迈克尔·奥默罗德／千禧图像

终点，那仅仅是另一种运输方式。还有在弗兰克作品中瞥见的某种渴望的痕迹，现在简化为一种简单的对停下来的不情愿，一种对到别处去的疲惫的坚持。契弗写道："所以，人们看到的这一在路上的伟大的流浪民族，由敲诈联盟和承包商游说集团，制造商，卡车队拥有者，和各种政客组成。我们见证了大批人热情地为寻找爱而成为流浪者。"

后视镜的快速一瞥：兰格拍摄开阔的大路；弗兰克拍摄了几乎同样的夜路；温诺格兰德透过汽车挡风玻璃拍摄了好几幅……在一幅未标时间的照片中，奥默罗德透过暮光中雨渍斑斑的挡风玻璃注视着道路［54］。一辆白色卡车，灯光在雨中有些模糊，从另一方向驶来。

灰色的云低垂下来。下一秒，雨刷不是刷清画面，就是将挡风玻璃刮擦模糊。

所有艺术发展的根本动力在于形式的革新，推论的结果便是福楼拜的怂恿：去除内容，甚至达到“主题近乎无形”的程度。显然，视觉艺术的这一步走得比文学更远。回顾《美国人》，我想看看弗兰克照片是否调焦不准，以至于和奥默罗德的这幅作品一样模糊和暗淡。不，它们没有，温诺格兰德的作品也没有如此。换句话说，奥默罗德已经超越了弗兰克和温诺格兰德。

这张不是奥默罗德通过汽车挡风玻璃拍摄的唯一一张照片。在另一张照片中，他向外注视着大草原的广阔草地，一个没骑马的牛仔在对栅栏做些基本维护，纵览整个场景，几头奶牛在反刍，在发怔、出神［55］。天

55. 未命名，迈克尔·奥默罗德，未标日期

空有条状云彩，而挡风玻璃也有块状的灰泥，间或有昆虫撞击在上面发出噼啪声，它们不知道是什么打到了自己（就像天空突然变成固态）。汽车的引擎盖好像借自温诺格兰德——在画面的底部清晰可见，但有些东西不见了，路不见了。这让人不禁疑惑奥默罗德到底在干什么，为什么在所有作品中他都待在车内。一如既往，该作品包含上述问题的答案。没有路面镜头是因为这是路的尽头。意味着汽车不仅载人到处行走，甚至在路面缺席的情况下也是一种让人观察的方式，一种多少是假设的感知模式；不夸张地说是世界观。[①] 美语中的挡风罩已经完全被英语化，变成挡风玻璃。[②]

一些摄影师成为某一图像的同义词。O. 温斯顿·林克（O. Winston Link）的命运就是如此，他的作品《西

① 安德鲁·克罗斯（Andrew Cross），一位倾心于奥默罗德所摄美国风景的当代英国摄影师，感受到“在路的尽头是我的目的地”，是多么恰当。

② 玛莎·罗斯勒（Martha Rosler）在拍摄《旅程的权益》（*Rights of Passage*）系列时将屏幕的双重理念精心运用在电影特效上。她通过挡风玻璃拍摄《皇后区的普瓦斯基桥》（*Pulaski Bridge, Queensbound*）与《新泽西州 1 号公路和 9 号公路》（*Routes 1 and 9, New Jersey*）的车流时，所使用的广角镜头就复制了小型电影屏幕的长方形格式（36.4cm×99.5cm）。证实 J. B. 杰克逊（J. B. Jackson）断言——“道路不仅通往地方；它们就是地方”——公路电影让位于公路静物。

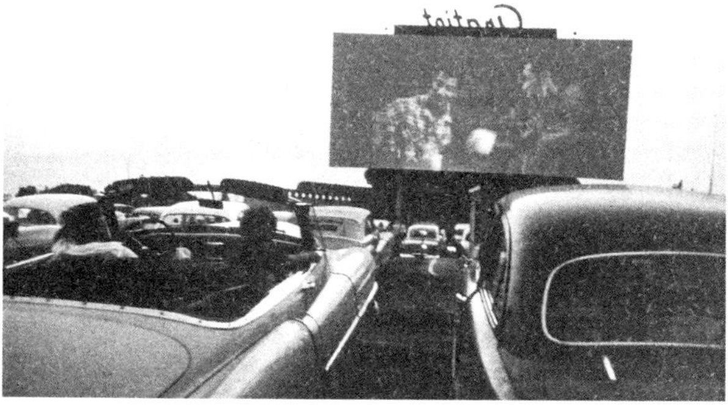

56.《底特律免下车影院》(*Drive-in Movie Detroit*),
罗伯特·弗兰克,1955年至1956年,选自《美国人》
© 佩斯/麦吉尔画廊,纽约

弗吉尼亚亚格尔的东行货物快车》(*Hotshot Eastbound*, *Iager*, *West Virginia*, 1956)的画面被一组停在免下车电影屏前的车队所占据。在画面顶端一列蒸汽火车冒着滚滚浓烟猛冲过来。在电影屏幕上端是一架军用喷气机。在实际移动的(火车)和静止的(轿车)之间的不确定空间浮动的飞机在“当移动的东西不动时,具有双倍的安静气质”。片刻过后,火车和飞机即将消失——伴随着它们而去的是转瞬即逝的高度浓缩的时间。

林克的作品像电影场景一样精心设计了构图和照明。弗兰克在底特律免下车影院的照片展示了他颇具特色的显然的随机性[56]:轿车忠实地停在一起,就像在美国的麦加朝圣一般。天空中仍有余晖。且不说没有事情将会发生，或不会发生。弗兰克本可以晚十分钟或早十分钟拍照；他本可以近几英尺或远几英尺拍摄。这些都可能改变拍摄的图像。即使是中立态度也有助于锁定该照片在影片中任何点都可出现的历史阶段，相信电影一旦结束他们可以从头再看。屏幕上发生的一切是互不相关的：重要的是打算看电影，吃爆米花，弄明白剧情。爱德华·霍普的绘画《纽约电影》（*New York Movie*）让作家伦纳德·麦考斯（Leonard Michaels）想起油画中深藏的气质"导向我们不再听说的表达方式，'这是我来的地方'"。[①] 弗兰克的照片显示他从哪里来，他碰巧从哪里来。

巧合的是，由于弗兰克的照片拍摄于小说《在路上》使其作者扬名之前，在画面上出现的两个男性中的一个，即左边穿格子衬衫的，看起来颇像杰克·凯鲁亚克，后者后来介绍并赞美这样"包罗万象和美国味"的照片集。弗兰克，正如德国新电影大师温德斯提醒我们，是"热爱美国的欧洲摄影师"。自那时起，对于外国人来说，没有比免下车餐馆（电影院）更具美国味

① 伊塔诺·卡尔维诺在回忆起30年代看电影的青春年华时谈到——该片段和本文并非全无瓜葛——意大利人习惯在电影演至中途时入场，"期待当代电影更为复杂的技巧、分解叙事的时间线索，转化为一块块复原的拼图，或者就干脆接受其碎片形式"。

了，意料之中的是，它们中最好的作品出自另一个沉迷于美国味的欧洲摄影师。

迈克尔·奥默罗德被美国的免下车屏幕所吸引，宛如去朝圣一般。在他的一幅作品中，远处的汽车在免下车屏幕前聚拢，像牛群般安静。显然，对我而言，如果有一张通过汽车挡风玻璃拍摄的免下车屏幕照片，就完美了，但据我所知，奥默罗德没有拍摄这样的照片。尽管他退而求其次：夜晚的乡间小路，右边是免下车广告屏，是汽车投射影像的悬停视图［57］。照片包含一张照片，引述一个图像。[1]

和弗兰克不同，奥默罗德精心而刻意地选取引述时刻。李·弗里德兰德于1963年在纽约蒙西做出同样的举动，且更具轰动效应。奥默罗德选取的屏幕上的图像在历史之外流动着。而弗里德兰德同时在荧屏内外留住那一瞬间——如同保罗·弗斯科拍摄肯尼迪总统葬礼时从列车上看到的特定历史场景。暮色四合，余晖散落。在一个免下车广告屏上是肯尼迪总统的特写，当他的车队通过达拉斯，踏上命中注定的旅程时，他在敞篷车上向泽普鲁德的超级8毫米胶片相机微笑。

---

① 第一家免下车电影院于1933年开业；到1958年，美国已有四千家，但到90年代中期，仍在运营的不足九百家。因此，弗兰克拍摄了它的全盛时期，而奥默罗德则观察到使怀旧闪亮的暮光。

57. 未命名，迈克尔·奥默罗德，未标日期
© 迈克尔·奥默罗德／千禧图像／图画艺术

20世纪50年代中后期，在找到与众不同的风格和主题之前，黛安·阿勃丝拍摄了一些身处电影院的观众的照片，常常通过银幕上的动作显出人物的剪影与身躯。在1971年，她去世的那一年，她重回影院，拍摄了空座位和空白屏。空椅列队耐心盯着空屏的场景看起来奇怪而令人难忘，尤其在配上阿勃丝当年3月关于照片的声明后，“它们是逝去之物曾经存在的证明，空余的污渍。它们的沉静是一种躲闪。你可以转身走开，但当你回来时它们仍在注视着你”。空白屏的照片在动态影像中显示证明，事实恰恰相反：你转脸不看屏幕，再看回来，之前在荧屏上的面孔——非同凡响，神秘莫测，青春永驻——已然消失。感动过我们的动态影像，

58.《尤宁城免下车影院》(*Union City Drive-in*),
杉本博司,尤宁城,1993年
承蒙索纳本美术馆惠准

现在已被虚空的寂静所取代。最终只余空白的矩形。

阿勃丝在其照片中瞥见的,杉本博司(Hiroshi Sugimoto)已将其扩展为冥想。他在70年代末开始拍摄的无人电影院和免下车影院,必然被屏幕的白光所占据。曝光时间和电影持续时间相同,杉本博司将屏幕上的一切——追车,谋杀,闹剧,背叛,罗曼史——都简化为纯粹白色的一刻。通过这种方式,“时间穿过了(他的)照相机”。作品《尤宁城免下车影院》(1993年)的白屏不是由影院而是由夜空构成的[58]。由于长时间曝光,飞机和星星的轨迹成为暗夜中的淡痕。同时在屏幕上,无论是已逝或正当红的明星——都成为静止光源的单纯投影。

阿勃丝作品中无人电影院的屏幕仅仅是空白——它没有成为光源。也就是说，根据早先引用的定义，它尚未被赋予想象力。然而颇具讽刺意味的是，杉本博司的照片恰将我们带回阿勃丝，带回她对“在照片中无法见到的事物”的热爱。阿勃丝考虑的是暗度——布兰特和布拉塞之夜——然而与杉本博司一起，我们终结于无法看到的相反理念：绝对的明度。可能这就接近哲学了：和东方的开悟有关（一种领悟体验），流动的图像渐渐消失，超越了自身，留下白光闪烁。在《让我们开始称颂名人》（*Let Us Now Praise Famous Men*）一书的序文中，詹姆斯·艾吉（James Agee）评论友人沃克·埃文斯能够洞察“存在事物的残忍光辉”。而杉本博司觉察的是不存在事物的抚慰力量。冒着过于浪漫的危险，生命让位于雪莱所说的“污点”——“永恒的白色光辉”。

我得赶快
去描绘云朵
一刹那便已足够
它们已开始改变。

——维斯瓦娃·辛波丝卡

（Wislawa Symborska）

在19世纪50年代早期，没有天空，没有云彩，只有漫无边际的白色。大约从那时起，这白色就出现在照片里。问题在于如何标定天空与大地的曝光时间。如果较暗土地的曝光正确，那么就会使得天空曝光过度导致成像同样平淡无奇。在19世纪50年代晚期，古斯塔夫·勒·格瑞（Gustave Le Gery）开辟了一条解决问题的道路，合并两个底片以创造一种洗印效果：神奇地结合事实上并不同时存在的海洋，或是土地和天空。到了19世纪末，这一技巧广为人知，人们抱怨合成的景色，“云低悬在静静的水面，水中却没有倒影，水面上也没有投入一片阴影”。当大卫·霍克尼（David Hockney）对布兰特在《托普威森斯》（*Top Withens*，1945）中飘浮在荒凉沼泽上的壮观的云彩照片提出异议时，这一争议在20世纪便被再度提起。这不是为了记录真实的场景，而是要唤起像艾米丽·勃朗特《呼啸山庄》（*Wuthering Heights*）中那源自内心深处的情感，布兰特拼贴了两个底片。对于霍克尼来说，这种故意的欺骗意味着一种“斯大林主义的摄影”形式。另一方面，布兰特的传记作者，保罗·德兰尼（Paul Delany）用摄影师“可能知道”的华兹华斯诗句为其辩护：

> 啊！那么，如果我有画家之手，
> 来表达我眼之所见；添光赋彩，

绘出亘古未有之光，海上或陆地，
奉献，和诗人梦想。

华兹华斯关于画家的自由梦想不会对保罗·斯特兰德起作用。他甚至反感绘画。他曾声称："相当多艺术作品中的天空与大地都毫不相干——有些印象主义者如毕沙罗就犯了这样的错误。"为了避免重复这样的错误，斯特兰德通过严格选择拍摄对象力行自己的创造策略。他在多幅该地区的照片中将阴沉的、孕育风暴的云视为美国西南部的特点。相反，他称之为蓬松的"约翰逊和约翰逊云"在斯特兰德的气象计划中则没有容身之地。[被斯特兰德拒绝，这些云漫游飘移到纽约。1937年，柯特兹热切地捕捉的这幅《迷失的云》(*Lost Cloud*)宛如面对令人目眩的摩天大楼：是他迷失方向和格格不入感的再现。]

如果韦斯顿和斯蒂格里茨意识到斯特兰德的判断有误，他们的回应便是将天空从地面移除。不同于"事实记录"，韦斯顿于1923年搬到墨西哥城后首先制作的底片是"相当奇妙的云"："从海湾升起的被阳光照耀的云渐变成高耸的白色柱体。"一个月后，他发现自己又受到云朵的吸引："它们本身就足以拍几个月而不厌倦。在来年的7月，他发现又遭云朵'诱惑'。""仅次于记录易变的表情，或揭示人类的病理，没有比捕捉云彩成形更为飘忽不定的了！”抓拍云彩的技术挑战与韦斯顿对光和影的雕塑特质的兴趣相一致；这些云彩照片成为他日后拍摄幻影般神秘的果蔬的前身。在他最著名的关于墨西哥天空的照片中，有一幅是水平长度的云彩沿景框一展无余，就像他在一年后的1925年拍摄的一名裸女的躯干和臀部。本质上，拍摄云彩和人体没有区别。

和韦斯顿一样，斯蒂格里茨沉迷于拍摄云彩的技术难度。他早在1897年的瑞士时期就已进行尝试，之后也时常想着继续这些早先的实验。最终他在1922年付诸实施，其动力来自沃尔多·弗兰克的提议，斯蒂格里茨照片的效果“源自催眠的力量”。正是在同一天，他的姐夫突然问他为什么放弃了弹钢琴，这让斯蒂格里茨颇感烦恼。受刺激后的当天，斯蒂格里茨决定着手拍摄他脑中已构想多年的计划即“一系列云彩照片”来回答问题。他对欧姬芙确切地解释了其意图：“我想拍摄云彩以发掘我四十年来的摄影所得。显示我的照片并非归因于主旨，而是通过云彩记录我的生活哲学。”斯蒂格里茨逐渐被他所谓的“美妙的天空故事——或歌曲”所吸引。有些早期照片展示了乔治湖土地和树木之上的天空和云彩。然而渐渐地，照片变得更加抽象，和天空下的土地分离，独立开来，欧姬芙称之为“离大地很远”。第一个系列的照片名为《音乐——云彩照片序列》（*Music—A Sequence of Ten Cloud Photographs*）；第二个系列从1923

年开始拍摄，名为《天空之歌》（*Songs of the Sky*）。到1925年，斯蒂格里茨已放弃令人思绪驰骋的音乐联想，而是开始叫它们“对等物”。他解释说：“我对生活有一种憧憬，而我时不时地会在照片中找到其对应。”云彩照片是“我最深刻生命体验的对等物”。

对于这些照片的反应，斯蒂格里茨告知哈特·克莱恩（Hart Crane）：“一些人感到我拍摄了上帝。”克莱恩的朋友沃克·埃文斯显然不在此列。斯蒂格里茨的空中美学引发了埃文斯在年岁渐长后的日益反感。对埃文斯来说，“对等物”是他所痛惜的斯蒂格里茨作品最极端的表现，他哀叹：“上帝啊，云彩？”[①]

在本书中，某些照片成为和当初截然相反的话题汇集和融合的节点、地点。这些照片并非比其他更好，但

---

① 在埃文斯自己的照片中，天空几乎是偶然。它恰好在那儿。他的兴趣总在人类行为，即使它仅代表一种迹象：褪色的广告，或是手写的笔迹。所以一张照片的特别魅力在于完全非同寻常，极具个性。摄于1947年的圣塔莫尼卡的一张照片展示了旅馆上角，顶部的霓虹灯标志——温德米尔旅馆——和一棵棕榈树，由广阔的加利福尼亚的天空构成，白色的空中书写残留可见。字母像是“ST PP”，尽管我自认为正确的字母“T”部分被棕榈树所遮挡（同样，在温德米尔中的假定的“IN”也被旅馆的角落隐藏）。要是“ST PP”中第一个字母“P”是“O”就完美了。事实上如果有，那么这些快速消退的字母代表什么，我无从知晓。

在它们身上可以看到一些趋势和主题汇聚并被推向高潮。帽子的线条，后背和台阶，完美交织在尤多拉·韦尔蒂拍摄的这三个男人的朴素的画面中，他们背对照相机，坐在20世纪30年代的菲也特法院的台阶上。之前我未提及，原因很简单，除了指出该作品对于本书逻辑结构的重要性外，我没什么可说的。当然，除了我爱它。

拍摄云彩和银幕的两个“传统”或线索——特别是免下车影院——在一张黛安·阿勃丝拍摄于1960年新泽西的电影屏幕的照片中被明确绑定在一起。该作品色调浓黑，观影的轿车只因有些反光而依稀可辨。天空在杉本博司的尤宁城免下车影院照片中只剩一小点。而在阿勃丝的作品中天空是斑驳的灰色，且形成矩形屏幕上投射的天空和云彩的图像。这是无可避免的（因为在回顾时，最可能是巧合）。它提供了文献证据来支持约翰·伯杰的建议，电影屏幕是某种天空：“一个充满事件和人物的天空。如果不是从电影的天空降下，电影明星从何出场？”

斯蒂格里茨的云彩照片，正如摄影师自己所说，展现了“某些已成竹在胸的东西”。既无意于气象记录，也并非“某一天的天空文案”，它们“完全是人工合成，不是真实时间的流逝，而是斯蒂格里茨主观状态变化波动的写照”。莎拉·格里诺（Sarah Greenough）对斯蒂格里茨目标的总结同时也可以作为埃文斯对它们的轻率拒绝的解释。最近，理查德·米斯拉奇（Richard Misrach）以创造性致敬的方式给予了回答。他正在拍摄中的《沙漠诗章》（*Desert Cantos*）系列，第十二篇《云彩》的副标题为“非对等物”。像第十八篇（《天空》）[1]和第二十二篇（《夜云》）这种意在拍摄天空的尝试，不是为了发现人类情感的寓言或隐喻，而是在创造一组不能约束的，永远在变化的特定地点的记录。第十八篇整个就是纯粹而充满生气的色彩空间，然而这些表面上非具象的图像却很像内华达金字塔湖1994年6月28日清晨6点57分呈现的天空。尽管孤立而抽象，米斯拉奇的照片在实录的层面重新锚定了斯蒂格里茨割断的诗意。它们也证明了那些蓝的、紫的、橙的就是天空。

……我在想
某种色彩：橙色。
——弗兰克·奥哈拉（Frank O'Hara）

多萝西娅·兰格记得她祖母告诉她：“世间所有美好的东西也不会比一个橙子更为精美。她在我还是孩子

① 在米斯拉奇的《天空》（*The Sky*）一书中，《天空》被错认为“第十五篇”。

的时候说了这番话，我完全明白她的意思。”

1958年，兰格在西贡的市场拍摄了，或者试图去拍一堆橙子，你无法百分之百确定它们是橙子，原因很简单，照片是黑白的。这里有个重要的摄影哲学问题：你能把橙子拍成黑白吗？橙子之所以是橙子难道不正是要求将其拍成彩色吗？

在19世纪末，照片的颜色之所以是黑白的，问题就在于照相化学药品不足以感受光谱色彩，某些蓝、红色显现出同样的深黑色。到1900年，该难题大致得以解决：黑白色调变化日益微妙，直至各种颜色可被辨认。（但直到1929年，仍不够精细到可以显现D. H. 劳伦斯的红胡子，“看看我两天前拍摄的护照照片，”他嘟囔道，“我没有那些风流人物的黑胡须。”）或者，色调的局限也可转变为优势。当斯特兰德在1916年夏的孪生湖进行陶器和水果的摄影实验时，他发现其使用的正色胶片将任何浅红色显示为黑色。自从他致力于将日常器物转化为抽象形状，这帮助他将所摄对象陌生化，促使观众关注事物的模式和形状，而非由什么构成。在此情况下，一个橙子绝非由其“橙性”而定义。在斯特兰德的某张静物照中，橙子的“颜色”和香蕉完全一样—— 一团浓黑。

多重反讽和坚实的逻辑在此深深地纠缠在了一起。第二年斯特兰德宣称摄影的关键特征就是“绝对的无条件的客观性”。他通过此媒介的严格试验做到了准确无误。这种专一态度是他学习绘画的直接结果，尤其是塞尚已然达到里尔克所说的“无限客观性”“纯粹以色彩来再现橙子”。与此相对，斯特兰德的无条件客观性是利用技术上的无能来区分色彩。

到他做试验时，若干彩色印刷已经在市场上你方唱罢我登场。早在1890年，斯蒂格里茨已开始为一家正在探索印刷加色照片的公司黑里尔克罗姆（Heliochrome）工作。当公司走向破产的时候，又因天然色相片而迅速起死回生，只是到了彩色印刷时代，终究在色彩翻印上输了比赛。威廉·库尔兹（William Kurtz）可能成了潜在的获利者。他于1893年的1月为《摄影通告》（*Photographische Mittheilungen*）杂志拍摄的照片中就包括一张全色图，照片自然是桌上的水果。

天然彩色法工艺（Photochrome）印刷步骤略有不同，享有充分专利，但真正的突破来自1907年的巴黎。当已因电影成名的卢米埃尔兄弟为彩色摄影展示奥托克罗母微粒彩屏干版（Autochrome）时，史泰钦和斯蒂格里茨都在巴黎，但后者因病无法出席。对此，史泰钦的印象十分深刻，他买下部分彩屏干版。很快，斯蒂格里茨简短地宣称：彩色摄影现在已经是个既定的事实。他确定这一进程会进入摄影史，与“惊人和美妙的”银版照相法（C Daguerreotyope）的发明比肩。然而，他在用这些术语来认可彩色摄影时，斯蒂格里茨也指出这一过程缺点，也就是每个奥托克罗母彩屏干版，和银版照相法相似，都仅有一个唯一的正像。不过在同年9月，他在291号画廊展示了自己带有大胆尝试风格的奥托克罗母彩屏干版。他宣称："彩色摄影已是既定现实。"简言之，事情就是这样。斯蒂格里茨、史泰钦、A. L. 科伯恩（A. L. Coburn）和弗兰克·尤金（Frank Eugene）都陷入了"色彩狂热"中。在斯蒂格里茨对整个理念失去兴趣之前，史泰钦的三个彩屏干版，即彩色底片在1908年4月期的《摄影作品》发表。欧洲和美洲的摄影师继续使用彩屏干版和其他加色法——屈光彩色干版，杜菲彩版——直到20世纪30年代。在1936年，最著名的彩色透明胶卷——柯达彩色胶片（Kodachrome）面世。然而，对这一科技创新的巨大投资与深入研究丝毫未能撼动作为严肃艺术的黑白摄影。

斯特兰德严正提出对照片色彩的异议："这是染色。它不具备绘画所有的形体、肌理或密度的能力。迄今为止，它只是徒增本已很难驾驭的摄影媒介的不可控因素而已。"到1961年，技术局限已全面克服，但只是用于强化信念，由罗伯特·弗兰克很好地表述为："黑白是摄影的颜色，对于我，它们象征着人类臣服于斯的希望和绝望的交替。"作为强调在"不经意的"瞬间进行创作的大师，亨利·卡蒂埃·布列松认为理清混乱的现实已足够复杂——“想象一下不得不把色彩置于首位”。在1969年，沃克·埃文斯提出著名论断：“色彩趋向于败坏摄影，绝对的色度则败坏得更为彻底……简单几个字，必须轻声说出的事实：彩色摄影是庸俗的。”就在几年后，埃文斯得到了一个宝丽来相机，他在余生里都带着欢畅无拘的品味探究创造的潜力。“我习惯于似非而是，”他说，“我现在要小心翼翼地投身于彩色摄影。”

其时一些美国摄影师不仅致力于色彩，而且用它重新认识摄影可能是什么的理念。瓦尔特·本雅明谈及摄影的起源——“不止一个人觉察到该项发明的成熟时间，他们为了共同目标而各自奋斗”——这同样也适用于在70年代早期兴起的彩色摄影。乔尔·斯坦菲尔德提到这段时期为“彩色摄影的早期基督教时代”，其时一小群皈依者聚集起来讨论他们新发现的颠覆性信仰。该信仰在1976年5月赢得官方认同，纽约的现代艺术博物馆举办了威廉·埃格尔斯顿的彩色摄影展。

兰格承认“热带地区，可能是亚洲，无法用黑白胶片来拍摄”。美洲可以继续拍成黑白片，但从此刻起，美国——尤其是南方的烈日和暴雨——获得了一种几乎是热带的明亮感。埃文斯所抱怨的“比波普爵士乐的铁蓝色，暴怒的红色和有毒常青藤的绿色”已经成为美国摄影调色盘中典型的一部分。埃格尔斯顿所贴的标签同时向传统摄影（尤其是埃文斯）和其早期的革新能力［一张被称为《洛斯阿拉莫斯》（*Los Alamos*）的照片，摄于1966年到1974年休整期间］致敬。路边咖啡馆涂鸦的菜单、苏打水或奶昔在大特写中呈现。味道的清单同时可以作为一张颜色的图标，为美国色彩分类法配上一个说明：

红草莓

蓝莓　葡萄

巧克力　绿薄荷

琥珀花蜜

黄橙

紫樱桃

最后一项几乎表明了意图：

彩虹

如果无知中有诗性（“草莓”“巧克力”），那么粗俗中也有美感。埃文斯明白这一点。他对彩色摄影的著名指责实际上延续着以下较少被引述的论点：“当照片主题恰好粗俗时，那么只有彩色胶片能够妥当运用。”埃格尔斯顿1976年的展览表明，说句不好听的话，粗俗，如果假以足够的技巧和美学提炼，也可以是美丽的。俗和美一样，情人眼里出西施。

这当然无法说服所有人。埃格尔斯顿的作品被十分有影响力的《纽约时报》评论员希尔顿·克莱默（Hilton Kramer）所无视（“平庸导致平庸”），而他没有看到的正是敏锐地接近平凡赋予了埃格尔斯顿作品令人不安又着迷的力量。这就是凯鲁亚克对弗兰克所说的，“美国性”。既然埃格尔斯顿的影响已然扩展到静物摄影领域：导演大卫·林奇（David Lynch）的《蓝丝绒》（*Blue Velvet*）和格斯·范·桑特（Gus Van Sant）的《大象》（*Elephant*）都是在银幕上对埃格尔斯顿有关美国光谱的美学观点的致敬。

不管其影响如何，不可忘却的是埃格尔斯顿自身也是美国摄影发展史上解放时刻的受益者。1939年，他出生于孟菲斯市。当他开始对照相感兴趣时，黑白摄影已被埃文斯带入纪实和艺术精炼的高峰。埃文斯的继承者们弗兰克、弗里德兰德和温诺格兰德通过挑战代表逻辑延伸的图像形式的观念，不同程度地打破了这一经典平衡。阿勃丝注意到弗兰克照片中的“某种空洞”。“我不是说像无意义的空洞。我的意思是其作品关涉到某种非戏剧化……戏剧的中心被消解。在暴风雨的空洞中心留下问题，一种奇怪的存在主义式的敬畏，它对整整一代摄影师打击沉重，就像他们从未见识过一样。”埃格尔斯顿认识到如果这一空洞被色彩填充，那么这种存在主义式的敬畏就会得到增强。将颜色搅至混乱的埃格尔斯顿，增添了复杂的变量，也提出了一种简化的解决方案。一幅看上去乏善可陈的黑白照拍成彩照后就非同寻常。

埃格尔斯顿的照片明显忠实于现实的平凡生活，它们也解决了长期困扰摄影师的问题。对此，爱德华·韦斯顿早有先见之明。在1946年，处于职业生涯后期的他被说服使用柯达胶卷来拍摄加州的罗伯士角。起先韦斯顿有些谨慎。尽管他比任何人都了解罗伯士角，但他“不懂色彩”。韦斯顿的保留不是没有原则；也远非贬低色彩，而是反对厌恶色彩的做派：“对色彩的偏见来自不将色彩看作形式。你可以说彩色事物无法用黑白来表现。”韦斯顿妥善地冲印了一些照片，结果它们看起来像是“一个业余者看着他的第一张药妆店打印的照片，‘哇，它们出现了’”。从那时起，韦斯顿决定他“喜欢色彩”。他比其他摄影师都明白橙子不是唯一的水果，但他清醒地意识到他们的特殊问题：定色。“我们开始黑白摄影多年，因为色彩而避免令人激动的主题；在这一新彩色媒介中，我们必须寻找新主题。我们需将色彩看作形式，避免拍摄只是‘上色’的黑白照片。”

另一位彩色摄影的先行者乔尔·梅罗维茨探索了彩色照片与上色的黑白图片之间的不同，他在普罗温斯顿沙滩的农舍用大画幅相机拍摄了科德角，并将照片结集出版了《海角之光》（*Cape Light*，1978）一书，书中有两幅作品与他探索的问题紧密相关。首先是白色尖桩围栏，弓形的蓝天和低垂的云［A］。部分栅栏在阳光下闪耀，其余的则掩在暗淡的阴影中。这幅作品可被看作用彩色重拍斯特兰德经典黑白照的一次尝试，而非斯特兰德所说的“上色”。通过从后方拍摄栅栏，可瞥见那些超出栏杆外的干枯的草地和绿树，也就是说，超出黑白照的构图要求。从后方拍摄栅栏，即从斯特兰德的反方向进行拍摄，梅罗维茨声称如今可用另一种方式弄懂什么是照片。

这一点在该书增订版新加的一幅静物照中得到更为明确的诠释：一些桃子铺展在折叠的《纽约时报》上，浸润于夕阳余晖中［B］。报纸放在或许是梅罗维茨小屋门廊的桌上。就像斯特兰德于1916年在孪生湖拍摄门廊中的陶器和水果时呈现的早期抽象图景，桌子的显影颗粒被阴影的尖角所穿过。报纸的特写是塞尚水果静物画的复制品——也就是一幅黑白照片。

自1962年起，梅罗维茨开始拍摄彩色照片。他在70年代早期的街拍具有类似温诺格兰德的能量和“推动力”，但在科德角拍摄的照片——“平房”——却是平缓、拘谨的。他所痴迷的是另一位色彩传道者，史蒂芬·肖尔所说的“光的色彩”。对于批评家、策展人萨考斯基来说，在有关颜色变化潜力的共同审视中，埃格尔斯顿（受到梅罗维茨的影响，埃格尔斯顿决定转向彩色摄影）的重要性在于其让形式与经验达成和解的方式。在与1976年展览同时出版的书的引言中，萨考斯基将埃格尔斯顿归类在这样一些摄影师中：

> ……不是好像将色彩看成单个议题，一个孤立待解决的问题（不考虑七十年前的摄影师色彩构成的想法），而是仿佛世界存在于色彩中，仿佛蓝色和天空是一体。与海伦·莱维特最棒的街景彩照，乔尔·梅罗威茨、史蒂芬·肖尔等人的作品相类似，艾略特·波特（Eliot Porter）最好的风景照将色彩视为存在的，描述性的；与关于形状、纹理、物体、符号或事件的照片一样，他们的作品不是关于色彩的照片，而是关于体验的照片，就好像它们因照相机的内部结构而强制性地被精心安排并进行阐述。

在韦斯顿看来，橙子理当因其橙子特性而被发现（正如在他的黑白照中，辣椒因其辣性而被发现）。但如果埃格尔斯顿拍摄橙子，只是因为橙子是世界的一部分，且世界正如萨考斯基所言，是彩色的。那么，整个世界可以是一个橙子，也可能是一罐番茄酱或是一块肥皂。橙子的“橙性”在黑白世界才是问题。一旦埃格尔斯顿“真正学会看到颜色”，橙子就失去了其特殊地位。它就变成另一种水果。埃格尔斯顿所寻找的可在任何地方找到，永远不比可批量制造的东西更为特殊。在1989年拍摄于德兰士瓦的系列作品中，埃格尔斯顿表现了无数正在通过分拣设备的跳动的橙子，就像在商店橱窗中冲晒设备倾吐出的冲印照片。为了保持陌生化的奇异性，他作品中常常出现的未成熟的橙子实际上是绿色的。

埃格尔斯顿的照片看起来像是火星人遗失了回家的机票，结果沦落到在临近孟菲斯小镇的枪支商店里打工。周末，他偶尔会十分认真地寻找丢失的机票——它肯定在某个地方——但一直没有找到。它可能混在床下的一堆邋遢鞋中；或是在看上去正给自己进行69式口交的感恩节火鸡里；在罗伊汽车旅馆落满灰尘的前院；在米妮老鼠长得像仙人掌的尖尖耳朵中；在草坪和杂草的细微纠缠中；在孩童逼近的三轮车座位底下——事实上，它可能在任何地方。在探求过程中，他采访了奇怪的人物——像阿勃丝镜头下的怪人一样——他们尽管礼貌，但斜眼看着摄影师。他怀疑他们中的有些人（尤其是那个看似坐在索拉里斯汽车旅馆床上的家伙）可能和自己一样也深陷困境。不然那小子为何赤裸地站在满是涂鸦的房间的红色阴霾中：他得找到那东西否则它会杀了他。问题是他无法记住那是什么。不可能是橙子，是吧？

埃格尔斯顿作品中隐含的心理维度在于其使用的转染印刷法。正如埃格尔斯顿自己表达过的，转染意味着他可以操纵个别色彩到达某种程度，使最终结果“看起来根本不像某场景，而有时候这正是你所要的”。一方面他的照片像家庭相册一样具有地域性和亲密性；另一方面和你曾见过的所有作品都不相同（甚至在你看过五到六次以后）。这种熟悉事物的陌生化——好像橙子的绿色——自1976年后成为其作品标记，埃格尔斯顿有时选择放弃相机的取景器，不再盯着摄影师的目光不放，由此相机赢得了部分独立，像一只昆虫或一个孩子，或者说是一个火星人一样认识世界。当大部分摄影师在取景器后眯眼时，埃格尔斯顿则像是在用来复枪瞄准镜射击，他偏爱鲁莽行事后产生的“猎枪照片”。和这一隐喻相一致，他的作品中常常隐藏着潜在的暴力。烤肉上的斧子可能已开始成为谋杀的武器；枪常在手边。甚至无害的物体——像被弃的行李箱，曾经可能有希望塞满美钞——看起来像是从一部未制作成功的惊悚片中遗留下来的。

埃格尔斯顿自己说过他认为照片是“他正在写的小说的一部分”。偏置角度，对色彩进行策略性处理使这部尚未完成的小说有其特殊的心理基调和倾向。他的作品充满一种地域色彩而常被人恰当地和尤多拉·韦尔蒂及威廉·福克纳相提并论。［韦尔蒂为埃格尔斯顿的《民主森林》（*The Democratic Forest*，1989）写了导言；埃格尔斯顿为1990年出版的《福克纳的密西西比》

(*Faulkner's Mississippi*)贡献了照片。][①] 和他最为相像的作家却是出生在亚拉巴马州的沃克·珀西(Walker Percy)。埃格尔斯顿实际上曾和录像艺术家理查德·利科克(Richard Leacock)合作,却从未完成根据珀西小说改编的电影《看电影的人》(*The Moviegoer*)的拍摄工作。珀西的叙事者自然地在影院里流连——他只是瞥了电影演员威廉·霍尔登(William Holden)一眼,就被明星释放的"强烈真实的光环"所击中——但在《看电影的人》一书中,看电影是更大的有关存在的"探索"的一部分。究竟是何种探求?"探求的是如果他没有身陷日常生活的泥潭中,人应能承受什么。比如说这个早晨醒来,我感到自己仿佛来到一座奇怪的小岛。被抛弃后做什么?为什么?他在周围闲逛不错过任何机会。"珀西的叙述者像是通过埃格尔斯顿的照相机一遍遍地打量这个世界。早上穿好衣服,他被放进其口袋的神秘物件所困扰:

> 它们看起来既陌生同时又充满了线索。我站在屋中央盯着衣柜上的一小堆东西,用拇指和食指握成的圆圈瞄准着它们。我能看到它们的陌生之处。它们可能属于其他人。有人可能看了这堆东西三十

---

① 后者是摄影师追随埃文斯步伐最明显的例子之一,埃文斯对《福克纳的密西西比》的摄影审视在1948年的《时尚》发表。

年却不知所以然。它们就像自己的手一样毫不起眼。但一旦我关注到它们，探究就变得可能。

埃格尔斯顿在1971年拍摄了波形屋顶和蓝天的彩照，被两个褪色的招牌所隔开：一个是“可口可乐”，另一个是桃色的桃（PEACHES）字母。在1981年，埃格尔斯顿的南部同乡杰克·李拍摄了货车停车场的黑白照。画面中出现了各种招牌：包括可口可乐，在一辆皮卡的后面有桃子的广告牌。几年后他拍摄了桌子上的一碗水果。我一直倾心于李的作品，但直到我看到这两张照片才明白我倾心的原因所在。简单总结如下：斯特兰德、埃文斯、弗兰克、卡蒂埃·布列松、兰格和韦斯顿最著名的作品是他们看到和拍摄的黑白世界。他们不约而同地认为那些以彩色来呈现眼中黑白世界的摄影师前景暗淡（用斯特兰德的话说就是上色）。然后出现了埃格尔斯顿、梅罗维茨和肖尔他们，以色彩看待和拍摄这个世界。另一方面，李却是难得的现象：一个摄影师以色彩看待世界，而以黑白记录愿景。这就宛如以彩色胶片曝光，然后以单色洗印，但在完成之后（常在报纸杂志中），这样的照片总有着明显的失落感和似曾相识感，就好像我们在看一个劣质的复制品。然而李的照片没有缩水之感，其拍摄对象呼喊着“看色彩”。如果如萨考斯基所说，埃格尔斯顿开始“将蓝色和天空视为一体”，李似乎决意要

59.《吊床》(*Hammock*),杰克·李,1993年
© 杰克·李

将灰色和天空也看作一物。这在他1993年作品《吊床》中最为明显[59]。灰蓝色的天空与太阳下是蓝绿色的大海,在金色木条上投下影子。所有这些呈现为黑白色。周遭空无一人——很难想象有人躺在吊床上。除了色彩外,无物可看——实际上也没有色彩。强烈的缺失感显然来自无人的吊床,但这是一个象征,实际上是无形的缺席:色彩的缺乏使黑白更鲜明地被感知。可能这就是为什么一个图像既可以给予满足也可以表达渴望。

我不是真的对加油站或与加油站相关的事物感兴趣。这碰巧是观察的借口。

——乔尔·梅罗维茨

在20世纪70年代早期的一个加油站，当埃格尔斯顿和李慢慢停下创作时，他们至少在影像上再一次相遇。要明白这次邂逅的重要性需要回到1940年，回到爱德华·霍普的一幅经典油画：落寞无人的夜间加油站。“落寞”一词可能多余：这是霍普的作品，怎么可能不寂寞？布满尘埃的道路蜿蜒伸入黑森林。那里只有一个孤独的小子，在侍弄着三个红泵中的一个。他看起来像是要为夜晚关闭所有的事物——这个点儿可能不会再有人来。但是确实已发生了什么或将要发生。这就是霍普：什么事情都会发生，尤其是“没有什么”事情会发生。数分钟前一辆车可能驶入，加油，离开（可能这是无人的原因），好像什么都从未发生过。五分钟前与“从未”没有差别。霍普的绘画作品没有回忆。这就是为什么它们激发了对于所描述事物发生前后的强烈好奇心。在此情景下，难怪人们有兴趣在一个想象的形式或是可能存在的电影中解答霍普提出的问题。“爱德华·霍普的作品像是一个故事的开篇，”德国导演维姆·文德斯猜想，“一辆车会驶进加油站，司机的腹部有颗子弹。这就像是美国电影的开头。”

兰格拍摄的诺沃克加油站——同一时期，霍普的作品面世——也让人想到了电影，就像亚瑟·潘（Arthur Penn）的电影《雌雄大盗》（*Bonnie and Clyde*）的改编

60.《诺沃克加油站》，多萝西娅·兰格，大约1940年
© 多萝西娅·兰格作品收藏，加利福尼亚奥克兰博物馆，奥克兰城
保罗·S. 泰勒赠品

版，但以黑白呈现，没有色彩和暴力，也没有脚本或演员，人们只忙于自己的事情，观察着限速的提示，留心广告招牌：诺沃克、七喜、可口可乐［60］。招牌是全新的——新！新！新！——但最新的是气泵本身，看着像是在设计时想到了火星人的原型。这发生在信用卡出现之前。所有的支付方式都是现金，拿到手的纸币都是“油污浸泡和油味弥漫的”，就像伊丽莎白·毕晓普（Elizabeth Bishop）在她的《加油站》（*Filling Station*）一诗中所回忆的一样。可能就是以现金为前提的事实让人们想到了犯罪和抢劫。冲进来的那个家伙有着霍普人物典型的僵

硬步态，被困在此刻之中。阴影拖得长长的，但天空既无鸟也无云，让人觉得距离天黑仍有很长时间，也很有可能是在早晨，尤其是每一件事都看起来如此之新。

在1970年10月，温诺格兰德在纽约的罗切斯特理工学院放映幻灯片，回答观众问题。当有人问起弗兰克的国旗照片时，温诺格兰德回答说对此他没有兴趣。他宁愿讲弗兰克在新墨西哥州的圣达菲附近所拍摄的加油站。这幅照片上五个“三叶草”气泵背对莫可名状的景色。耸立在气泵上的是闪亮的字母标牌“SAVE”，介于其中的“GAS”几乎看不到。如此而已，但对于温诺格兰德来说，“一张无关紧要的照片”“主题无任何戏剧性因素”的事实让其成为“书中最重要的照片之一”。让温诺格兰德惊奇的是弗兰克甚至能够“首先设想让气泵成为一幅照片”。在观众的询问中，温诺格兰德漫谈其他事物，然后又回到“那幅加油站的照片”。重要的是：

> 摄影师对可能性的理解……当他拍摄时，他不可能知道——他不确信这会奏效，将成就一幅照片。他明白可能有机会。换句话说，他不明了照片看上去将如何。我的意思是，他完全懂得对其所见进行渲染，却仍不清楚照片会呈现的样子。大约，摄影实际上会改变某种事物……

温诺格兰德再次迷失了方向，重返后发出的宣言掷地有声："我拍摄是为了发现什么可被拍摄。简单来说，这就是我为什么要拍摄的根本原因。"

这也是本书旨趣所在：去发现某些事物被拍摄时的样貌，以及摄影如何改变了他们。结果常常是所拍之物看起来像出自他人之手，不是和已被拍摄的就是与等候被人拍摄的相似。

在照片中，弗兰克移走气泵，与盘踞在霍普和兰格作品中的任何人类活动彻底隔开。画面实际上没有生命痕迹：没有房屋，没有窗户，没有汽车。甚至连路都不易看清。气泵松散地放置在一旁，太阳花或是阅兵场（向右看）隐约可见，这样就加强了气泵的独立，和它们的服务人群相分离。霍普和兰格作品从光顾的汽车或司机角度拍摄，从气泵的排列方式来说，弗兰克的照片是根据拍摄的气泵的某个号码进行构图。对于温诺格兰德来说，不同寻常的是弗兰克怎么会以此来构思一幅作品，周遭几乎什么也没有发生。阿勃丝在其作品中注意到——这可能是空洞或非戏剧性最极端的例子——"一出中心远离的戏剧"。在气泵的照片中，该中心延伸到相框边。霍普将服务生置身于叙事语境中，表现了一个诱人瞬间：他在加油前后，挂起加油泵。如果画框向左或右延伸一点，换言之，如果稍微延展到所描述的时刻

61.《加油站》(*Gas Station*)，威廉·埃格尔斯顿，1966年至1974年

之外——场景完全可以自圆其说。弗兰克与霍普所谓的“中间时刻”产生共鸣。尽管在此情况下，中间时刻被无限延伸，像是在不远处的路。

在系列作品《洛斯阿拉莫斯》里的一幅照片中，埃格尔斯顿展现了大雨下的废弃加油站［61］。当埃格尔斯顿拍摄此照时，恰遇倾盆大雨，从而造成两个相互确认的假象。不是由于难以置信的长时间曝光（四十年左右），就是雨一直下了四十年。照片被时光所浸润，宛如它所描述的被雨淋透的地方。墨西哥湾岸区气泵（红色与霍普照片中的移动式泵一致）如今带有南部锈迹的红色。发生了什么？很简单：它们没油了。

62.《菲力克斯 · C. 豪斯》(*Felix C. House*),杰克 · 李,1971 年
© 杰克 · 李

在埃格尔斯顿的作品中,时间具有侵蚀性;而在李关于菲力克斯 · C. 豪斯(Felix C. House)的商店和加油站的照片中,时间是累进的[62]。李表现了时间对这地方产生的影响,但仍然留有足够的生命迹象——挂着“修补内胎”“标准石油经销商”等招牌——都显示它仍在运作,仍在经营。时间既在消逝也滞留于原处。我猜想眼下这个感觉更为敏锐。李在 1971 年拍摄此照,距兰格和霍普的拍照时间三十年多一点。这影响了我们看待它的方式。目前此照片充当了过去与现在之间的支点。在李的照片中,“菲力克斯 · C. 豪斯”看起来和兰格摄于 1940 年的加油站一样久远。当诺沃克市的招牌骄傲地宣称“新、新、新”时,如今的标志拼凑之

物却传达“旧、旧、旧”的理念。此刻的这张照片恰好处于新与旧之间。

自从李的照片面世之后，锃亮崭新的自助加油站已经遍布全美。史蒂芬·肖尔拍摄了位于洛杉矶拉布雷亚大道和贝弗利大街街角的一个加油站［63］。臭氧耗尽的蓝天将雪佛龙标志纳入景框中。右边是气泵和前院。在不远处是一个德士古招牌。如果你沿路走一百码，又是一个类似的加油站，无休止地重复。肖尔实际上在1975年拍摄此照，只比李晚了几年，但却记录了美国从看上去像过往那样（自兰格起未变）到目前这样的某一

63.《贝弗利大街和拉布雷亚大道》
（*Beverly Boulevard and La Brea Avenue*），
史蒂芬·肖尔，加利福尼亚洛杉矶，1975年6月21日
承蒙纽约303画廊惠准

64.《沿街购物中心》(*Strip Centers*),
彼得·布朗(Peter Brown),俄克拉荷马州邓肯市, 1986年
承蒙彼得·布朗和休斯敦哈里斯画廊惠准

时刻。肖尔展示了美国如今仍然保持的样貌。无法想象此刻会和过去一样,部分原因在于它所体现和倡导的即刻文明(快餐,自助)完全以交易速度和即刻满足为基础。弗兰克和霍普的图像以不同方式呈现了“中间时刻”。肖尔部分考虑到照相机描摹宁静的能力,揭示了一个只有瞬间的世界,一个“如美国药妆店般地延伸到永远的”瞬间。

肖尔描绘的世界会继续蔓延,直到吞没了诺沃克和“菲力克斯 ·C. 豪斯”。当然,这与肖尔开发和推广的观察和记录世界的方式同时进行。从彼得·布朗的《在平原》(*On the Plains*) 书里的一幅照片中，我们可看到，到1986年，肖尔的影响已远至俄克拉荷马的邓肯[64]，其招牌可能是康诺克石油公司和贝尔公司而非德士古石油公司，但场景相去无几。洛杉矶常被看作是没有过去的城市范例，它似乎代表着与任何过去的概念彻底决裂，由此带来很大的遗憾。

原来肖尔照片中的场景的确有先例。[①] 自从肖尔慎重决定“做传统学徒”后，不出所料，人们发现他拍摄大街大道的视角有其可辨的前身——例如，1936年，沃克·埃文斯在亚拉巴马媒城拍摄的《路边景色》(*Roadside View*)。仔细审查后，所谓前所未有和全然一新的作品却被证明有其传统出处。与肖尔一样，埃文斯的照片拍摄于加油站的前院。一条路从远处斜对角斜插过来，两边是尚新的楼房。电话线划过，形成GAS标志。两处风景的基本相似点在唐·德里罗的《白噪音》(*White Noise*)中有所揭示：

突然一阵大风，红绿灯在电缆上摇动着。这是

① 同样，更年长的兰格镜头下的美国结果却令人讶异地充满活力。布朗在俄克拉荷马州发现肖尔的“LA”，同一年在得克萨斯州的隆恩橡木酒店，他偶然遇见达罗杂货店前院的蓝色埃克森气泵，看起来如诺沃克加油站那样东倒西歪，年代久远，就像毕晓普在诗歌结尾处所说，“爱过”。

城市的大街，一系列打折商店、支票兑换点、批发中心……空白结构称作航站楼、包装楼、贸易楼。这些和经典的抱憾的摄影艺术何其相似。

路与街的区别是什么？这不在于尺寸大小（有些城市街道比乡村道路还要宽广）。道路通往城外而街道留在城内，所以你在乡村发现的是道路而非街道。如果街道指向道路，你便出城了。如果一条道路和街道汇合，你便是进城。在路上走够久总会步入街道，但反过来并不一定如此（街道会自我终结）。两边都有建筑的街是大街。最好的大街让你流连忘返；大路却不断刺激你离开。

在1935年萨凡纳的“黑人区”，埃文斯拍下一张照

65.《萨凡纳的黑人区》(Savannah Negro Quarter)，
沃克·埃文斯，1935年

片，记录一条街道转为道路的奇异而含混的瞬间［65］。一条街道逐渐远离画图中心；另一条向左进发，直达边框。延伸到中景的街道包含了人们期望的一切：停在路边的汽车，或站或闲逛的人，目睹照片被拍摄。画面上看着不是很冷，但人们包裹得很暖和。有些淡淡的阴影。微风吹起站在左边的女人的白裙，她正和坐在门廊上的两位男士攀谈。埃文斯路过，进行拍摄，走向别处。在照片上的人们留在原地；就他们而言，这只是一条街道。可能这就是为什么对我们来说，它是“所有通往城外的忧伤之路，蓝调之街”。

查尔斯·克利福德（Charles Clifford）的阿罕布拉的老房子照片，引发了罗兰·巴特简单而衷心的回应：“我想住在那里……”埃文斯拍摄于1931年的萨拉托加斯普林斯的大街景色，激起了我同样的反应：“我想沿着街走走。”非同寻常的是该作品不仅激发了欲望，还同时能满足欲望。看该照片就像是走在它所描绘的街上［66］。

可是，我愈看这幅照片，它愈显得陌生。因为街道看起来不像街道，倒可以被当作运河或河流。美籍俄裔诗人约瑟夫·布罗茨基（Joseph Brodsky）被问到最爱什么时，他毫不犹豫地回答：“河流和街道，生活中的悠悠往事。”埃文斯的照片是这类渴望做减法的代表。不

66.《大街》(*Main Street*)，沃克·埃文斯，萨拉托加斯普林斯，1931年
©沃克·埃文斯档案，大都会艺术博物馆，纽约，1994年(1994.256.137)

像船码头，停泊的汽车奇怪得像是水陆双栖的。树木有着水边垂柳的忧郁。该场景有淡淡的威尼斯或阿姆斯特丹风情。你感觉如果你想穿过这条湿滑的路面，桥迟早会有用。街作为水路的印象得到加强，因其弯曲，转弯，然后不是消失在乡村或郊区，而是汇入可能是大海的湿雾中。一不小心，细节在改变——车、树、建筑——淡出，退让到一团深不可测的，模糊不清的灰色

中。那时你认识到，它虽然可能是看上去像河的街道照片，真正的主题却是时间。“看到这张照片就像是走在它所描绘的街上”的说法不是很正确。更准确——甚至更显而易见的是——人们将要返回美国酒店的房间，俯瞰雨水湿滑的街道时，已然走过它。

《大街》是一张可听的照片，不仅保存了街景，而且留下了声音：汽车偶尔经过的嗖嗖声，树上缓慢的雨滴声。然而你听得最清楚的声音来自早晨：铃声——记忆中的铃声——当你走进理发店时，向理发师提示你的到来。他陷入顾客椅中，像郡县警长一样舒服，读完报纸后开始折叠，在门边迎接陌生的脸孔（需要修面），很乐意为顾客服务，对手艺自信。如果你想剪发，你就来对了地方。所有这些——可能因为镜子的多重反射——似乎在铃声响起的同时发生，鸣响甚至萦绕至今。

理发有什么。联想。墙上的日历。四处是镜子。

——唐·德里罗

理发店差不多就是一个小世界。威廉·克莱恩（William Klein）在1956年的罗马拍摄“忙得团团转的理发师”，在意图和目标上与埃文斯1933年在哈瓦那拍摄的相似［67］。理发店是一个你可以理发的场所。

67.《哈瓦那》(*Havana*)，沃克·埃文斯，1933年
©沃克·埃文斯档案，大都会艺术博物馆，纽约，1994年
(1994.251.699)

这是该机构的定义属性，但一些其他因素也是必不可少的：对话的有效性（如果需要），休闲阅读的材料和承担特定任务的椅子（在为等候中的顾客提供的普通椅和牙医可怕的专用椅之间）。你可以在任何地方理发，但并非处处都是理发馆。1938年，拉塞尔·李在密苏里州的卡罗瑟斯维尔附近拍摄了《农夫为兄弟理发》。很少有照片像这张表现乡村生活的照片这样，使人联想到生存和乡村生活的恢复。他们坐在门廊上，在弟弟或儿子的注视下，此情此景，理发似乎是一种奢侈，简直是度假。

埃文斯拍摄于1933年的照片亲切地逐项记录了每日丰富的活动和摄影的资源：理发师，顾客，等待的人群，旋转椅和镜子——在某面镜中，我们看到手提照相

68.《黑人理发店室内》(*Negro Barber Shop*，*Interior*)，
沃克·埃文斯，亚特兰大，1936年
© 沃克·埃文斯档案，大都会艺术博物馆，纽约，1994年
(1994.258.353)

机的“悔过的密探”。他是照片中唯一不在室内的人员，也是唯一不参与理发事务的人员，他既不是顾客，也不是理发师。也可以这样理解，他是照片中唯一头戴礼帽的人员。在斯蒂格里茨的《统舱》和海因的盲乞丐照片中，意大利市场有个戴礼帽勘查现场的人：代表着摄影师的单独投影。这一次，摄影师本人现身，利用镜头查看，通过其礼帽而得以辨认（也使他匿名）。

同样的礼帽——或很相像——在埃文斯三年后于亚特兰大拍摄的理发店照片中出现［68］。这次照片上空无一人。毛巾或是堆积在架子上，或是折叠着搭在空椅的扶手或椅背上。货架上端排列着旧报纸。镜子看起来空落落的。埃文斯说他有时喜欢“通过人们的缺席来暗示”[1]没有什么能比空椅更好地揭示缺席——没有比这张无人的理发店照片更能使人想起人们的活动了。马丁·艾米斯写道：“所有的房间都是等候室。”他是指我们等待的房间——“你在等候，我在等候”——但有些房间也在等候。它们在等我们的陪伴，使之重现生机。部分原因在于理发店远不止是个你能理发的地方。

> 人类总是热衷于知道和评论他人行为。所以对于各种年龄和国籍的人来说，总会留出一些地方让公众相会并能满足其共同的好奇心。其中，理发店有天然的优势。

对于摄影师来说，这是其魅力的来源——这就是为什么格德尼在印度拍摄时，要从《汤姆·琼斯》（*Tom Jones*）中抄录上述段落。[2]

---

① 罗伯特·弗罗斯特（Robert Frost）运用同样方法在《户籍调查员》中加强语气：

他们不用肘抵桌 / 他们不睡在铺位架

② 不是所有的摄影师都喜欢理发店。韦斯顿在1929年抱怨道：“从理发店出来我总是感到很不庄重，像是被剥光了一般：坐在椅子里我感到无助——任何事都会发生。”

在空缺的同时，椅子在等待。尽管又旧又破，这些椅子几乎没有记忆。其注意力完全在于谁是下一个坐它的人。那顶礼帽，随意地倚靠在架子上，正处于照片中心——更是增加了等候的迫切性。其他各物分处其位，帽子可能只是临时被埃文斯本人放在这里（不论是否真是他的）。该帽像是某人——理发师、顾客或至少是离开的人——要回来的保证。然而照片最引人注目的地方是埃文斯一般不会惊扰某地的空寂。甚至在他拍摄时，它也是完无一人的。我们会回到此论点。既然这样，我们怎能不回来呢？

弗兰克回到那儿——不是回到同一家商店，而是在1955年至1956年的古根海姆基金赞助的旅途中，来到南卡罗来纳州的麦塞兰维尔的一家无人理发店。他透过纱门拍摄，经树枝树叶滤过的光线和穿过街道的房屋部分倒影让照片模糊不清。我可能是错的，但椅子本身看起来像是被摄影师自己的脸的模糊反射所包裹（你可以看到他绕在手腕上的相机带）。室内与室外融为一体；模糊不清使它好似一张记忆中理发店的照片，而不是确有此处。对弗兰克来说就是这样，这不仅是简单地在拍摄理发店，而是找出埃文斯照片的弗兰克版本。当理发师为你理完发后，他会在你脑袋后拿面镜子照着，在双重反射下，可以看到发型的背面。如果你设想，弗兰克手持他的相当主观、相当失真的镜子面对埃文斯的照片。

他的照片是一种反映：可以说是埃文斯照片的镜像。[1]

就此而论，在黑人理发店的礼帽可能充当摄影领域的象征标识。礼帽，重复一下，显然和埃文斯在拍摄哈瓦那理发店时所戴的相似——但并不像国家提出领土要求那样提出埃文斯拥有理发店的摄影所有权（插一面旗帜宣称所有权）。不像埃文斯所爱好的——偷取的——摄影标识，它并没有宣告“禁止进入”或“不得擅入”；它更民主地以所有在埃文斯身后的摄影师名义主张理发店的所有权。从此刻起，理发店确定被加入摄影主题的保留节目单中。礼帽说，你不可能拍摄此景而不向埃文斯致敬。如果你愿意，它已成为摄影标签。

弗兰克明确地，如果不是意外的话，在他某张照片中承认了和埃文斯的关联。后者的照片不仅是理发店，也是一张空椅照。在得克萨斯州休斯敦的一家银行，弗兰克拍摄了五把配备齐全但无人就座的椅子，环绕一张空桌排列。照片像是合成的图像，显示一张椅子如何逐渐从房间后面——那儿有个在打电话的雇员——进入视线，无可争议地处于一个显著的位置。换个说法，该照片揭示了空椅的传统，从过去到当下。但这不是照片容

---

① 关于重返这一主题：1958年，在去佛罗里达的路上，弗兰克带凯鲁亚克去看他几年前拍摄的理发店。理发店没有变化——“甚至架上的瓶子都一模一样，显然没被动过”——但这次理发师在店中，他为其冲咖啡并坚持为他俩理发。

纳历史先例中所含有的创新意识的唯一方式。一张模糊不清的桌面占据了构图的下半部。在它和最后边的办公桌中间，落着一顶帽子。就像在埃文斯理发店照片中的帽子被既随意又刻意地放置在那里。我避免过多地运用“象征”一词。让我们就说是出乎意料的小细节——我甚至更不想用巴特的“刺点”一词——起码是对埃文斯的认可。弗兰克循着导师的方向触摸其帽。在20世纪30年代的照片中，衡量人们命运与经历的可靠标准，成为摄影师自己项目的一种路标——好似我们首先从兰格的汽车方向瞥见这条路，然后从弗兰克的方向这边瞥见它。

阿勃丝带来有倾向性的影像，向只对男性开放的理发店施压。在她1963年拍摄的纽约城理发店的照片中，有两张椅子，一张坐人，一张空着。正如埃文斯、克莱因、弗兰克的照片，店铺在其中是无尽的影像制造源，墙上的镜子复制着实际在房间却无法被看到的理发师和顾客。墙上装饰着美女照片，然而镜子以那里的男性影象来进行反击。结果是女性照片和男性影像在墙上拼贴在一起。这张照片有些奇怪，几乎使人不安。此时你突然想到可能因为这张照片是女性所摄，反映了那些美女像蝴蝶般被钉在墙上，日复一日地被凝视。正如阿勃丝在天体营时所说：“就像走进一个幻境，不能确定都有谁的身体。”

如果奥默罗德真的如我所说——他有意识并刻意地着手进行美国摄影传统的编目分类——那么不可避免地，他会拍摄一张美国理发店的照片。他倒是没有令人失望，但这张照片呈现出比该传统所能期待的更为奇怪的一面。就如弗兰克在麦塞兰维尔所偶然遇见的，奥默罗德所拍摄的萨尔理发店已停业关门了［C］（如果橱窗的指示牌可信，就是说该照片应该摄于星期天或星期三或是在早上七点之前）。理发店不仅关了门，甚至连窗帘都拉上了：所能看到的只是红、白、蓝的理发店旋转彩柱，以及奇怪的鹿头标本。室内的椅子和镜子都不可见。我们可见的——如贝伦妮丝·阿博特（Berenice Abbott）拍摄的位于布利克街413号的奥古斯特·平潘克理发店照片——是一个由摄影师背后的店面玻璃反射的街对面高楼的映象。这是一张哀伤而奇怪的照片，好像这一特定的美国血统在奥默罗德调查中是无效的。理发店的窗帘拉起，成为意义被弃的场所。

但奥默罗德不会就此罢手，他拍摄这张照片时本不该如此吝啬。

出于另一种考虑，奥默罗德寻求对此理发店拥有最终决定权的方式。该照片如是说：理发店拍摄就此终结，已然完成，如今它已关门。在奥默罗德的多张照片中，人们可以看到这一倾向。其中包括多张拍摄电影屏幕的照片，弗里德兰德、阿勃丝、弗兰克和肖尔都拍摄过电视屏幕。奥默罗德自然也要拍摄。其中有张非常埃格尔斯顿化的彩色照片—— 一台置于街上的电视机，显示屏被打碎。这在简·莫里斯（Jan Morris）的《美国各州》引言中被解读为——象征着整个国家已变成“无序、低劣，和脏乱的地方”，但是奥默罗德的作品倾向于对摄影而不是社会进行评论。冲破显示屏照片的小传统后，又大胆和象征性地折断了白栅栏，如今由他来终结理发店，使之退出这个行业。

没有解释能够公正评价我们在景框内所实际看到的。地点和摄影师都不能拥有决定权，倒不如说，他们都说了算。地点（照片）包含（奥默罗德的）自身的呼吁和悲叹。呼吁是以指示牌的形式显现。而像埃文斯的许多作品一样，该照片是自我的说明：

诚聘
有责任心
全职
理发师

在照片的语境中，该指示牌有效地恳请，“诚聘：有责任心的摄影师”。在奥默罗德一如期望地效劳下，紧跟其身后的摄影师注意到了这一空白。

其中之一便是彼得·布朗。在1994年，即奥默罗德去世三年后，布朗拍摄了一张位于得克萨斯州布朗菲尔德的理发店照片［D］。理发店的红、白、蓝旋转彩柱与平稳地悬挂在旗杆上的红、白、蓝美国国旗之间的一致性表明了理发店在美国影像中的标志性地位。店铺关闭，如在埃文斯和弗兰克的照片中，摄影师自己被映射到窗户上。弗兰克在用小徕卡拍摄，埃文斯正低头看着禄来福来反光相机，而布朗用的则是迪尔多夫大画幅相机。如果你认为倒映在店面橱窗上，站在三脚架轮廓旁的人影是阿特热本人的化身，这种想法情有可原。从某种程度上说，这是阿特热相机中的镜像，三脚架或对焦遮光布被倒映在他正拍摄的商店橱窗上。最著名的例子是1926年他在巴黎皇家宫殿拍摄的专营假发的商店。

有些事已知，有些事未知，在两者之间是……门！

——吉姆·莫里森（Jim Morrison）

这本书随意的排列方式与结构也许出自本书作者的一个怪异行为，妄想据此自我实现，然而摄影史的确越来越多地由摄影师对于场景、比喻、主题或动机的相当个人化的视角构成。这一清单常常在扩展和进化，而不是固定不变。但奇怪的是许多组成部分早在19世纪40年代就由亨利·福克斯·塔尔博特所确立。

塔尔博特的一些照片源自油画中发现的早期样板。塔尔博特自己充分相信《打开的门》可能是他最有名的照片，是一个“新艺术早期开端”的例证，在不久后便会走向成熟（他错误地声称，据其时代推定，摄影会由“英国天才”推向成熟）。这张照片有意改编自“荷兰画派”，初版由塔尔博特于1841年1月21日完成。当他的妈妈，菲尔丁夫人看到这张照片时，她称之为“孤独的扫帚”（扫帚靠在门口右边）。在《威廉·亨利·福克斯·塔尔博特的摄影艺术》（*Art of William Henry Fox Talbot*）中，拉里·沙夫（Larry J. Schaaf）观察到，“尽管扫帚的对角线充当了门口的屏障，光线（与其阴影）邀请观众进入房间。门口的象征传统宛如生死之界。半开的门代表着希望”。

两年后塔尔博特重返此场景，重拍了一张相似的照片，但直到1844年的4月他才最终成功地捕捉到它[69]。在这一著名版本中，扫帚显得更大，靠在门左侧的墙上（就是说门固定的地方）这一变化造成情绪的转变，因为一旦扫帚移在一旁，我们和屋内之间就没有障碍——但这时的屋内像是一团结实的、讨厌的阴影，只是在屋后透过花格窗进入的光线下稍有缓和。沙夫对屋

69.《打开的门》(*The Open Door*),
威廉·亨利·福克斯·塔尔博特,1844年
© 科学与社会图片库

内外分界线的象征性的解读,更为微妙又愈加鲜明。

构图的简洁造成神秘感和悬而未决的可能性——这可能性要靠后来的摄影师来探索。“你按下按钮,”简·里斯说道,“门打开了。”

1974年,保罗·斯特兰德被问到他如何选择拍摄的事物时回答说:“我不选择它们,是它们选择了我。[1]比如在我一生中,我一直在拍摄窗和门,为什么?因为它们让我着迷。不知何故,它们具有人类生存的特征。”这点在1946年的侧廊照片中可以看到,他为《新英格

① 卡蒂埃·布列松说过同样的话(“是照片在拍你,而不是你在拍照片”)。阿勃丝也说:“不是我按下快门。是影像。”

兰时光》(*Time in New England*, 1950)拍摄了一系列照片。这张照片显示打开的门通往室内，右边另一扇打开的门可以瞥见花园［70］。饱经风霜的门廊上有一张椅子，在椅子和门口之间有一把扫帚悬在钉子上。

70.《侧廊》(*Side Porch*)，保罗·斯特兰德，佛蒙特，1946年

© 1950 光圈基金会，保罗·斯特兰德档案

我不知道斯特兰德是否曾注意到塔尔博特的照片，但以这张照片为凭，很难相信他没有受其影响。打开的门和墙上的扫帚似乎在暗指塔尔博特，就如后者明确向“荷兰画派”致敬一样。尽管如此表达，我们仍处在否定斯特兰德自我解释的危险中，为什么他会受到某些对象的吸引，或者和他的解释相一致，为什么有些对象吸引了他。一个答案对两者都适用：在一定程度上，门之所以吸引他是由于它们具有已被塔尔博特拍摄的力量。这样，在描述斯特兰德照片的精确和沙夫暗示的更大的历史象征之间，一种间接的联系建立起来。这就像是通过斯特兰德拍摄的门，另一扇门也能被瞥见——这正是我们一定能看到的。

在塔尔博特的照片中，仅有一扇门和一处内景。在斯特兰德的作品中有通往室内的打开的门，从中可见另一扇门通往室外。这幅照片用图解的形式暗示了不管摄影师的内心参悟能力如何，它总要回来描述外部世界。

兰格是位杰出的人物摄影师。但在她人物众多的作品全集中，最吸引我的——最强烈吸引我的——是她拍摄的没有人物的照片，那些实际上看上去不像是兰格的作品。在她的照片中，即使是孤独的人——尤其是孤独的人——都充满意义；脸上是无法掩饰的沉默证言，他们挤在人群中，祈求着。摆脱他们是一种安慰，转向她

71.《日眠者》[*El Cerrito Trailer Camp*（*Day Sleeper*）]，
多萝西娅·兰格，1943年
© 多萝西娅·兰格作品收藏，加利福尼亚奥克兰博物馆，奥克兰城
保罗·S. 泰勒赠品

一幅关于门的照片，上面钉着“日眠者”的指示牌[71]。门牌号为1D，但很容易误读为ID，好像1D的住户身份完全依赖于他们的睡觉习惯。然而这些不含糊的信息有多少被传达到或暗示出呢。“日眠者”用于指示（别打扰），含蓄地暗指他们的职业（夜班）。首先，这就好像仅有的圆形事物是门把手，锁和字母D的凸曲

线；其他事物由尖角和明晰的线条组成（对角线、垂直线、水平线）。然后你的眼睛却回到已然弯曲的风化的标牌，留意到其所传的信息，蜷缩起来睡大觉。

睡觉和做梦……

在弗朗西斯卡·伍德曼（Francesca Woodman）的照片中，空门框就像墙的代替物。透过墙，她的裸体会不断地出现或消失。墙本身变成门。看到她70年代中期在罗德岛首府普罗维登斯拍摄的照片，通过门进入另一个世界，一个伍德曼的梦幻世界。她常从剥落的墙纸后面出现，就仿佛她最终走进墙纸和砖头，被困其中五十余年。等到拆墙时你会掘出以前的每个居住者——除了这仅有的一个，也总是她。任何曾在此房中住过的人都化身为少女。一个可以穿墙的少女。你穿过一道门，不妨说也是一面镜子，因为你最终进入的正是你已离开的房间。难以预料的是罗德岛的房子在进行大规模重修还是不可救药地走向衰败。就此而言，建造者和建筑师之间，或是门与镜之间并没有差别。门离其岗，飘进房中。超越可知与未知的，是一扇门。

我们确实知道的是在拍摄这些照片几年后，伍德曼在曼哈顿下东区的一间公寓跳窗自杀。她只有二十二岁。她所拍摄的房子被其短命的幽灵缠住。你无法在她脸上，但可能会在房子里，在墙上，通过门预见其命运。

阿特热的巴黎照片也仿佛有幽灵出没，有人穿墙，就在我们眼前消失。对此现象的技术解释是：长时间的曝光造成快速移动的人或物体彻底消失。这便是为什么在老照片中，即使像伦敦或巴黎那样人口密集的大城市

72.《里昂大主教旅馆》(*Hôtel des Archevêques de Lyon*)，欧仁·阿特热，圣安德烈艺术街，1900年

© E:66B2.MOMA 1.69.221

看起来也几乎完全是冷冷清清。在摄影发明以后，正好在提及银版照相法时，吸鸦片的英国人托马斯·德·昆西（Thomas De Quincey）写到被“在我们之间移动的鬼”所“缠绕”。它们仍出现在20世纪初的照片中，人们稍有移动或移动得很缓慢，它们在照片上就会变得模糊、无形、虚白。而没有“消失”的物体便被赋予恒久感，坚不可摧。这就是为什么阿特热拍摄的关闭的门看起来像是能够抵挡几个世纪的攻击，而打开的门看着像是永远不会关闭。

我猜想这就是阿特热摄于圣安德烈艺术街的照片《里昂大主教旅馆》（*Hôtel des Archevêques de Lyon*，1900）的独特魅力。这是那些巴黎庭院入口的巨大、坚固的门的前景［72］。此门内较小的“行人”门大开着，仿佛一个明亮的矩形已被永久地从一个更大的入口裁出。这一矩形构成一个较亮的庭院景色，在其后部，是另一扇打开的门。这就好像两个本质上互相矛盾的时间体验在同一张照片中共存。

以提供“艺术家文献”为生的阿特热建立起一个巨大的有关巴黎的门的摄影目录。门开着或闭着，数量上大致持平。关闭的门传达此媒介对外观、外景的认同；打开的门揭示内景的可能性或是不可见深处的心理探寻。阿特热的照片重写了威廉·布莱克（William Blake）的诗句，奥尔德斯·赫胥黎（Aldous Huxley）随后在他有关迷幻剂的书中也将其用作题记（而莫里森和朋友又抢注为乐队名）："如果知觉之门得以净化，万物将还其本来面目，无穷无尽。"阿特热申明摄影是出于经验而不是想象，他坚持认为摄影视域恰是有限的艺术。然而，通过门，总能瞥见其他入口，其他摄影，其他无限的可能性。加里·温诺格兰德可能在看到并通过这道门时说："没有比清楚地描述事实更神秘了。"[①]

一般来说，当沃克·埃文斯在拍摄外景时，门总是关着。他通常直接在建筑物前方拍摄照片，门仅是通往室内的理论路径。证实此声明的最好方法是看一系列他晚年生涯的照片，它们又像是在反驳这一点。在1971年，埃文斯参观了罗伯特·弗兰克位于加拿大新斯科舍省的家园。在那里，除了为朋友拍肖像照外，他还拍摄了一组谷仓的照片。按照《无名的沃克·埃文斯》（*The Unknown Walker Evans*）书中所排列的，他首先拍摄了在远山和天空的自然背景下的谷仓，接着，他不断走近，直到我们可以清楚地看到开着的门。事实上，门敞开着，门内物品正面朝外。门里面用斯科舍·戈尔德

① 在阿勃丝的传记中，帕特丽夏·博斯沃思引用莉赛特·莫德尔（Lisette Model）说出同样的话，"最神秘的是明确道出的事实"。

73.《谷仓》(*Barn*),沃克·埃文斯,新斯科舍省,1971年
© 沃克·埃文斯档案,纽约大都会艺术博物馆,1994年
(1994.252.123.3)

公司的旧纸箱组装起来,拼拼凑凑,用来隔温,这种风格一直吸引着埃文斯。室内已有效地变成室外。而实际上室内是乌黑一团,庞大的无法穿透的黑色。该序列中的倒数第二张照片取景更为紧凑,只有打开的门和室内景象,照片中室内的黑色效果就如同杉本博司照片中免下车电影院屏幕的白色[73]。这批照片中最后一张聚焦在室外多瘤、破烂、有纹理的木头,用大特写拍摄使其看上去几乎有抽象的质感。这是一个明确的声明:没有事物会超越表面。室内场景被否决,牢牢关闭,好像门已被闩上。

然而,一旦埃文斯发现自己身在屋内,局面就发生

74.《白椅子和敞开的门》(*White Chair and Open Door*),
沃克·埃文斯,缅因州沃波尔,1962年
© 沃克·埃文斯档案,纽约大都会艺术博物馆,1994年
(1994.252.113.1)

了戏剧性变化。窥视一个房间,我们常常见到有门通往其他房间,眼睛总是面对更多的启示、更深层的提升和接近的可能性。一幅1962年拍摄的照片凝视着位于缅因州沃波尔的一个房间的内部[74]。在右手边有白色的椅子和书桌。画面中间有一扇敞开的门。通过它,我们可以瞥见另一个房间或门厅。在远处是另一扇门,另一间屋,另一张椅。可能最具有启示意义的是一张1971年去新斯科舍省旅行途中拍摄的照片。透过门框是光秃秃的地板通往另一个房间,右侧是一扇打开的门,沐浴

75.《门》(*Door*)，沃克·埃文斯，新斯科舍省，1971年
© 沃克·埃文斯档案，纽约大都会艺术博物馆，1994年
(1994.252.119.93)

在灿烂的阳光下［75］。从房中可一瞥房外，像是谷仓画面的镜像。但它对观众的作用力却比其所暗示的更强。看着它就是进入了一张埃文斯的照片。

最近我对照片中呈现的时间流逝感兴趣。

——理查德·阿维顿

埃文斯早在1933年11月举办了第一次展览。这是在纽约现代艺术博物馆建筑艺术馆所举行，巧合的是，爱德华·霍普的油画回顾展也在这里举办。一篇在埃文斯的展览同时写就的文章中，他的朋友林肯·科尔斯坦（Lincoln Kirstein）评论两位艺术家的作品是“对过去沉闷的怀旧”。如果埃文斯年轻时会认为这种比较是抬举或恭维，那么随着年纪的增长，现在的他对此已经十分厌恶了，后来他甚至声明“压根不知道霍普是谁以及他做了些什么”。对于霍普来说，这很难让人相信，他被看作是20世纪美国最有影响力的摄影师不无道理——即使他没有拍摄过任何照片。绕开他或回避他都是不可能的。看他的画作即开始被它们所占据。你不看它们，它们也无处不在。“霍普”已唤醒一个地方，每一个都看起来像是从霍普真实的画作中走出。为了保存我们记忆中的那个地方，照片比绘画更为可靠。［德国导演维姆·文德斯机智地拍摄全景图画面对此进行开拓，他在2000年拍摄的空旷的《蒙大拿巴特前街》（*Street Front in Butte*, *Montana*）就是逼真地再现了霍普1930年的画作《星期天清晨》（*Early Sunday Morning*）。］在记忆中，霍普的作品没有倾向于油画的意思；它们是等待中的照片。它们不仅在等待，它们还是由等待组成。这个属性使它们和埃文斯的照片具有明显的共性。

即使我们相信埃文斯的话，说他不受霍普的影响，但事实上他承认“他们行事非常相似”，暗示了画家的价值被摄影师充分了解。我确实认为有这个可能。

诗人马克·斯特兰德（Mark Strand）指出："霍普对于光线的运用几乎总是对时间的描摹。"他"以空间隐喻时间的能力超群，令人信服。这显示出寂静和空旷之间的比率，我们能够体验片刻的虚妄、数小时的虚妄、整个人生的虚妄"。马克·斯特兰德的评价也可以用来描述埃文斯拍摄的维多利亚建筑的照片。被科尔斯坦注意到的"沉闷的氛围"是埃文斯在强烈阳光下拍摄的结果，通常在寒冷的冬日，太阳低垂空中，穿过建筑投下阴影，就像时光在快门按下的瞬间流逝。这一点在他拍摄的废弃种植园照片中特别明显，历史在此地向前，留下时间收拾残局。仿制的希腊复兴风格的多利克式或爱奥尼亚式圆柱造成时光跨度很大的印象—— 一直回溯到地中海古迹——都被一一浓缩进照片中。我们谈论万古千秋，然而希腊罗马的遗迹看起来和天空一样恒久。拍摄于1935年的一幅路易斯安那州的种植园照片看着像是比周围的树还要年长，其中一个种植园已成废墟。

即使建筑处于完美的状态——没有破败不堪——也已遭遗弃，荒无人烟，宛如它们只被时间所占据。比起建筑物本身所经历的时光，当年它们被某个庄园主或房客居住的时期几乎无关紧要。根本无法比拟我们在优胜美地国家公园或美国西部大沙漠所见的自然的永恒。相对于上述地方，种植园建筑如同它们的居住者一样是短暂的过客。埃文斯显然赞同卡蒂埃·布列松“风景刻画永恒”的观点，却又用摄影躲避它们。真正吸引他的是时光的逐渐呈现，而非它的缺席。即使空无一人，人的痕迹仍随处可寻。你在法国、意大利的村庄中，在午后所有的活动临时完全暂停的时光里，可以感受到此类情景。影评家詹姆斯·艾基（James Agee）在《让我们开始称颂名人》一书渐近高潮时，恰好论及这一点，他和埃文斯在1936年来到亚拉巴马州的格林斯博罗：“所有的门廊都空无一人，超出任何空洞的概念。空摇椅站着，空吊床挂着。”这就很像是出现在埃文斯的照片中或是霍普的油画中的场景，用斯特兰德的话说，“这总是刚刚发生过或是即将发生……火车刚驶离，火车将到站”。

埃文斯反复在照片中表达对时间的迷恋。在1931年，他就“时间因素如何进入照片，开始尽可能多地提供一位观察者所能做的思考”。三十年后，在一次访谈中，他解释自己“曾经，现在都感兴趣的是如何让当下看起来像过去”。换句话说，当新建筑带有像种植园一样的毁灭气息时，它们看起来像是什么。这样一种冲动既是预示性的，也是回顾性的。埃文斯的照片关注时间的鲜明特色——当它们被注视或它们所描述的已成为过去的一部分时，感觉它们能够控制时间——具有非常迅速地产生怀旧感的能力。看着1936年埃文斯摄于密西西比州爱德华兹的照片，罗伊·斯特赖克发现自己臣服于这种幻想。而强调的重点又是缺失、空虚和活动的暂停：

> 空站台、车站温度计、闲置的行李车、安静的商店，人们在一起交谈，不远处，是他们居住的饱经风吹雨打的建筑，所有这些都令我想起我长大的小镇。我会长时间注视着那些照片，那里的世界更为安全与平和。我会回想起收音机和电视发明之前的日子，人们所能做的就是沿着轨道走下去，看飞鸟从空中飞过。

正如埃文斯所充分理解的，铁路有着让人们回到过去的内在倾向。用摄影术语来说，铁路同时指向遥远的岁月和里程。轨道也在时间和空间上渐渐远去。埃文斯同霍普一样，对通过空间视觉来展现时间相当敏感。对于这一理解至关重要的是他通过贝伦妮丝·阿博特发现了阿特热1929年或1930年的照片。埃文斯在晚年时说他形成自己的风格与阿特热无关，他声明部分由于后者“如此惊人的力量和风格”的激励，如果“恰巧接近于你的……让你惊奇自己有多富于独创性”。

阿特热耗费其生命用镜头记录着一个紧随奥斯曼化（通过城市规划进行社会控制的原型）后突然变老的巴黎。他拍摄的是地方照片，但它们全都与时间有关。没有摄影师像他这样全面贯彻巴特的建议：照相机最初是适于“观看的时钟”。阿特热的步伐源自过去或带着我们返回过去。小巷变成时间隘路的管道。门廊瞥见几乎忘却的记忆。经历这一切后，塞纳河在奔涌，潜意识深处的黑色河流，巴黎的城市记忆得到完美而精确的保存，正是因为它们难以接近。城市被幽灵所居住，被融入墙和石的轮廓所占据，被正在经历的所保存，永远在衰退。

阿特热的时间几何的关键要素是正在远离的景观：街或巷向过去延伸或倾斜。《纽约客》专栏作家安东尼·莱恩（Anthony Lane）简洁地总结道：阿特热使用的方法是制造一种“感觉，使看问题的角度不仅是空间的更是时间的：在你眼前是正午，但似乎每个街道的尽头都在破晓时分”。

埃文斯不断使用这种后退视角来表明：甚至连时光流逝都不是方向。在1936年的宾夕法尼亚小镇，电车轨道追随大街直到远处［76］。除了一些泊车，大街没有生命迹象；除了鬼影般的行人在人行道走动外，没有任何动静。占据整张照片的是一个无名士兵的雕塑，在随意纵览整个无人的街道，防范一个不存在的威胁。事实上整个场景都以这个纪念碑的视角在观察。这座雕像大概建于20世纪20年代，也就是照片拍摄的几年前，但实际时间却需要追溯到刻在碑底的年代，“1917—1918年”，并由这个时代来决定，而彼时纪念碑的建造

76.《大街》(*Main Street*)，沃克·埃文斯，宾夕法尼亚小镇，1936年
© 美国国会图书馆，印刷和摄影分部，LC-USF342-T01-000897-A

甚至还未被构想出来。由此，我们在各方面被拉回过去，而泛黄的照片本身则加深了这一印象。

和阿特热一样，埃文斯也使用内在回顾远景，利用地板和窗户将走廊带回那些岁月。1931年在纽约萨

77.《萨拉托加斯普林斯》(*Saratoga Springs*)，沃克·埃文斯，1931年

拉托加斯普林斯，他针对小镇充满回忆的大街的室外镜头［66］［76］，拍摄了一幅像是室内版伙伴的照片。华丽的镜子反射出一组走廊，被窗户所照亮，像无尽的拱廊般退回过去的岁月［77］。这不是简单地因为图像能够包含时间，它也揭示出地点有其内在的记忆能力。D. H. 劳伦斯的小说《查泰莱夫人的情人》中，康妮走过她丈夫的故乡时感受到这一点，她惊叫："记得这地方，还记得。"

埃文斯相信这些记忆可以被照相机发掘、提取出来，他可以展现记忆的形成过程，成为我们记忆的一部分。以这种方式，我们不仅感觉到岁月的流逝次序，还能体会到心理时间的变化。这并不是观众的心理投射，而是接受存留在某地的感觉。从惠特曼的诗歌中引用的一段话作为1971年回顾展的目录题词再恰当不过：

我不怀疑室内和室内相通，而
室外连接着室外，且
眼力和眼力所见略同……

78.《美女林种植园早餐室》（*The Breakfast Room, Belle Grove Plantation*），沃克·埃文斯，路易斯安那州白教堂，1935年
© 沃克·埃文斯档案，纽约大都会艺术博物馆，1994年（1994.258.421）

我们在埃文斯1935年的作品《美女林种植园早餐室》[78][1]中，最为强烈地感受到这一点。房间很空，好像拍照片时曝光过久以至于除了房屋本身——不仅是人物，还有椅子、服饰、地毯——一切都消失不见。杉本博司所说的话对埃文斯也适用：时间经相机而流逝。这便是为什么几乎无法想象能用数码相机来拍摄像这样的照片。房屋费时良久才进入状态，拍摄它时尽可能要经历相似的过程并持续较长时间。看着照片，就如同和摄影师一样，在显影盘中盯着照片逐渐呈现。埃文斯如此接近其预期目标：图像和主题的同一和融合，以至于房间的破损——门头上的湿斑——乍一看像是照片本身的破损。（这不是"破损"首次吸引埃文斯；只是这次他没有说明清楚。）那个湿斑和更严重的天花板水渍标志着室外已开始入侵室内。室外也要从门口进来：埃文斯按下快门时，一个明亮的T形从门上的百叶窗透进来。而事物由内景转向外景，颠倒只是个时间问题。首先要消失的是天花板，门紧随其后，然后是墙。科林斯式的柱子和壁柱——让人想到露天的古典遗址——使房间看上去像是易于遭遇不测。然而，按照现状来看，该房间仍然设法维持它的存在：将时间封入四壁中

① 埃文斯的传记作者詹姆斯·梅洛（James Mellow）指出作品标错了地点；实际上是客厅。

（正如埃文斯将时间框定在其相片中）使其无法动弹。[1]

埃文斯也拍摄了大量美女林种植园的室外照片。但我最喜欢的种植园风景照却是在几英里外的伍德劳恩种植园拍摄的。

在撰写本书的过程中，我开始越来越喜欢一些看上去像他人所拍的照片——如沙恩的背后有一个“兰格”。我最欣赏的布拉塞的照片是在日光下拍摄的，看上去很像是出自拉蒂格之手。有些我最喜爱的肖尔作品很有可能是埃格尔斯顿拍摄的，反过来也一样。不出意料，我爱的沃克·埃文斯（W. E.）照片也可能是由爱德华·韦斯顿（E. W.）所拍。

无论它们在摄影史上多么重要，我都无法焕发热情去欣赏韦斯顿作品形式上没完没了的杂货店化：丽莎·里昂（美国第一位女子健美冠军）健美胡椒，脑干形状的卷心菜，来自外太空的洋葱，阴茎状的葫芦。我对海藻的扭曲抽象也提不起兴致，也不喜好被覆盖的暗礁形状，贝壳孔和布朗库西的裸体雕塑等等韦斯顿引以为豪的发现。我的崇拜要留给劳伦斯的肖像，裸体人体摄影以及韦斯顿获得古根海姆奖赞助后的作品。

---

① 史蒂芬·肖尔将埃文斯的照片描述为对“封闭的小世界”的系统阐释。

被说服申请古根海姆基金是件该做的事，韦斯顿自以为是地草草填写了表格，挑衅意味十足。被问及属于何种学术性团体时，韦斯顿回答："一个也没有。我避免加入。"教育水平？"自学。"职务？"除了为联邦工作过几个月，我为自己工作超过二十五年。"韦斯顿越想越激动，好像申请经费的唯一体面方式是确保自己不能得到它。他后来听说，尽管古根海姆基金会有意拨款给一位摄影师，但他们很难颁给一个准备恩将仇报的人。在卡里斯的百般劝说下，韦斯顿重填了表格，在1937年的3月，他获悉自己得到了奖金。

卡里斯和他买了辆车，昵称其为海姆，装上生活用品和设备就上路了。在1937年4月和1939年3月之间，他们去了亚利桑那州、华盛顿州、俄勒冈州和新墨西哥州，并穿越了整个加利福尼亚州。卡里斯驾车，韦斯顿拍照。无论他们去哪里，韦斯顿都能看到光与影的自我排列，他在学习摄影的这么多年中掌握了不断变化的几何图案和形态。死亡谷令他震惊。据卡里斯说，"爱德华激动到颤抖，他几乎无法设置好相机，有一段时间我们所能说的就是，上帝啊！不会吧"。本质上，这意味着要用已经尝试和检验过的方法去分离和界定一个物体的特点，并随着大规模的增长，将之从一个事物转移到一个地点上。然而就在旅行过程中，韦斯顿在那些年掌握的拍摄水果、蔬菜和岩石的技巧中找到了历史脉络——

79.《孩子的坟墓》(*Child's Grave*),
爱德华·韦斯顿,加利福尼亚州马林县,1937年
© 1981 创意摄影中心,亚利桑那董事会藏品
创意摄影中心,亚利桑那大学,图森

斯特兰德早在1915年所说的“人类因素”进入了镜头。

如果我们看到韦斯顿在1937年的马林县拍摄的孩子的坟墓的照片[79]就会发现,把他和斯特兰德的想法联系起来十分恰当。评论者经常说到,在职业生涯晚期,韦斯顿越来越倾向于拍摄各种墓园。这一哀伤注解的意义最合适不过,也相当明显。这张照片的特别在于坟墓四周的栅栏,好像婴儿床的护栏一样,带来一种令人惋惜的辛酸感。但这不是一般的栅栏,这是斯特兰德的白色围栏。韦斯顿拍摄孩子坟墓的视角由斯特兰德决定并架构。

韦斯顿有段时期意识到他和斯特兰德的事业在某些

方面是平行的，“他在大西洋，我在太平洋使用相同的摄影素材”。这也激起韦斯顿在1929年的4月，进一步“考虑”更具自己特色的竞争力。他记得就在几个月之前，自己如何宣称“一个是否比另一个更伟大并不重要：重要的是个人成长问题”[①]。韦斯顿转而想到，仅在几星期前，他很高兴地转述了一位艺术家的观点，断定“我的作品要比斯特兰德的更重要”。韦斯顿以自我告诫的方式进行反思。“我需要成长——超越自己的个性。”八年后，这幅孩子墓园的照片表明他已在很大程度上取得成功。这幅作品让他缓解了和斯特兰德孩子气式的竞争。不管是偶然，还是精心设计，这是韦斯顿与其他摄影师进行对话的若干影像中的第一幅。

韦斯顿可能对此有异议，但其作品开始接近纪实摄影的主旨，而之前他与纪实摄影相隔甚远。[②] 他拍摄以前从未留意的标牌，古怪而典型的人造美国事物。承认对“废弃的加油站”着迷，从埃文斯到兰格，再到卡蒂埃·布列松和奥默罗德，他用自己的视角拍摄了那些美

---

① 韦斯顿可能——引人深思地——记起了1928年8月，他得知斯蒂格里茨对其作品的较低评价后自己所写的日记：“近来我体会到将一个人作品和另一个相比较，指定一个人更伟大或更渺小，是一个错误的方法。至关重要的问题是我如何比昨天的我更伟大，更完善？我是否已经实现价值，激发出最大的潜能了？”

② 韦斯顿相信，不是完全准确，术语“纪实摄影”专门指的是涉及社会福利和社会问题的摄影。

80.《死去的男子》(*Dead Man*),
爱德华·韦斯顿,科罗拉多沙漠,1937年
© 1981 创意摄影中心,亚利桑那董事会藏品
创意摄影中心,亚利桑那大学,图森

国观察者司空见惯的主题:烧毁的汽车残骸。同样在1937年,他所拍摄的照片在某种程度上,代表了纪实摄影在大萧条时期的终结。

兰格和他人拍摄了忍受极限,精疲力竭,马上要倒地死去的人们,他们如此疲惫,情愿在任何地方入睡。韦斯顿则更进一步,拍摄了一具他和卡里斯在科罗拉多沙漠中偶然遇到的尸体[80]。卡里斯从未见过尸体,她原本期待着会更戏剧性一些。她看着这个人一动不动,一脸安详,“很难相信他真的死了”。事实上在照片中,韦斯顿使他看起来好像苏联导演安德烈·塔可夫斯基(Andrei Tarkovsky)的伟大电影中的“潜行者”,在穿越禁区的旅行中小憩。这些相似点让他在炎热的荒野中死亡这个世俗现实有了一丝安慰的性质——没有戴帽子，自然而然。卡里斯在他口袋中发现一张字条——他来自田纳西——她疑惑加利福尼亚对他意味着什么。也许他仍“怀有美好事物将近来临的幻想，即使他写到，请告诉我的家人……”，卡里斯没有告诉我们他想告诉家人什么。我们唯一的信息是照片（我们所知道的极限）：这个男人耗尽了生命的燃料，无法再迈出一步，或者即使他能走出一步，也确实不能再迈三步、四步或百步了，除非他能迈开至少四千或五千步，否则再跨出一步就毫无意义。在那时，当他坐着等待最后时刻时，他一定像卡里斯相信的那样感到平静。他唯一渴望的是有个帽子可以挡住阳光，让他不用眯眼。除此之外，他在何处实际上就等同于他曾经要去的任何地方。一旦你得出这个结论：你唯一需要的枕头就是坚硬的大地本身。所以他只是躺在那里，阳光穿透他的眼睛，昆虫的鸣叫萦绕在耳边，苍蝇叮在脸上有一丝痒意，直到就连下巴的须茬也再感觉不到舒张与收缩。[①]

---

① 《死去的男子》不仅是韦斯顿被复制得最多的照片，他如何拍此照片的故事也成为他广为流传的逸事。卡里斯回忆起淋浴完下楼来加入她丈夫和朋友的谈话，“我仍然喜爱听爱德华讲，即使他永远不因场合而改变”。“卡里斯已经听过，”他这样开始讲述，朝我点下头，举起在卡里索斯普林斯印刷的《死去的男子》照片，“我们在沙漠和高温中开了一整天的车，沿巴特菲尔德斯特奇路线穿越科罗拉多沙漠……”

在1938年，韦斯顿拍摄了一幅照片，在许多方面是埃文斯视点在基本领域的延伸。埃文斯拍摄的废墟特色并没有被毁。他1936年摄于乔治亚州圣玛丽的照片是个例外，崩塌的平纹墙由石灰、沙、盐水和贝壳构成。经过一个空荡荡的门口可见另一个门口，远处是扭曲和破败的木制品。韦斯顿在死亡谷的和谐硼砂旧矿场遗址对观察到的荒废程度进行处理的手法［81］，可以说远超任何埃文斯作品。存留下来的唯有断墙和残窗。内部几乎没什么留下来。屋顶就是天空。室内已变成室外。韦斯特直接在正面拍摄这些埃文斯喜爱的直立的废

81.《和谐硼砂矿加工厂》(*Harmony Borax Works*)，
爱德华·韦斯顿，死亡谷，1938年
© 1981创意摄影中心，亚利桑那董事会藏品
创意摄影中心，亚利桑那大学，图森

墟。后墙可以透过最靠前的墙面上的空窗见到，通过远处墙上的窗则能看到另一边的荒凉和空旷。如我们所见，埃文斯善于使用渐渐远离的景观——不管是路、门厅或镜子——来表明时间的流逝。韦斯顿在他照片中做同样的事情；不同的是视觉的望远镜在这里伸展超越了历史时间的深处——甚至超越了在非同一般的圣玛丽照片中瞥见的腐烂的树——进入地质学的广袤中，进入史前时代。在埃文斯的照片中，荒废的墙壁仍然足够坚固，可以填满画面；而在韦斯顿作品中，它们被空旷所包围。文德斯注意到这一效果，"突然出现的文明遗迹的残骸让周围的沙漠更为空旷"。

韦斯顿转向美国纪实摄影主流的努力在1941年得以巩固，其时他接受乔治·梅西（George Macy）的任命，出任限量版图书俱乐部主管，为惠特曼的《草叶集》插图本提供照片。韦斯顿相信这一项目会让自己拍摄出"人生佳作"，他驾驶新车九个月——或更准确的是卡里斯在驾车——横跨美国，这次新车的昵称为"沃尔特，优秀的灰色游吟诗人"。从他们卡梅尔的家出发，这对夫妇一直往东进发，经南部，在亚特兰大中部和新英格兰漫游。在"惠特曼旅程"中，他们驶过二十四个州，总路程累计两万英里。

韦斯顿很反感拍摄任何"强行按特定路线"的照

片，而钟情于“惠特曼对当代美国广阔、兼容的总结”。梅西担心摄影师不够配合，偏离惠特曼的源头太远。他的担心得到证实：韦斯顿在新奥尔良写信给他，拒绝按“一个‘我们熟知的那些叶子’——惠特曼诗歌提议的分镜头剧本进行拍摄，该剧本将上百个可以拍摄的场景、地方、人物、事物进行了编目”。对于韦斯顿来说，挑战来自照片能否“确实‘代表’美国”。相反，“按惠特曼诗歌目录（路易斯安那槲树，加利福尼亚红杉，系在谷仓的牛，磨刀机，庭院丁香花丛）开列清单来拍摄相符的照片，这甚至不该是一个摄影师的工作”。

这里有着一个诗意的反讽。韦斯顿在当初申请古根海姆奖时，曾经以他未曾参与美国农业安全管理局或其他联邦资助的摄影项目为骄傲，同时也愤愤不平。而在惠特曼之旅中，尤其当他和梅西的关系紧张后，韦斯顿开始像埃文斯和兰格的摄影师一样，既对机会带来的益处甘之如饴又因农业安全管理局所提的要求而泄气。埃文斯把受雇于农业安全管理局看作“享有补贴的自由”。韦斯顿曾盼望此委任给予“极大自由”，当他终于享受奖金的好处时，却发现自己不满于强加的那些东西，而这些对于为斯特赖克工作的摄影师来说，却再熟悉不过了。区别在于这一次分镜头剧本由沃尔特·惠特曼自己来确定（在《草叶集》中每件事物都应按照原文被拍摄到）。

但这一切并不能阻止韦斯顿按自己的意愿行事。“爱德华一点也不在乎《草叶集》——他在尽情地享受生命中最快乐的时光”，卡里斯回想起：和他年轻美丽的妻子环美旅行，拍摄任何投其所好的事物。他的预感是对的：他的确拍摄了一生中最伟大的作品，此次旅行的责任和机会以照片的形式，让他与同时代的伟大摄影师有一连串非凡的相会。韦斯顿曾说照片就是一个“我的美国”的想象；其中，有部分想象和其他摄影师极为相似，正是该事实激发了其兴趣。

埃文斯从东海岸向西南部进发；韦斯顿从太平洋向东前进。早在几年前韦斯顿拍摄了一栋老房子，其褪色的房屋正面刷着“照相馆”时，某种邂逅已然发生。难道这还不够巧合吗，是心照不宣地向碰巧题为《贾奇·沃克的美术馆》（*Judge Walker's Gallery*，1939）的照片致敬。

决定性的相会发生在路易斯安那州，韦斯顿在那里拍摄了美女林种植园建筑，而埃文斯六年前已拍过。埃文斯认为它是“美国最为精致的经典住宅代表”，韦斯顿显然认同了前者的热忱。他们每一个都反复造访，在那里拍摄，埃文斯是在1935年3月，而韦斯顿则在1941年的8月。

埃文斯当时三十一岁，和一位他最近刚认识的女性一同前来：简·史密斯（Jane Smith），这位年方二十二岁的画家嫁给了保罗·尼那斯（Paul Ninas）（也是位艺术家)。当他们在美女林时，埃文斯拍摄了一张她坐在大石柱前的相片。“到他拍这张照片时，”贝琳达·拉思伯恩写道，“他爱上了简。”他们成为情侣，在简离婚后，他们于1941年结婚，那一年卡里斯和韦斯顿出现在美女林。讽刺意味是双重的。当埃文斯在美女林时，他发现自己身处典型的韦斯顿情景：拍照并爱上几乎小自己十岁的美女。他们到达后不久，韦斯顿夫妇——他们到目前为止在一起已有七年——爆发了一场短暂但爆炸性的争吵。他们很快和解；卡里斯只是后来才明白就在那时“很大的分歧已经在我们之间形成”。埃文斯夫妇的婚姻持续到1955年，直到简对其丈夫得出所谓的拉金式裁定：也就是他“太自私，沉默寡言，容易对爱厌倦”。

我已将这两对夫妇的关系压缩至基本概要，将几年时间简化为几句话。理由是从美女林的角度，十年满可以是几分钟的事。在1935年和1941年间，在某段关系幸福的初始和慢慢开始恶化之间，六年时间几乎可以忽略不计，所缺乏的是人间戏剧性。从这方面来看，埃文斯在此地室内拍摄“早餐室”，而韦斯顿在室外拍摄外景。同样的问题一再被提出：巧合能持续多久?

当我想到外景照片时，浮现在脑海中的实际上是另一幅韦斯顿在第一次拜访美女林当天的早些时候拍摄的照片。这就是在伍德劳恩种植园。正是在这里，韦斯顿拍摄了他的“埃文斯”式照片［82］。建筑正面是古典

82.《伍德劳恩种植园》(*Woodlawn Plantation*),
爱德华·韦斯顿，路易斯安那州，1941年
© 1981创意摄影中心，亚利桑那董事会藏品
创意摄影中心，亚利桑那大学，图森

的圆柱，但显然已破败不堪（一部分似乎变为了谷仓）。左边有棵树几乎到达画面顶端：在人造建筑成为昔日辉煌的废墟后，自然仍旧生机盎然。房屋沿着对角线向外倾斜。一辆车在两个柱子之间停下，就在前门右侧，使这个看起来彻底荒废的地方，仍可用作大车库。(当我想到韦斯顿拍摄的美女林外景时，首先想到这幅照片——受到废墟的鼓励，运用时间压缩原则——我常常发现自己相信那辆车是埃文斯的，作为标志留在那里，就像弗兰克在休斯敦河堤看到的礼帽。）这样的房

屋可能也会出现在希腊或意大利托斯卡纳。只有汽车能让人辨认出是美国。它也造成一种印象——这是韦斯顿和埃文斯的区别所在——某种生活仍在此继续，即使房屋不再有人居住，未来的买家可能已经来到。韦斯顿拍摄了J. B. 杰克逊在他颇具影响的文章《论遗迹的必要性》（*The Necessity for Ruins*）中所说的“疏忽的间隙”，这会最终激励“艺术根本”的修复（常常以照片形式）。华兹华斯在《序曲》倒数第二本中以相似措辞表达了自己的雄心：“我会铭记过去的精神／为了未来之重振。”埃文斯对任何看起来像过去的现在更感兴趣；而韦斯顿则记录过去以等待未来的修复。

当韦斯顿继续东行时，和美国摄影师进行约会或对话的感觉越来越强烈。有时候他甚至为此对话写下开场白。他拍摄的横跨俄亥俄河的匹兹堡被工业烟雾所遮蔽，就像后来史密斯对该城市详尽调查后拍摄的远景。在得克萨斯州的伯内特，他拍摄了一对老夫妇，弗莱先生和夫人坐在门廊下，他俩所具有的崇敬和尊严让人想到兰格镜头下的人物。在图森拍摄的雅基族印第安人照片，白衬衫配上红褐色脸庞，以风化的木头为框，简直就是斯特兰德50年代早期肖像照的翻版。

等他和卡里斯在秋天到达纽约布鲁克林后，韦斯顿拍下最重要的两幅照片。如埃文斯在1929年所做的，

83.《布鲁克林大桥》(*The Brooklyn Bridge*)，爱德华·韦斯顿，1941年
© 1981 创意摄影中心，亚利桑那董事会藏品
创意摄影中心，亚利桑那大学，图森

韦斯顿在其事业刚起步时，就拍摄了布鲁克林大桥[83]。而埃文斯将之拍摄成几何图形的抽象网格（看到它，就像韦斯顿可能拍的），韦斯顿镜头下的是远处耸立的大桥，临街是繁忙的车流和密集的招牌——奥托酒吧和烧烤；红酒和烈酒——以及人类生活（看到它，就像埃文斯可能拍的）。①

---

① 这些摄影的相会发生在埃文斯的地盘可以说是适当的。在1937年，韦斯顿写信给博蒙特·纽霍尔宣称：“埃文斯一定是我们之中最好的一位。每当我看到一幅喜欢的复制照片时，我通常发现它出自沃克·埃文斯之手。”他的好评并没有得到回报；在1947年的采访中，埃文斯将韦斯顿和安塞尔·亚当斯、斯特兰德混为一谈，“我不钦佩其中任何一个”。

在11月20日，韦斯顿和卡里斯拜访了住在“美国宫殿”的斯蒂格里茨。卡里斯在回忆录中说，“这是爱德华重返1922年的朝圣之旅”，但实际的会面却没有给她留下太多印象。“这位白头发的老人仔细查看了爱德华的照片，偶尔对主题做些点评，但对摄影技术只字未提。”那天稍晚时候，欧姬芙加入他们，几乎“照原话”重复了斯蒂格里茨的评论。

可能我们不该过于失望。他们四人“真实”会面的重要性远不如韦斯顿摄影构图所发生的变化。他们待在纽约的某一时刻，韦斯顿拍摄了面向西南的曼哈顿中城区的景色［84］。摩天大楼夸张的体量——尤其是最近

84.《纽约》（*New York*），爱德华·韦斯顿，1941年
© 1981 创意摄影中心，亚利桑那董事会藏品
创意摄影中心，亚利桑那大学，图森

完工的洛克菲勒中心——和斯蒂格里茨在希尔顿酒店窗口拍摄的如出一辙。这幅照片生动地证明了尽管拜访斯蒂格里茨可能是韦斯顿追溯的早年朝圣之旅，但“这一次他可不是朝圣者”。

韦斯顿和卡里斯于1942年回到加利福尼亚。在旅途中，他们的关系日益紧张，终于导致1945年的分居。大约在这段时期，韦斯顿出现了帕金森综合征的早期症状，这一疾病逐渐使他丧失工作能力。同时，他拍摄了一组“猫咪[①]照”——很遗憾，不是你想的女性阴部：它们就是猫咪的照片。他还拍摄了一系列戴着防毒面具的裸体卡里斯，但如其标题“国民防御”所示，目的是讽刺性的而不是崇拜性的。在1945年，伊莫金·坎宁安到加州罗伯斯角来拜访他们。她拍摄的坐在岩石上的韦斯顿看起来像是小巨魔，卡里斯和爱德华一起倚靠在岩石上，卡里斯一个人在播放录音机。韦斯顿转而拍摄正在给卡里斯拍照的伊莫金，他才有些认识到卡里斯已不再是他专属的摄影财产。

1945年后，韦斯顿的身体状况开始恶化，他的创造力也在下降。他拍摄了一组零碎杂物——一只死鸟、浮木——被冲上离他在卡梅尔的家很近的罗伯斯海岸。

① 原文为“pussy”，既可指猫咪，也可指阴部。——译注

85.《长椅》(*Bench*)，爱德华·韦斯顿，佛罗里达州埃利奥特角，1944年
©1981 创意摄影中心，亚利桑那董事会藏品
创意摄影中心，亚利桑那大学，图森

他的最后一幅照片——1948年只拍了两幅中的一幅——是被侵蚀的岩石散落在海滩上。但在本书的语境下，在他漫长的职业生活的最后阶段，最令人印象深刻的照片摄于1944年的埃利奥特角。它不能再简单了：一张折断的长椅的正面像［85］。

韦斯顿逐渐丧失了组织材料，建构世界，并将之转化为照片的能力。用他自己的话说，这些由看见转变为领悟的能力一点点地抛弃了他。

温诺格兰德的例子刚好相反：他对摄影的迷恋如此强烈，以至于它甚至代替了理性。温诺格兰德在1964

年古根海姆基金赞助的旅途中运用得得心应手的高能方法完美地适用于他的故乡纽约，同时这方法也是纽约的产物。当他1978年搬到洛杉矶时，他却处在被自己对摄影持续的强制性依恋所吞没的边缘。洛杉矶是不得不驾车的城市，萨考斯基幽默地写道，这对于温诺格兰德是致命的，“作为路人他可以拍摄任何移动物体，而在车中任何事物都在移动”。

温诺格兰德是个“过量的拍客”，在洛杉矶他无止境的摄影胃口开始超过在匹兹堡的史密斯。“很难准确地说出温诺格兰德在加州拍摄了多少照片，但可以确定的是总数是惊人的。”萨考斯基写道，“到他1984年去世时，超过两千五百卷已曝光的胶卷未显影，听起来惊人，但真实情况更糟。额外有六千五百卷胶卷已显影但未校样。接触印样从额外的胶卷中获取，但只有其中一小部分留下不连贯的编辑痕迹。”萨考斯基既感惊讶又挫败地评论道，看来温诺格兰德“在其洛杉矶岁月中，超过百万曝光胶卷中的三分之一他甚至看都没看”。和多数煞费苦心地执着于洗印的摄影师不同，温诺格兰德认为“任何从事印刷的人可以洗印我的照片”。花在暗室里的时间并不算在拍摄。处理材料的速度远不及紧急任务积累的速度快；在洛杉矶，温诺格兰德处理洗印的时间根本可以忽略不计。

在1988年回顾展目录中，萨考斯基审视着温诺格兰德“巨大的过剩”并得出结论：“他有东西要拍摄时，他可能拍或不拍。当他没有拍摄主题时，他大多数会拍，希望拍摄行为本身会带给他一个主题。”到1982年，温诺格兰德作品的技术性衰退加快，因为他学到的自动快进/倒带使他能够拍摄越来越多的照片，而越来越缺乏拍什么、怎么拍的考虑。特鲁迪·威尔纳·斯塔克（Trudy Wilner Stark）馆长说起温诺格兰德“他相信当他停下拍摄照片时，整个世界都静止了”。到70年代末，这个想法似乎完全占据了他。当弗兰克首次看到埃文斯的照片时，他想到马尔罗所写的：“从命运转向认识。”温诺格兰德的命运却是从认识转向某种湮没。[①]

到1973年春天，埃文斯处于事业的暮年。他几乎要七十岁了，在摄影界的地位已然确立。他不单被视为

① 在1972年，当二十五岁的史蒂芬·肖尔出发开始旅程，并最终出版《美国表面》（*American Surfaces*）时，他将禄来反光照相机（Rollei 35）运用得得心应手，同时也尽情拍照。“我拍摄吃的每一顿餐，每一个遇到的人，每一个服务我的招待，每一张睡的床，每一个用过的厕所。”在随后的旅程中，肖尔用禄来交换了一个状况良好的8×10英寸大画幅相机，部分在于使其方法和结果慢下来［在《非常地方》（*Uncommon Places*）可见］。乔·斯坦菲尔德也发生了类似的转变，开始使用大画幅相机，作品最终发表在《美国前景》（*American Prospects*）杂志上。

美国最伟大的摄影师之一，他1938年的展览和影集非常明确地规定了美国摄影的形态。1971年的纽约现代艺术博物馆回顾展巩固了他的名声。然而平添其感伤之情的是他所被赞美的成就已成过去时。同时尽管广受好评，埃文斯强调他“仍然一贫如洗”。虽然金钱一直是其焦虑的根源，最终导致他几乎草率卖掉整个档案库的底片和洗印片档案，但钱却从来不是其主要动机。埃文斯声称他一生“向往的唯有安逸”。自1945年来，他为《财富》杂志工作，既受人尊敬，又能轻松地赚钱。退休后，他又在1965年受聘于耶鲁大学教授摄影。若非如此，他很可能早已落入接近于晚期卧床不起的状态。他懒洋洋地躺着打发时间，逐渐形成贝琳达·拉思伯恩所说的“夸张的个人退休感”。他的第二个妻子伊莎贝拉有时进入工作室，发现她丈夫“被一本色情杂志所迷惑”。因他酗酒导致了婚姻破裂，当她最终离开他时，似乎再没有什么可以阻挡埃文斯陷入酒精迷乱。

在1973年的7月，埃文斯得到一台宝丽来SX-70相机。他开始试验和捣鼓起初他当作“玩具”的相机。结果是他非常着迷和满意，感到自己“完全恢复了活力”，在他生命的最后十四个月几乎全身心投入这个新玩意儿。[1]

---

① 在1978年，当他在八十多岁时，柯特兹也进入用宝丽来相机拍摄的非常阶段。

他在1973年9月到1974年11月用宝丽来相机拍摄的作品，既是对他之前作品的重复，也是一种补遗，同时构成其影像的最后光辉和意外扩展。在一系列清晰的梦中重访他特别钟爱的主题，二千六百张宝丽来照片就像是对温诺格兰德声明的凝练和延伸的思考：埃文斯的“摄影是关于所摄对象，以及所摄对象如何被正在进行的拍摄所改变，加之事物如何在照片中存在”。他的主题一以贯之地主导了其作品——空旷的建筑、谨慎的人像、招牌、找回的语言——都因宝丽来相机的技术限制而奇怪地得以加强。

他拍摄了一个马桶座圈和一卷纸（可能是对在墨西哥拍摄马桶的韦斯顿的无意识致敬和回答）。他拍摄了支在地上的镜子，内有一张空椅的映象。这就好像从镜子的角度看，个人坐在椅子上的时间如此之少，以至于他或她也许从未来过。在宝丽来照片中，房屋、街道、火车站的空无一人是绝对的，就仿佛这些地方自己以某种方式成功地拍摄了照片。[1] 这当然是SX-70吸引埃文斯的原因之一。摄影师的角色被弱化到几乎没有。事实上，存在感如此之稀薄，以至于除了手举照相机外，他

---

① 亨利·福克斯·塔尔博特争辩过这一历史的新颖性，他在1835年拍摄了一组乡间小屋照片。几年后，塔尔博特写到他相信“这间房屋……是第一个知道绘制自己图画的”。

好像也根本不在那里。埃文斯所做的一切就是指向某一点。

埃文斯通过拍摄画在路上的箭头将这一点凸显出来。箭头奇异地一会指向一边，一会指向另一边。在一系列照片中，这些箭头伴随着“ONLY”［F］一词。从技术上来说，媒介需要的只是他能用视觉语言清晰地表达出来。他仅仅说了“看”，并且说得很轻以至于几乎听不见，仿佛没有人说过什么，附近没人说起它或是有人听说它。

可是这些照片——似乎被其存在本身所滞留的房屋——显然和埃文斯拍摄的任何照片如出一辙。表面上它们可能出自任何摄影师之手，事实上由他拍摄是最为重要的。他说：“仿佛在某个地方有一个我可以掌握的惊人秘密，只有此刻的我能掌握，只在此刻，只有我。”与这一点相一致，这些几乎无名的照片，却强烈地暗示了摄影师的内心世界。这就像一间房屋的自我感觉和埃文斯的自我感觉之间没有差别。他已经变成他所拍摄的主题。

埃文斯拍摄这些照片，并且观察已知世界在他手中变成无法理喻的陌生事物［E］。怪异的色彩饱和度有着直接的梦幻性质。墙壁变得若有若无，天空变成德·基里科（De Chirico）油画中的蓝绿色。那些色彩使世界虚幻，看起来宛如梦境，但不是人类的梦境，而是一个房间和一条道路本身可能拥有的梦境。在50年代末期，他从移动的火车窗口拍摄照片。如今他在火车经过后拍摄信号塔和车站，而火车路过留下的唯一迹象是一小盒花在其身后颤动。时光，如同火车已驶向别处。纪实性和抒情性不可分离。

埃文斯曾经将自己的工作描述为“带有一般社会学性质的静态摄影”，他一生的作品组成了美国记忆的清单。当他在七十岁时看到车站和商铺时，就像在看他所创建记忆的外在体现。就在他眼前，现在转向过去。他所目睹的一切正如记忆本身。宝丽来是保持这些的最佳途径。它们终究仍是瞬时记忆吗？是他其他照片的瞬时记忆。

一幅摄自俄亥俄州奥柏林咖啡馆的照片，表现的是以两边门为框架的走廊［G］。一面美国国旗卷在角落里。墙壁是淡粉蓝色，或多或少是埃文斯室外时期天空的颜色。在走廊的尽头是另一扇门，打开着，露出浴室的洗脸盆。在解释塔尔博特一扇敞开的门的照片时，沙夫采取的立场是：门口是“生与死的界限，半开的门代表着希望”。这一分析的问题在于它所暗示的和力图描绘的不相一致，与艾德里安娜·里奇（Adrienne Rich）以摄影的精确术语所称的“门框事实”也不尽相同。埃文斯一如既往地试图表明两者如何可以调和。他去世于1975年，就在拍摄这幅敞开的门的照片后不久，于是反射出闪光灯刺眼反光的指示牌指向的是永恒的“休息室”。

相当可怕的事物就藏在每幅照片中。

——罗兰·巴特

在柯特兹折断的长椅照片中出现了一个熟悉的身影，背对照相机，身穿黑大衣。我们看到他走出1961年夏皮罗的镜头，又在20世纪结束前在摄自波斯尼亚

86.《在布尔奇科城外战斗中牺牲的波斯尼亚穆斯林士兵葬礼上握伞的哀悼者》(*Mourner Holds Umbrella at Funeral of Bosnian Moslem Soldier Killed by Serbs in Battle Outside Brcko*)，
詹姆斯·纳彻威（James Nachtwey），1994年1月
承蒙巴黎VII Photos图片社惠准

地区的布尔奇科的照片中重新露面。该照片的斜角伸展处，是被塞尔维亚人杀害的战士的遗体［86］。右侧是引向画面顶端的台阶。另一侧，背对镜头，手背在身后握着伞，穿着黑衣，就是那个身影——所有这些使人辨认出，这是柯特兹无名的独行者。地面上有污渍，说不清是什么造成的，倒反而是黑白分明的修辞更占优势：假设把所有的污渍看作是血迹。

这幅照片由詹姆斯·纳彻威拍摄，说他甚至不是一个命中注定或目标明确的摄影师，并不会令他不快。他只是被派往该地方，一个以艰难、痛苦、伤害、残缺、饥饿、暴行、死亡为特征的地方。奥登在1938年的十四行组诗《战时》（*In Time of War*）对此地有所描述：

> 土地夷为平地，年轻人尽遭屠杀，
> 女人们在哭泣，城镇陷入惶恐。

作为一种媒介，纳彻威的照片总的来说是一种命运，一个摄影总有可能画上句点的地方。许多细节或转义或类别——不管称呼他们为什么——在本书写作过程中相遇，终结于纳彻威被血浸透的地狱。度过大萧条和黑色风暴的礼帽在这里遭难，落在克罗地亚的克宁之战后沾血的公寓地板上［87］。在车臣，通过汽车挡风玻璃看见的风景几乎被残破景观扬起的尘土所模糊，被雨

87.《地板上的礼帽和血泊》(*A Hat and a Pool of Blood Lie on the Floor*),詹姆斯·纳彻威,波斯尼亚和黑塞哥维那共和国克拉伊纳地区克宁城,1993年3月(平民在克罗地亚人和塞尔维亚人冲突中被杀)

承蒙巴黎VII Photos图片社惠准

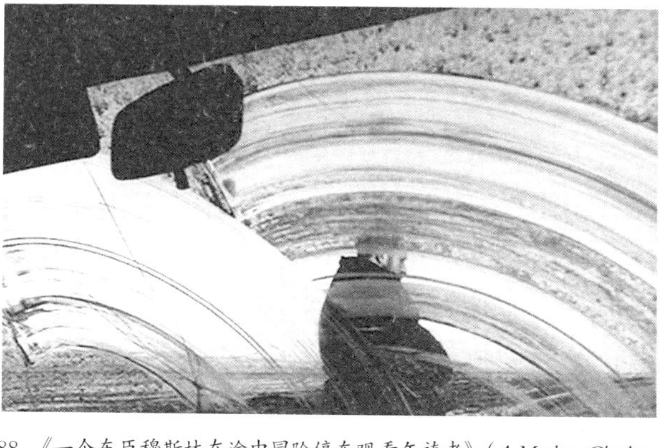

88.《一个车臣穆斯林在途中冒险停车观看午祷者》(*A Moslem Chechen Stops His Car at a Dangerous Place on the Road to Observe Noon Prayers*),詹姆斯·纳彻威,车臣首府格罗兹尼,1996年1月

承蒙巴黎VII Photos图片社惠准

刷刮脏，显出两道污秽的彩虹，透过它可见一个穆斯林在祈祷［88］。埃文斯和韦斯顿镜头下的大厦，经时间和雨水侵蚀，缓慢地变成废墟，如今却是在炸弹投下的瞬间，周遭彻底毁灭。

我们见过一个在兰格拍摄的白天使救济队伍中出现的人物在德卡拉瓦的照片中重现。另一幅兰格的照片中的标志性人物，一位移民母亲，再次出现于一幅逃离科索沃种族清洗的阿尔巴尼亚人的照片中，焦虑的姿态——右手放到嘴边——六十年保持不变［89和90］。

89.《在卡车车尾的科索沃阿尔巴尼亚妇女难民》（*Albanian Kosovar Women Refugees on the Back of a Truck*），詹姆斯·纳彻威，科索沃，1999年8月（塞尔维亚军队听从了斯洛博丹·米洛舍维奇的命令，实施了残暴的种族清洗、驱逐出境、抢劫、谋杀和强奸等暴力行动，她们正在穿越南斯拉夫和阿尔巴尼亚边境）

承蒙巴黎VII Photos图片社惠准

90.《移民母亲》(*Migrant Mother*),
多萝西娅·兰格,加利福尼亚州尼普玛,1936年
© 承蒙多萝西娅·兰格作品收藏,加利福尼亚奥克兰博物馆惠准

记录下对柯特兹、史密斯、斯蒂格里茨等的迷恋,从窗口看出去的风景——为孤独者注入活力的风景——变成克罗地亚民兵向他们的穆斯林邻居射击。从公共汽车窗

口瞥见的脸庞是穷困的俄罗斯母亲来到车臣格罗兹尼寻找失踪的儿子。“她们背负着恐惧，像怀揣着钱包，”奥登写道，“她们饱尝痛苦；这是她们所做的一切。”

在匹兹堡，尤金·史密斯拍摄了一个在墙上按手掌印的小男孩。而在科索沃的派克，纳彻威发现一个家庭客厅的墙上覆盖着血手印和涂鸦（也是用血书写）。这些残忍的手印看上去像耷拉着耳朵的兔子［91］。它们类似于洞穴人做的最早记号，希望留下他们存在过的迹象。

同样强烈的需求最终造成相机的发明。在达盖尔、尼埃普斯和塔尔博特能够以不同的方式将此愿望变为现

91.《客厅墙上的血手印和涂鸦》(*Handprints and Graffiti Traced with Blood Cover the Walls of the Living Room*)，詹姆斯·纳彻威，派克，1999年8月

承蒙巴黎VII Photos图片社惠准

92.《被塞尔维亚人杀害的人留在地面上的痕迹》(*The Ground Bears the Imprint of the Body of a Dead Man Killed by the Serbians*),詹姆斯·纳彻威,科索沃,南斯拉夫,1999年8月
承蒙巴黎VII Photos图片社惠准

实前,人们早已梦想了多年,希望可以找到定位影像的途径。偶尔,大地本身会变为一幅洗印的照片。关于此景,托尼·哈里森(Tony Harrison)写下一首电影诗歌《广岛阴影》(*The Shadow of Hiroshima*, 1995),一个人烧焦的轮廓被原子弹爆炸的威力印在石头上。纳彻威记录了类似的影像效果,没有涉及核物理技术的极大复杂性。在科索沃的梅亚,他拍摄到了被塞尔维亚人杀害的人留在房间地面上的痕迹[92]。它既让人想起那些从太空可见,刻在地球表面的简单的史前图形,也让人想起摄影发展过程中原初的先驱们。从技术上来说,

这一过程在太空摄影中达到顶点，并发送回地球。这些影像中最著名的是阿波罗号宇航员巴兹·奥尔德林（Buzz Aldrin）在1969年第一次人类登月后留在尘土中的足迹。诚如史密斯在匹兹堡的手印照已和纳彻威在派克的照片结为姐妹，月球足迹照也与车臣格罗兹尼雪地里的血色足印照成为一对。

车臣的血色足印照不是纳彻威的作品，它由保罗·劳（Paul Lowe）摄于1995年，但仍能领会纳彻威的要点。苏珊·桑塔格指出，新闻摄影的成功就在于很难将一个摄影师的出众作品和其他作品区分开来，除非在他或她已独占一个特别主题的情况下。在写于2002年有关展览和书籍的文章《这里是纽约》（*Here is New York*）中，如其副标题《摄影的民主》（*A Democracy of Photographs*）所示，她进一步指出"有些业余作品和老练的专业人士作品一样好"。展览中的所有照片都未透露姓名和未设标题，可以是"詹姆斯·纳彻威的，或……退休的教师"，大致在2001年9月11日世界贸易中心遭袭期间或以后拍摄。如果纳彻威既是摄影师，又是一个目标或地点，那么那个地点可以是纽约，也可以是格罗兹尼。

正如预期的那样，我们观察到的许多贯穿此书的主题突然重现：一个男人满脸灰尘，愕然坐在长凳上；一个女人坐在门廊上，脸上裹着临时面具般的围巾；一个男子从其公寓朝窗外看，正值第二架飞机撞向双子塔；

93.《理发店》(*Barber Shop*),
劳拉·莫泽兹(Laura Mozes),纽约,2001年
承蒙劳拉·莫泽兹惠准

水果碗被尘埃覆盖以至于无法辨认;理发店用胶带将一张照片和一面国旗固定在门上,自20世纪30年代以来就不曾改变:照片中,一个剃过的头颅上竖立着双子塔轮廓,国旗上书写着“团结,我们就会站起来”[93]。一片混乱的沾满灰尘的街头招牌,失踪者的宝丽来照寻人启事;要传递的信息潦草地写在车窗玻璃上(欢迎来到地狱),贴在店铺窗户上(核打击他们全体),喷在墙上(要击毙不要活捉:本·拉登)。在此情况下,仅仅是比萨饼店开业都会成为一种忍耐、反抗和决心的表达。写在一个空的商业信封上的“美林证券公司”及其

地址——纽约世界金融中心2号，5楼，纽约10080——已成纪念物。文字和标牌虽然常常几乎如埃文斯和弗里德兰德所描写的一样，但在这个背景下，它们变成了历史说明本身的档案。

从书面警告到实际报仇，其中仍有许多声音在敦促我们“增强爱，消弭恨”。“我们的不幸不是要求报复”的多种变腔是必要的提醒，纳彻威的地狱只是摄影可能目标中的一种。紧随“9·11”后摄影传达的信息，没有一个像涂在某栋建筑物墙上的签字笔痕一样尖锐而简单——像不证自明那样简单。照片有些模糊，信息难以读取。

摄影保存或回忆逝者的独特能力常常被评析。对于巴特来说，“亡者的回归”——是我们在观看所有照片时的可怕事情。上述照片确认的却是相反的观点，传递着在每张照片都有的简单信息，“你还活着”。

《这里是纽约》中最奇怪的照片将我们拉回到始发点。正如保罗·斯特兰德的《盲妇》，这幅照片表现的是一个在街上手捧外卖咖啡的男性在自己身上贴上标签。他的衬衫告诉我们他叫“蒙蒂”——或者也可能是“马蒂”——他为信实制造股份有限公司工作。和斯特兰德不同的是这张照片无须暗中拍摄。照相机外观普通而小巧，如今在经历灾难时是不可或缺的，没有人

94. 《死后是什么??》(*After Death What??*),
里贾纳·弗莱明(Regina Fleming),纽约,2001年9月11日
承蒙里贾纳·弗莱明惠准

会注意到它。就如阿勃丝拍摄的对象,蒙蒂很乐意停下来并摆姿势[94]。他直视着镜头。我们看到他脖子上挂着大大的标牌,"犹如来自另一世界的告诫":

死亡

之后

是什么

? ?

附录：

本书中讨论的摄影师名单

（按出生年份顺序排列）

威廉·亨利·福克斯·塔尔博特（1800—1877）

欧仁·阿特热（1857—1927）

阿尔弗雷德·斯蒂格里茨（1864—1946）

刘易斯·海因（1874—1940）

爱德华·史泰钦（1879—1973）

伊莫金·坎宁安（1883—1976）

爱德华·韦斯顿（1886—1958）

保罗·斯特兰德（1890—1976）

安德烈·柯特兹（1894—1985）

多萝西娅·兰格（1895—1965）

本·沙恩（1898—1969）

布拉塞（1899—1984）

维吉（1899—1968）

沃克·埃文斯（1903—1975）

比尔·布兰特（1904—1983）

尤多拉·韦尔蒂（1909—2001）

罗伯特·卡帕（1913—1954）

O. 温斯顿·林克（1914—2001）

W. 尤金·史密斯（1918—1978）

罗伊·德卡拉瓦（1919—2009）

理查德·阿维顿（1923—2004）

黛安·阿勃丝（1924—1971）

罗伯特·弗兰克（1924—2019）

艾略特·厄威特（1928— ）

加里·温诺格兰德（1928—1984）

威廉·格德尼（1932—1989）

布鲁斯·戴维森（1933— ）

李·弗里德兰德（1934— ）

史蒂夫·夏皮罗（1934—2022）

乔尔·梅罗维茨（1938— ）

威廉·埃格尔斯顿（1939— ）

迈克尔·奥默罗德（1947—1991）

史蒂芬·肖尔（1947— ）

彼得·布朗（1948— ）

詹姆斯·纳彻威（1948— ）

杉本博司（1948— ）

杰克·李（1949—2004）

理查德·米斯拉奇（1949— ）

菲利普·洛卡·迪柯西亚（1951— ）

南·戈尔丁（1953— ）

梅里·阿尔珀恩（1955— ）

弗朗西斯卡·伍德曼（1958—1981）